Dea
I'n
and
tou
Co
to
I
Fe
If
so,
sh

translation of The Benefactor.

I am grateful for all your work and loyalty — helping to make my books known to Chinese readers.

Very cordially,
Susan Sontag

上海出版资金项目
Shanghai Publishing Funds

SUSAN SONTAG

苏珊·桑塔格全集

重生

桑塔格日记（1947—1963）

Reborn Early Diaries, 1947-1963

〔美〕苏珊·桑塔格 著 姚君伟 译

上海译文出版社

序

我向来认为，凡生者谈及逝者，最愚蠢的说法之一，便是讲“某某会乐意如此行事”。往最好处说，这是臆测；而多半，无论出于怎样的善意，这都是妄自尊大。你根本就无从得知嘛。所以，关于这本《重生》——即苏珊·桑塔格日记选的第一卷（共三卷）——的出版，无论还有多少别的话可说，它并不是一部她会出的书——即一开始就假设她生前就做过出版这三卷日记的决定。相反，无论是决定出版，还是着手遴选，都是我一人所为。即便不存在审查问题，这样的事业于文学之危，于道德之险，均不言自明。在此提请读者注意[①]。

这决定我从来就不想做。但家母辞世，并没有留下什么嘱托，交代如何处置她的文件和未辑录、未写完的稿子。这看起来似乎与其个性不符——一个对自己的工作如此殚精竭虑的人，一个对于那些她只能算粗通的语言的译法都孜孜以求的人，一个对于全球的出版社和杂志都广知博闻并能对它们作出果断评价的人。然而，尽管骨髓增生异常综合征深具摧毁性，尽管白血病在2004年12月28日夺走了她的生命，直到其辞世前数周，她仍然相信自己能活下来。因此，她并未谈及一旦她无力亲自处置工作，则希望他人如何代劳——那些更顺命于死亡的人就会这么做——而是强调说要恢复工作，念叨所有那些她一出院就要写的东西。

就我而言，她当然有权按照自己的意愿离世。当她为活下去而抗争时，并不亏欠子孙什么，更不欠我的。不过，显而易见的是，她的决定产生了一些始料未及的后果——眼下最重要的后果是，决定如何出版她的遗著就成了我的任务。事关她的随笔——它们在她去世两年后出版的《同时》中露面——选择相对要容易一点。尽管家母无疑更乐意在重新出版时大幅度修订原稿，但毕竟她在世时，那些文字或是曾经刊印过，或是作为讲稿在演说中发布过。她的意图是明确的。

这些日记全然是另一回事。她纯粹写给自己，常记不辍，从豆蔻年华写到人生的最后几年——彼时，她从电脑和电子邮件里得到的乐趣似乎抑制了一点她写日记的兴致。其中没有一行字是她允准出版的，而且，与某些日记撰写者不同，她没有念给朋友听过，尽管与她亲近的人知道有这些日记存在，也知道她有个习惯，每写完一个笔记本，就跟之前那些本子归拢在一起，存放在卧室的步入式壁橱里，边上是其他一些饱受珍爱但某种程度上基本属于私人性质的物品，比如家人的照片和孩提时代的纪念品。

截至2004年春她最后一次患病，这样的笔记本已有近百本。她去世后那年，我和她最后一位助手安妮·江普、她最好的朋友保罗·迪洛纳尔多一起整理她的物件时，又有些笔记本冒出来。关于笔记本里的内容，我几乎一无所知。我跟母亲关于笔记本唯一的一次谈话是在她白血病第一次发作时；这辈子她先前已

① 此句原文为拉丁语。

经两次罹患癌症，这一次，她尚未重燃其信念认为她能够像以前一样战胜白血病活下来。只有一句话，轻轻的一声："你知道那些日记本在哪里的。"至于她想让我怎么处置它们，她只字未提。

我说不准，但我愿意相信，若全凭我裁断，我会等好久以后才出版日记，或者根本就不会出版。有几次我甚至想将它们付之一炬。不过那纯属妄想。事实上，无论如何，这些有形的日记本并不属于我。家母健在时，就把她的文件卖给加州大学洛杉矶图书馆，协议规定，她一旦辞世，那些日记就得和她的文件、书稿一道运过去——如今也确实运过去了。既然家母签署的合同并未就使用作任何重大意义上的限制，我很快就意识到，这情势已经替我做好了决定。我如果自己不筹划出版，别人也会做这件事。看来最好还是迎上前去。

我仍然心存疑惧。说这些日记揭示了自我，那实在是太轻描淡写。我最终决定将母亲的许多极为严苛的判语纳入书中。她是个伟大的"评判者"。然而，将她的这一特质暴露出来——而这些日记真是充满了"暴露"——就难免相当于邀请读者来评判她。做这件事，最叫人进退维谷的问题之一就是，至少在家母晚年，不管从哪方面看她都不是个乐意袒露自己的人。尤其，关于她的同性恋问题，关于她是否承认自己的雄心的问题，她都尽一切可能，在不否认的基础上避开任何形式的讨论。所以，我的决定当然侵犯了她的隐私。对此，再也没有比这更公正的描述了。

相形之下，(本书中的)这些日记紧紧扣住了她青春期自身性倾向的觉醒，身为加州大学伯克利分校一名 16 岁大一新生时的初期体验，以及她刚刚成年时经历的两段重大关系——第一段关系中的那位女子，此处以 H 代称，她们初次相遇是那年在加州大学，之后，1957 年在巴黎同居；第二段是同剧作家玛丽亚·艾琳·福恩斯，母亲同年在巴黎与其邂逅（原本福恩斯与 H 是一对情侣），她回到美国与家父离婚之后搬到曼哈顿，于 1959 年至 1963 年间在纽约与福恩斯同居。

一旦决定出版她的日记，我就没有删材减料的打算，无论这材料是将我母亲曝光到某种程度，还是在性事上颇为坦率，抑或对于日记中出现的人物不甚友善，不过，我最终还是略去了某些隐私人物的真名。相反，我的遴选原则部分仰仗如下观念：这些材料呈现的是年轻的桑塔格的肖像，那时她正自觉而坚定地致力于塑造她所向往的自我，而这肖像的青涩与质朴，恰恰是这些日记的非凡魅力所在。正因为如此，我决定将这一卷定名为“重生”，取自某则早期日记的开端；它似乎能概括家母告别童年之后的情形。

与母亲同代的美国作家，谁都不像她那样与欧洲趣味有如此深厚的渊源。约翰·厄普代克谈及其写作生涯之初，曾说他家乡的那个小镇，即“整个［宾夕法尼亚］希灵顿”都可供他“讲述”，很难想象母亲会像他那样，说她拥有“整个图森”或者“整个加州‘谢尔曼奥克斯’”来供她“讲述”。更难想象母亲会像她那一代的许多美国犹太裔作家那样，通过追忆其童年、回溯其社会及种族背景来汲取灵感。她的故事——似乎再度印证本书以“重生”为名有多么妥帖——恰恰相反。在许多层面倒与吕西安·德·吕邦泼雷[①]相同——那个来自深乡僻壤、一心要在首

① 巴尔扎克小说《幻灭》中的男主人公，是个出身低微的青年诗人，意欲凭借才华跻身巴黎上流社会，最后身败名裂。

都出人头地的野心勃勃的年轻人。

当然，在性格、气质或事业的任何其他意义上，母亲都不是吕邦泼雷。她并不希求恩宠。相反，她相信自己的命运。刚到青春期，她就意识到自己天赋异禀，且能有所贡献。那强烈而不懈的，力求使自身学识愈深、愈广的渴望——这项工程在日记中占据了那么多篇幅，因而我也试图在选集中纳入相同的比例——某种程度上即是她这一自我意识的物化形式。她想向她崇敬的作家、画家和音乐家们看齐。从这个意义上讲，艾萨克·巴别尔[①]的那句口号“你必须无所不知”，也可以用在苏珊·桑塔格身上。

这和我们如今的想法截然相反。世间成功人士的思维中，“相信自己”是一个恒量，但自信的方式受到文化的制约，随时代更替而显著变化。母亲的自信，我想，是一种19世纪的观念，而她沉湎于这些日记的行为就跟那些伟大而自私的“成就斐然者”颇有气味相投之处——我想到了卡莱尔[②]。这种方式在21世纪初表达雄心的记录里已经荡然无存。一个想要在其中寻找反讽的读者会一无所获。对此，家母深有觉察。在她关于艾利亚斯·卡内蒂的随笔中——我总觉得，这篇随笔加上她关于沃尔特·本雅明的文章，简直就像从她的自传里逸出的妙笔，但凡她写自传的话——她满怀赞赏地引用过卡内蒂的冥思，“我试图想

① 巴别尔(1894—1941)，犹太裔俄罗斯作家，在欧洲文坛的知名度远远高于其在俄罗斯本土，国际文坛将他誉为“苏俄时代的莫泊桑”。他的《红色骑兵军》曾被列为禁书。他于1937年蒙冤入狱，1941年屈死狱中。

② 托马斯·卡莱尔(1795—1881)，苏格兰散文作家和历史学家，著有《法国革命》等，其文风独特，好用谈话式和不规则的长句，引入新词和德语词，大量使用比喻和典故等。

像某人对莎士比亚说‘悠着点儿！’”。

因此，再度提请读者注意。在这部日记里，艺术被看做一个关乎生死的问题，反讽被定义成缺陷而非优点，严肃性则是至高无上的美德。这些特点母亲早就有所展露。她身边从来都不缺少想让她悠着点的人。她曾经回忆，说她那位和蔼而世俗的、在战场上当过英雄的继父恳求她少读点书，否则找不到丈夫。更为自信且高雅的版本来自她在牛津的导师、哲学家斯图亚特·汉普夏，她曾告诉我，汉普夏在某堂辅导课上沮丧地说，“哦，你们这些美国人啊！你们是如此严肃……就像那些德国人。”他并无恭维之意；但家母却把这话当成一枚荣誉勋章佩戴起来。

上述种种也许会让读者认为，家母是一位“天然的欧洲人”，即以赛亚·伯林所谓的，既有“天然是”美国人的欧洲人，也有“天然是”欧洲人的美国人。但我认为这话用在家母身上并非完全合适。诚然，在她看来，美国文学不过是伟大的欧洲文学——德国文学首当其冲——的边缘，然而，可能她最深沉的假设是，她能重塑自己，我们都能重塑自己，出身背景其实能凭着自己的意愿——确切点说，如果你有这意愿的话——被抛弃，或者被超越。菲茨杰拉德说过“美国人的生活没有第二幕”，如果不充当这理论的化身，那又是怎样的情形？我说过，就在她从来不肯完全相信那是她临终床榻的临终床榻上，她还在筹划，一旦治疗为她争取到更多的时间，她将如何展开余生的第一幕。

在这一点上，家母令人惊叹地毕生如一。读她的日记，在那些最让我震撼的地方，其中有这么一个印象：由青春而至老去，母亲始终在打一样的仗，既同这世界作战，也同她自己抗争。她在把握人文学科时的感知能力，她那惊心动魄的、认定自己判断正确的信心，她那无与伦比的贪婪——她觉得非要听到每一首乐曲，看到每一件艺术品，对所有伟大的文学作品均熟稔于胸不可——从一开始就历历在目，那时她先列出自己想读的书，然后一边读一边逐一打钩。然而，同样历历在目的还有她的挫败感，对于爱甚至性的种种困惑。她对自己的智慧有多么淡定，她对自己的身体就有多么不安。

这让我的忧伤无以言表。家母年少时曾去过希腊。在那里，她在南方的伯罗奔尼撒半岛上的一个圆形剧场里看过一出《美狄亚》。那次经历让她深为动容，因为就在美狄亚准备杀掉自己的孩子时，观众席上有好多人嚷起来："别，别这么干，美狄亚！""这些人压根儿就不觉得自己在看一部艺术作品，"她多次对我讲，"那都是真的！"

这些日记也是真的。我一边读，一边体会着与50年代中期的希腊观众们相差无几的焦虑。我想大声喊，"别那么干"或者"别对自己如此苛刻！"或者"自我感觉别这么好"或者"对她防着点，她不爱你"。但是，当然，我为时已晚：戏已演罢，主角已离场，而其他角色，大部分，虽然不是全部，也走了。

留下的是痛苦与雄心。这些日记就游移在两者之间。母亲会乐意让它们面世吗？再说一次，我决定不仅允许其出版，而且由我自己担任编辑，是基于务实的考虑，即便日记里包含了让我痛苦的内容，还有许多我宁可不知道，而且也不想让别人知道的东西。

我确切知道的是，作为一名读者和作者，家母热爱日记和书信——越私密越好。所以，或许，作家苏珊·桑塔格会同意我的做法。至少，我希望如此。

黄昱宁 译

1947 年

47 年 11 月 23 日

我相信：

（a）没有人格神，也没有来生

（b）世上最令人向往的是忠实于自己的自由，即诚实

（c）人与人之间唯一的区别在于智力

（d）评判一个行动，唯一标准是它使人幸福或者不幸福的最终效果。

（e）剥夺任何人的生命都是错误的

[缺 “f” 和 “g” 两条。]

（h）此外，我还相信，一个理想国家（除了 “g” 以外）应该是个强大的中央集权国家，政府控制公共设施、银行、矿井 + 运输和艺术津贴。一笔令人安逸的最低工资，以及对残障人员和老人的供养。国家照顾孕妇，不区别对待婚生子 + 非婚生子。

1948 年

48 年 4 月 13 日

思想打破生活的平淡无奇

48 年 7 月 29 日

……一个人年纪轻轻的，突然领悟到生活的悲苦、急迫，会是什么滋味呢？

不追随别人的人，跌跌撞撞走出丛林，又掉进一个深渊；这种滋味年轻的后来者总有一天也会尝到：

接着就是对反叛者的过失视而不见，痛苦地、全身心地渴望拥有童年时代生存的全部逆反。它是冲动、狂热，瞬间淹没在自我贬损的洪流之中。它是对自己的放肆行为的一种残酷意识……

它是羞耻，因每次口误、把一个个不眠之夜花在一遍遍地操练明天要说的话上、并因昨天的而自我折磨……双手抱着低垂的头……它是“我的上帝，我的上帝”……（当然是小写的上帝，因为根本就没有上帝）。

它是对一个人的家庭和所有童年时的偶像的情感撤离……是撒谎……和怨恨，接着是憎恨……

它是玩世不恭的暴露，对每个想法、每句话和每个行为的探究。（“啊，要能完美彻底地真诚，该有多好啊！”）它是对动机进行的痛苦而无情的拷问……

它是要发现那个催化剂、那个［这则日记写到这里就没了。］

48年8月19日

曾经似乎是个要把人压垮的重量，突然间改变了位置，以一种令人感到惊讶的策略，在我逃跑的脚下摇摆，现在成了拽我、累我的一股吸力。我多么希望投降呀！让我自己相信我父母貌似可信的生活，会是多么容易的事情呀！假使我见他们和他们的朋友只有一年时间，会任由自己——投降？难道说，我的“智力”需要经常饮他人的不满之泉才能永葆青春，否则就会枯竭而死？我能让自己信守这些誓言该有多好呀！因为我感觉到自己是在开溜、动摇——在某些时候，甚至接受在家读大学的想法。

我能想的全部就是母亲，她多么漂亮，她的皮肤多么光滑，她多爱我。前两天一个晚上，她哭得那样浑身发抖——她不想让在另外一个房间的爸爸听见，她一阵阵压抑的哭泣声像大声的打嗝——人们卷入，或者确切地说，被动地让自己按照惯例卷入枯燥乏味的关系，真是懦夫！——他们过着多么糟糕、多么沉闷、多么凄惨的生活哦——

她已经筋疲力尽，我怎能再去伤她！决不反抗了？

我怎么才能帮我，让我变得残酷？

48 年 9 月 1 日

"in his cups"[①]这个短语是什么意思？

石头垒起的山。

尽早看[里尔克的]《杜伊诺哀歌》[②]的[斯蒂芬·]斯彭德[③]译本。

我又沉浸在阅读纪德[④]之中——多么清晰、多么精确啊！他

---

① in one's cups 即"酩酊大醉"。

② 奥地利诗人 R. M. 里尔克(Rainer Maria Rilke, 1875—1926)写于亚得里亚海滨的杜伊诺的 10 首哀歌。

③ Stephen Spender (1909—1995)，英国诗人、文艺评论家，20 世纪 30 年代左翼青年诗人之一。

④ 纪德对桑塔格的艺术观的形成影响很大，日后她在《反对阐释》中几乎通篇都涉及纪德，并在《疾病的隐喻》中论及他的小说《背德者》。

的人本身真的是无与伦比——他所有的小说似乎都微不足道，而［曼[①]的］《魔山》是要读上整整一辈子的。

这个我知道！《魔山》是我看过的最好的小说。对这部作品不但不减弱反而越来越深的熟悉的愉快，还有我感觉到的平和的、沉思的愉悦是空前的。不过，为了纯粹的情感上的影响，为了一种身体上的愉悦感，一种对急促的呼吸和迅速浪费的生命的意识——赶快，赶快——为追求对生活的了解——不，不是这个——是追求对什么叫充满活力的了解——我会选择［罗曼·罗兰的］《约翰·克利斯朵夫》——但它只该看一遍。

※

……“当我死时，我希望人们会说：
‘他的罪深红，但他的书有人读过。’”
——希莱尔·贝洛克[②]

※

整个下午我都沉浸在阅读纪德之中，并听［指挥家弗里茨·］布施[③]（在格林德伯恩歌剧节上）指挥的［莫扎特的］《唐

① 桑塔格访问过托马斯·曼，见其短篇小说《朝圣》（Pilgrimage）；另外，在《疾病的隐喻》中，她也着力于对《魔山》的分析。
② Hilaire Belloc（1870—1953），生于法国的英国评论家、诗人。此处采用余光中译文。其中“他的罪深红”指他罪孽深重。
③ Fritz Busch（1890—1951），德国指挥家。

璜》[1]的录音。几首咏叹调（这是多么的舒心愉快啊！）我放了一遍又一遍（“那忘恩负义的家伙背叛了我”和“你逃跑了！残忍的人，逃跑了！”[2]）。要是总能听这些咏叹调，我就会多么坚定、安详啊！

晚上因为和纳特［内森·桑塔格：SS[3]的继父］在一起，浪费掉了。他教我开车，然后，我陪他看一部紧张激烈的彩色电影，我假装很喜欢看。

写下上面最后这个句子，我重看了一下，考虑［过］擦掉。不过，我应该保留。——我只记我生活中满意开心的事情是没用的——（不管怎么说，开心的事总太少！）就让我记下今天所有让人恶心的浪费吧，这样，我就决不会放自己一马，也决不会与我的一个个明天妥协。

48年9月2日

含泪与米尔德丽德［米尔德丽德·桑塔格，娘家姓雅各布森：SS的母亲］讨论了一次（该死！）。她说：“我嫁给了纳特，你应该非常开心。你永远都别想去芝加哥，你就死了这条心吧！我无法跟你讲对此我有多难受，但我感觉我因此得补偿你。”

---

① 亦译《唐乔万尼》。
② 原文为“Mi tradi quell' alma ingrata”和“Fuggi, crudele, fuggi”。
③ 指苏珊·桑塔格（Susan Sontag）。下同。

也许我应该高兴！！！

48 年 9 月 10 日

[日期和日记记在 SS 那本安德烈·纪德《日记》第二卷的封二上]

我得到这书的当天深夜 2:30 就看完了——

我本该看得慢点的，而且我得一遍又一遍地看——我和纪德获得了极其完美的智性交流，对他产生的每个想法，我都体验到那种相应的产前阵痛！因此，我想的不是："多么不可思议地清晰易懂啊！"——而是："停下！我无法这么快地思考！或者确切地说，我长起来没有这么快！"

因为，我不只是在看这本书，我自己还在创造它，这种独特而巨大的体验清空了这可怕的几个月来充斥在我脑子里的许许多多的混乱与贫乏——

48 年 12 月 19 日

有这么多的书、剧本和故事我得看——以下只是其中一些：

《伪币制造者》——纪德

《背德者》——同上

《梵蒂冈地窖》——同上

《柯里登》——纪德

《柏油》——舍伍德·安德森

《心灵之岛》——路德维希·卢因森[①]

《圣殿》——威廉·福克纳

《伊斯特·沃特斯》——乔治·莫尔

《作家手记》——陀思妥耶夫斯基

《背道而驰》——于斯曼[②]

《弟子》——保罗·布尔热[③]

《萨宁》——阿尔志跋绥夫[④]

《约翰尼上战场》——多尔顿·特兰波[⑤]

《福尔赛世家》——高尔斯华绥

《利己主义者》——乔治·梅瑞狄斯

《彷徨中的戴安娜》——同上

《理查德·法弗尔的考验》——同上

---

① Ludwig Lewisohn (1882—1955)，几乎已经为人遗忘的美国小说家、评论家。生于德国柏林，1890 年随父母移民美国。他是布兰代斯大学第一个德语老师，一生翻译了许多德国文学作品，生命的最后几年一直是该校比较文学教授。*The Island Within* (1928) 讲述了三代犹太人的故事，探讨了作为犹太人的意味。

② Joris-Karl Huysmans (1846—1907)，法国作家。

③ Paul Bourget (1852—1935)，法国小说家、评论家。

④ Mikhail Artsybashev (1878—1927)，俄罗斯白银时代作家。

⑤ Dalton Trumbo (1905—1976)，好莱坞编剧。《约翰尼上战场》(*Johnny Got His Gun*) 又译《无语问苍天》。

但丁、阿里奥斯托[1]、塔索[2]、提布卢斯[3]、海涅、普希金、兰波、魏尔伦[4]、阿波利奈尔[5]的诗歌

辛格[6]、奥尼尔、卡尔德隆[7]、萧伯纳、海尔曼[8]的剧本……

[这个书单还有5页长，列了一百多部作品。]

※

……诗必须是：精确的、强烈的、具体的、意味深长的、有节奏的、形式的、复杂的

……那么，艺术因此总是力求独立于仅仅是智力的东西之外……

语言不仅仅是工具，本质上还是一种目的……

……凭其思想那巨大且精确传递的清晰，杰拉德·霍普金斯[9]用语言打造了一个由痛苦和狂喜的意象构成的世界。

---

① Ludovico Ariosto（1474—1533），意大利诗人。
② Torquato Tasso（1544—1595），意大利文艺复兴时期的诗人之一。
③ Albius Tibullus（约公元前54—公元前19），古罗马诗人。
④ Paul Verlaine（1844—1896），法国诗人。
⑤ Guillaume Apollinaire（1880—1919），法国诗人。
⑥ John Millington Synge（1871—1909），爱尔兰剧作家。
⑦ Pedro Calderón（1600—1681），西班牙剧作家。
⑧ Lillian Hellman（1905—1984），美国剧作家。
⑨ 即杰拉德·曼利·霍普金斯（Gerard Manley Hopkins，1844—1889），英国诗人。

运用无情的清晰这一方式，通过对他的生活和艺术进行的严格的精神化护卫自己，不让自己的作品多肉无骨，他照样在其有限的范围内，创作出了无与伦比的清新的作品。论及其极其痛苦的灵魂问题……

48 年 12 月 25 日

此刻，我完全陶醉在马里奥 · 萨莱诺录在切特拉-索里亚[1]唱片上的维瓦尔第的 B 小调钢琴协奏曲中——这是我听过的最美妙的音乐作品之一。

所有的艺术中，音乐是最美妙同时又是最富有生命力的——它最抽象、最完美、最纯粹——也最感官。我用我的身体聆听，是我的身体随着这段乐曲所表达的激情和悲怆一起疼痛——在整个的旋律世界突然熠熠生辉、瀑布似的落入第一乐章第二部分时，是肉体的“我”感觉到一种无法忍受的痛——然后是一种沉闷的焦躁；每次我被吸进第二乐章所表达的渴望之中时，我都感觉有点蚀骨销魂——

我几乎处于疯狂的边缘。有时候——我觉得——(我是多么刻意地写下这些字啊)——有一些瞬间(稍纵即逝哦)，就像我肯定今天是圣诞节一样，我清清楚楚地知道我是在一个无边无际的

① Cetra-Soria 为公司名。密纹唱片(LP)发展早期，达里奥 · 索里亚(Dario Soria)将意大利出版歌剧录音的专业品牌切特拉(Cetra)引进美国，创立 Cetra-Soria 这一意大利-美国公司。

悬崖峭壁上蹒跚而行——

什么，我问，驱使我混乱无序？我怎么才能自我诊断？我感觉到的一切，非常直接地，就是对性爱和精神交流的极度痛苦的需要——我还很小，也许，等我再长大点，我在性方面的勃勃雄心那个令人感到不安的层面就会被消解掉了——坦率地说，我不在乎。[边上空白处，标明日期是1949年5月31日，SS又写了如下的词语：“你也不应该在乎。”]我的需要是这么强烈，而时间，在我困扰纠结的状态下，是这么少——

很有可能，回头再看看这个，我会感觉可笑极了。就像曾经极度惊恐和神经质地笃信宗教，以为自己哪天肯定会成为天主教徒；同样，我现在感觉我有同性恋倾向（我是多么不愿意写这个啊）——

我千万别想太阳系——别想横跨数不清的光年的无数的银河系——别想宇宙的浩渺——我千万别长时间地仰望天空——我千万别想到死，别想永恒——所有这些事情我千万别做，这样我就不会了解这些个可怕的时刻，在这一个个时刻，我的心灵似乎是个可以触摸的东西——不只是我的心灵——我的整个的灵魂——所有那些激活我的东西，所有那些构成我的“自我”的原初的、反应的欲望——所有这些都具有一定的形状和大小——太大了，我称之为我的身体的这个结构容纳不了——所有这些全都又是推，又是拉的——一年又一年，劲儿越来越大（我现在就能感觉到），一直到我必须握紧拳头——我站起来——能够一动不动——每块肌肉都拉紧——拼命努力想把它自己拉成无限大——我想尖叫——我感觉胃部收缩——我的双腿、双脚、脚趾都在拉伸，拉到痛为止。

我这个可怜的躯壳就快要爆了——我现在知道这一点——对无限的思索——拼命思考使我通过心神不定的单纯的喜欢感官享受的对立面减弱了那种恐怖。某个恶魔明明知道我没有宣泄口，还是要来折磨我——让我充满痛苦和愤怒——充满恐惧，让我颤抖（痛苦啊、焦虑啊我——凄凄惨惨——）我的念想为阵阵涌来的无法控制的欲望所征服——

48 年 12 月 31 日

我重看了这些笔记本。它们有多么单调乏味！难道说，我就永远逃不出这种没完没了地为自己感到悲伤的阴影吗？我整个人好像都是绷紧的——期盼着……

1949 年

49 年 1 月 25 日

如果我有宿舍住，这学期我就去加州。

49 年 2 月 11 日

[SS 就在离开洛杉矶的家之前，写及她上伯克利分校的决定。]

……情感上，我想过留下来。理智上，我想离开。和往常一样，我好像总是享受自我惩罚。

49 年 2 月 19 日

[SS 到达“加州”，加州大学伯克利分校；她才 16 岁。①]

嗯，我到啦。

根本就没什么两样；似乎决不是一件寻找更加适宜的环境的事情，而是要找到我自己——找到自尊和人格的正直。

我现在并不比在家开心——……

……我想写作——我想生活在一种知识分子氛围中——我想生活在一个文化中心，在这个地方，我能听大量的音乐——所有这一切，以及更多，但是……重要的是，似乎没有什么职业比在大学教书更符合我的需要了……［在关于教书这句话的上面，SS后来潦草地写了："天哪！"］

49年3月1日

今天我买了《旋律与对位》[2]，花了六小时一口气看完了。［奥尔德斯·］赫胥黎的散文体写得自信，令人心旷神怡——他的观察敏锐，令人称道，如果一个人对我们文明的空洞的巧妙揭露感到自豪的话——当然，我发现本书令人极为激动——是对我形成中的批评能力的一个赞扬。我甚至非常喜欢看完这本书马上不可避免地产生的低落情绪，就因为我被如此有技巧的方式唤醒，产生了一种没有结果的激动！

在我生命的这个时刻，没有什么能像精湛技巧那样给我留下

---

① 桑塔格生于1933年1月16日。

② *Point Counter Point*（1928），英国作家赫胥黎（Aldous Huxley，1894—1963）的讽刺小说。

深刻的印象了——技巧、组织和辞藻的华丽对我具有强烈的吸引力。一针见血的评论(赫胥黎、拉罗什富科[①])——讽刺的模仿，或者托马斯·曼在《魔山》和《死于威尼斯》[②]中所做的长篇的、敏感的、哲学上的阐述……我太狭隘了——

※

"我的问题在于如何将一种疏离的知识分子的怀疑态度转变成为一种和谐的、全面的生活方式。"

《旋律与对位》

※

49 年 4 月 2 日

我现在爱上了恋爱！——我见不到艾琳［莱昂斯，H 的情人，成了 SS 的情人，在 1957 年至 1963 年的日记里她扮演了一个重要的角色］我能想到的关于她的一切——我能想象到的我表现出的一切知性矜持——都统统消失了，带着我在她面前所感觉到的痛苦 + 恼怒。那么彻底地被拒，还真不是件容易做到的事情——

① La Rochefoucauld（1613—1680），法国思想家，主要思考道德问题，著有《道德箴言录》（1665—1678）等作品。

②《死于威尼斯》(1912)是所谓的"艺术家小说"。

直到我获得了一些时间上 + 心理上的距离，我才终于让自己写及这一点——

我所知道的丑陋极了——而且，因为无法言传，因此难以忍受——我试过！我曾想做出反应！我曾经多么想在身体上受他的吸引，至少证明我是双性恋——［在页边空白处，标明是 5 月 31 日，SS 又加了一句："多蠢的想法啊！——'至少双性恋'。"］

……一想到和男人发生肉体关系，就只有羞辱感、堕落感——我第一次吻他——一个非常长的吻——我心里清楚地想："就这些吗？——真傻"——我试过了！我真的试了——但我现在知道决不可能就这些——我想躲起来——哦，我把彼得的生活搞得这么一团糟——

他叫詹姆斯·罗兰·卢卡斯——吉姆——那是星期五的晚上，3 月 11 日——那天晚上，我原计划去旧金山听一场莫扎特音乐会。

※

我要干吗？［在另一条——这次没写日期——后来加上的"评论"中，SS 写道："当然是让你自己开心啰。"］

[肯定写于 1949 年 4 月，但笔记本上没写日期]

回家过周末是个令人惊叹的经历。我觉得自己在情感上进一步摆脱了我——在理智上——发现的有缺陷的东西——我认为我现在终于摆脱了对母亲的依赖/爱——她没有在我身上激发起任何东西，连怜悯都没有——只有乏味——房子从来都没有像现在这样显得这么小，大家也一个个从未像现在这样显得天生的沉闷、琐碎，我自己的活力过去受到了压制——而在这里，至少[如在伯克利]，在毫无掩饰的独自一人的状态中，我明白了一些乐事和补偿——在音乐中，在书里，在诗朗诵中。我不需要假装成什么人；我随心所欲地安排时间——在家里，到处都是假装，还有为了不伤和气而遵守的一个个规矩——极其浪费时间——今年夏天我得好好地利用时间，因为有许多事情要完成——

如果我进不了芝加哥大学[SS 在加州大学伯克利分校待了一学期之后，申请转到芝加哥大学学院部①]，因此冬季打算回加州的话，我就要待在这里上第一期暑期班。否则的话，我就要在加州大学洛杉矶分校为期八周的班上旁听这些课程。

每天 2:00—5:00 我要留出来写作，在户外阳光下看书，晚上我能掌握的所有时间——我要安静、懂事、少管闲事！

---

① the College of the University of Chicago，是芝加哥大学唯一的本科生学院。

49 年 4 月 8 日

今天下午，我听了阿娜伊斯·宁[①]作的“艺术与艺术家之作用”的讲座：她真令人震惊——像个小精灵，超凡脱俗——一个小个子、身材娇小，黑发，抹了很多粉，让她看上去脸色非常苍白——一双探询的大眼睛——一种我说不上来的明显的口音——她讲话过于字正腔圆——每个音节她都用舌尖和牙齿很讲究、很华丽地发出来——让人感觉假使有人碰她一下，她就会碎成银灰。[后来，SS 在页边空白处写道：“H 当时在场。”]

她的艺术理论非常难以捉摸（对无意识的自动写作的发现，对我们机械的文明的反抗）——奥托·兰克[②]对她作过分析。

49 年 4 月 14 日

我昨天看了[朱娜·巴恩斯的]《夜林》[③]——她的行文真棒——这正是我想有的文笔——华丽而有节奏——这种深邃而有力的行文适合于那些神话中才有的晦涩，而这些晦涩即是语言所象征的审美体验的来源，又是这一体验的结构——

① Anaïs Nin（1903—1977），生于法国、死于美国的拉丁裔女作家、女性日记体小说家，有日记四卷出版。
② Otto Rank（1884—1939），奥地利心理学家，精神分析学派最早、最有影响的信徒之一。
③ 美国作家朱娜·巴恩斯创作的小说，T. S. 艾略特写了导语。

49 年 4 月 16 日

我看了一大半［陀思妥耶夫斯基的］《卡拉马佐夫兄弟》，突然感觉极其不纯洁。我写了三封信，分别给彼得和奥德丽，彻底断绝关系。我也给母亲写了信，一半是声明我对过去是多么的深恶痛绝——

※

哦，也涉及艾琳——

实话实说，她是合意的、可人的——

※

想想看，我说服自己去爱彼得，就因为当时我孤独极了，又想不出能找到比他更好的人！还有，和奥德丽搞得那样的一团糟——该死！如果艾琳能坦诚，而且拒绝我——我自己就能(第一次)真诚——

［在标明 49 年 5 月 7 日—49 年 5 月 31 日的笔记本封二上，SS 用大写字母写道：**“记这本笔记时我重生了。”**］

49 年 5 月 17 日

今天看完了［赫尔曼·黑塞的］《德米安》，总的感觉是，非常失望。这本书有些段落写得很好，描写少年辛克莱的头几章相当好……用书的前面部分暗含的现实主义标准来衡量，那么，书的后半部分板着面孔的超自然主义就令人震惊了。我反感的并不是那浪漫主义的口吻(譬如，我就爱看[歌德的]《[少年]维特[之烦恼]》)，而是黑塞构思的孩子气(我找不到别的说法了)……

我在开始看鲁道夫·斯泰纳[①]的《歌德世界观中隐含的认知理论》。我似乎能不费力气就跟上他的思路，因此我越发怀疑我自己了，便看得非常慢……

在过去几周里(我记过没有？)，我也看了贝亚德·泰勒[②][翻译的歌德]的《浮士德》第一部，以及[克里斯托弗·]马洛[③]的《浮士德[博士]》和曼的小说——

歌德让我感动不已，尽管我认为我还远远没有看懂——当然，马洛我差不多能懂——因为我花了不少时间在上面，重读了好几遍，一遍又一遍地朗读了多个段落。在过去的一周里，浮士德最后的独白我朗读了十余次。真是无与伦比……

在以前一本笔记本里，我直言不讳地说过我对曼的《浮士德

① Rudolf Steiner (1861—1925)，克罗地亚裔德国神秘主义者，对歌德也颇有研究。

② Bayard Taylor (1825—1878)，美国作家。

③ Christopher Marlowe (1564—1593)，英国剧作家、诗人，著有《浮士德博士的悲剧》等作品。

[博士]》感到失望……这是我的批评感受力特性的一个极佳明证！这是部伟大的、令人满意的作品，我得反复阅读才能把握……

我在重读一些对我来讲一直都很重要的东西，我对自己的判断惊愕不已。昨天看了好多[杰拉德·曼利·]霍普金斯的作品，不像我一贯以来的那样充满热情——我尤其对他的《铅色回声[和]金色回声》诗作感到失望——

朗读真好——我也在(怀着未减弱的愉悦)重读但丁，(当然)还有[T. S.]艾略特……

今年夏天，我要专心看亚里士多德、叶芝、哈代和亨利·詹姆斯……

49年5月18日

我难道从来就不能从自己的愚蠢中学到点什么吗！今天我听了一场关于布朗宁的戏剧独白的讲座-朗诵……一直以来，对布朗宁我是多么无知，又是多么势利！——今年夏天又一个要看的作家。

49年5月23日

[这则日记几乎长达30页，SS是打算总结一下她在伯克利

这阶段的整个生活，以她见到H结束；通过H，开始加入到旧金山的同性恋生活之中。]

这个周末是个格局漂亮的总结，也是，我认为，我最大的不幸的部分解除：在过去长达两年的时间里，一直在煎熬着我的、痛苦的灵与肉的两分法：这也许是我所知道的——最重要的时间段——（不管作为一个完整的人我要成为什么人，都是重要的）。

星期五晚上和Al[SS注明：艾伦·考克斯[①]]一起去听约翰斯·霍普金斯大学来的一个哲学客座教授乔治·博厄斯[②]宣读一篇论文，题目是《艺术中的意义》。这是一篇善辩有趣的文章，揭示出亚里士多德以来包括亚里士多德在内的主要批评流派的错误之处，却没有建构他自己的任何十分明确的东西——不过是对种种错误所作出的言辞巧妙而没有结果的观点。几件有趣的事情：从传统仪式与即兴创作之间的变动方面来谈艺术的演变——这是对滥用的古典主义与浪漫主义这组对立面听上去很妙的重述……他的一击是针对那些亚里士多德式批评家的；这些批评家不愿意去搞懂一个事实，即亚里士多德根本就不知道莎士比亚，因此就无法明白《哈姆雷特》是如何成为一部悲剧的（真正的悲剧=亚里士多德的种种界定），但情感上知道它是个悲剧，否则就假装，在某种难以理解的意义上，它真是一出亚里士多德界定中的悲剧……

---

① Allan Cox（1937—　），美国作家。

② George Boas（1891—1980），约翰斯·霍普金斯大学哲学教授。

Al 本人，以及我和他的关系，真的是代表了我想退回到知识界所有的渴望，以及我心里对生活所怀有的所有的恐惧和顾虑。他 22 岁，以前当过商船船员——因为色盲而没有当兵——古典美男子——高挑，褐色鬈发，除了张开得非常引人注目的鼻孔以外，五官是完美的——手很漂亮……来自一个小镇（圣安娜），他一直都在那里生活，直到 18 岁来伯克利上加州大学，他的大学生涯因有三年在海上而中断过。学业上，他是个低年级学生，学的是化学专业，尽管他的兴趣主要在数学和文学上。他想写作，但不敢写，担心写得太糟糕——这倒真可能会。他数学非常棒，如果他能树立起足够的自信心，通过这种学习，他就会尝试让自己迂回进入哲学领域的。他的家庭背景是德国路德教徒——他有个真正属于中世纪的头脑：他那极其强烈的谦逊和罪恶感，他对知识和抽象概念的热爱，他的身体完全服从于他认为重要的东西：精神。最近一次约会，他向我承认，他一天都没吃东西，就是要自律。我觉得，他脑力很强——他是我接触过的智力最好的人之一——把他想象成一个处女尽管荒唐，但是，我相信，他通常是完全禁欲的，对自己难得犯的小错，会感到极其内疚……

我第一次见他是临近开学，当时，我是在一场唱片音乐会（《唐璜》完整版）上注意到他的，得知他是这里的宿舍区学生食堂的侍者[原文如此]。我们闲聊了几句，又在其他几场音乐会上见到，双唇紧闭、脉脉含情地瞥视，这样几周之后，接下来，他终于鼓足勇气，邀请我和他一起听音乐会（在本地公理会教堂听[巴赫的]《尊主颂》）。——从此以后，我难得参加的一些文化活动都是和他在一起；只是要和另一个人在一起，不管这种关系多么缺乏冲动，让我不再去想我与艾琳之间那令人感到羞辱的结局。我从未感到 Al 在身体上吸引我，我和他在一起感到舒服有两个原因：我真的佩服他的智力，想向他学习，和他讨论音乐、文学和哲学；同时，我知道，要他开始肌体相亲，那得过好几个星期，将来这个真要发生时，我要从中抽身也简单。不过，我们连手都还没有拉过呢！和他在一起，我真的觉得舒服——尽管不积极，也没有多少活力。可怕的事情是，这个星期五晚上，我几乎让自己相信我和他在一起时感到的知识上的满足——这根本没有痛苦——很好，是世上能有的最好的满足——听完博厄斯的讲座，我们又一起坐坐喝了一小时的咖啡，然后边走边聊了两三个小时。

我们什么都聊，从巴赫的康塔塔[①]聊到曼的《浮士德》，从实用主义聊到双曲函数，从加州大学劳动学院聊到爱因斯坦的弯曲空间理论。数学-哲学是那么地引人入胜。就在彼时，我真正分享着他深深的谦逊和对生活轻松自在的掌控——他不怕死，就因为他知道他的生活、人的生活有多么的不重要——我们谈得神采飞扬，一切对我而言似乎都非常清楚，因为，在那一刻，我从未舍弃过这么多。迷惘还有懒惰还有阳光还有性还有食物还有睡觉还有音乐，这一切的一切……我觉得非常自信我决定教书是对的，没有任何东西真正重要，除了可以接受的、用心感受的体验……简言之，没有什么真有那么重要。那一刻，我几乎都不惧

① Cantata，亦译大合唱，是带有独唱、重唱、合唱及管弦的体裁。

怕死亡……我们说一个人应该总是预料生活中最糟的事情——生活是一种长期的凄凄惨惨和碌碌无为——一个人不该抗议，应该抽身而不是投身，尽管要承担必要的社会职责；在预测最糟糕的事情的过程中，也许会享受到一些幸福的时刻；不“有条件地”接受生活是我所说的……取你能取的——其中根本就没什么真的重要……我信这一点！……对此我感觉很好……艾琳似乎也变得遥远了……在宿舍门口我离开他时，我真的感觉到心情平静(伴着我们深思熟虑的友情)，上楼睡觉……

我还能战胜生活——战胜我自己的激情——我会全部放弃掉——“放弃它们，在上面签名，缄封，寄给上帝……”[SS 在部分地引用、部分地释义杰拉德·曼利·霍普金斯的对话诗《铅色回声和金色回声》中的一行诗。]

星期六上午，我像往常一样，9:30 醒来，准备 10:00 去旁听《[塞缪尔·]约翰逊时代》。(学期初，我用旁听把我的时间排满后，我注意到有这门课，是周二、周四 10:00 上，当然了，我一周要在 10:00 上五小时的法语——快到期中时——三月下旬——我开始和一个叫 H 的女孩交谈；她在校园教材交换店打工——我很容易就和她聊开了——(我通常都能做到，第一次遇到一个陌生人就能自来熟)——她告诉我说约翰逊这门课真的很好，所以，我就开始过来听，但只能是星期六；我从中学到许多东西——哦，对 18 世纪令人叹为观止的琐事的那种狂热的关注！——主讲人布朗森先生是个绝对有教养的人，长得像 T. S. 艾略特，英国口音，冷幽默，声音低，走路轻……（他认为，大多数人都把鲍斯威尔想得很坏，这简直是场灾难，等等……）

……H个头很高——大约5英尺11英寸——不漂亮，但照样迷人——她笑起来很漂亮，而且，我第一次和她讲话，马上看出来——她充满了惊人的、与众不同的活力……我开始听约翰逊课程之后，每个星期六课后，我都要和她交谈，有时候是在书店。放假前，她问我愿不愿意和她一起去她一个朋友家吃“种族晚饭”……结果发现，那个家伙原来是个令人无法忍受的、举止粗鲁的（面带笑容的那种）同性恋者……他母亲寄给他一些熏鲑鱼、鸡油和无酵饼[①]！在那里的另一些伯克利放荡不羁的文化人乏味极了，我本人的表现也是极其愚蠢——我“讥刺的、自以为有学问的”样子；我从头到尾都清楚地意识到这一点……这时候，H告诉我说旧金山的精英全在酒吧，并说哪天她要带上我……上周四，19日，我逛进那家书店（买了几本法国诗集），她又邀请我——我当然接受——说好本周六晚上我们一起去……我过去听约翰逊课程，然后，登记出门，凌晨2:30前——周六关门时间——回来。下课后，她建议我星期天和她一起去索萨利托[②]，她的朋友——一个叫A的女孩——住在那里……

她叫我和她一起去，我感到惊讶极了——很自然，她本人立马就后悔了，但是，我给她一个台阶下时，她又重复了邀请。我

① 犹太人逾越节时吃的未发酵的面包。
② Sausalito，美国加利福尼亚西部一城市。

从她身边走开了，她去上班，我去吃午饭……

……我下午在加州大学会堂看了由学生制作的、很糟糕的三个独幕剧，消磨了半天时间。5: 30 经过书店。我们朝她房间走去，她在换上李维斯牛仔裤时，我看了她的[赫尔曼·黑塞的]《荒原狼》开头几页……我和她在一起，非常自在，在去旧金山的 F 号线地铁上，我发现自己很想跟她说说艾琳。等我真说了，我意识到，与艾琳和 Al 的纯洁而智性的世界相比，她和她的世界是截然相反！这一点我也告诉她了，而她对整个事情的反应与我的任何想法都是截然不同……我只好笑笑，这真是太荒唐了！她说艾琳是条母狗——她说我有多丑的时候，我本该骂她点真正的脏话，这样她就会放下她神气活现、高高在上的架子了——她心胸狭隘、麻木不仁、缺乏活力……话又说回来，在某种程度上——只有当时一会儿——我感觉 H 是对的——我不可怕……我太需要克服有罪的意识了……我们去了家中国餐馆，吃了顿价格便宜的饭填饱肚子……我们快[吃完的时候]，A 和她丈夫 B 进来了……[然后]我们一行四人去了莫娜酒吧。那里大多是一对对女同性恋……那个歌手是个身穿无带晚礼服的金发女郎，颀长、漂亮；我还在想她那极为有力的嗓音，这时，H——微笑着——不得不告诉我她是个男的……另外还有两名歌手——一个是肥硕无比的女人——我见过的最胖的女人之一——她永远都是朝四周伸展着——还有一个中等个子的男人——黝黑的意大利人长相——这时，我观察能力强些了，我知道他是个女人……

自动点唱机在播放音乐。A 和 B 在跳舞；有一两次，B 和 H

跳。我第一次和H跳的时候，身体非常僵硬，全踩在她脚上……第二次跳自在多了，我开始感觉很爽……

我们喝了一瓶啤酒，然后，我们走出去时，A和B离开了我们——我们12:30左右要在一个叫“纸娃娃”的地方碰头……当时约11:30……不过，H先要去街另一头一家叫“12阿德勒”的酒吧(老板亨利戴了顶贝雷帽)，那儿她认识的许多人当中，有个60岁左右的名叫奥托的老色鬼，她邀请他和我们一起喝，因为，她后来告诉我，总是他买单。后来，我们去“纸娃娃”，在那里一直坐到他们2:00打烊才走……B和A约1:15进来了……那里没有表演，只有某个叫马德琳的糟糕的钢琴手；马德琳一个劲地死敲琴键，从《生日歌》一路往下唱，一首首歌唱下去！她大概到了2:15才停下来，我和H又跳了舞……除了我们四人和奥托，另外还有两人(他们互相不搭界)和我们坐在一起——一个是名叫约翰·德弗的年轻人，显然他住在“纸娃娃”楼上，另一个是靓女——打扮得花枝招展的——名叫罗伯塔。

几个迷人的女人端上喝的——全穿着男装，就像在莫娜酒吧一样——奥托发挥了他的作用，为我们所有人买了四巡喝的——我觉得他非常讨厌——我似乎成了今晚的目标了，他在那里唠叨个没完，我听都不听……我们离开的时候，我发现B准备待在城里过夜……他离开我们，可忘了给A他们A型[1]车钥匙了；A

---

① Model A，福特旗下的第一款车，1903年出厂。

追他时，我和 H 坐在车里 + 手拉手……她醉醺醺的，我呢，尽管酒一上来我就喝完，但我是一点都没醉，不过，没醉归没醉，我感觉妙极了……

开车去索萨利托要过金门大桥，A 和 H 坐在我边上搂脖子亲吻的时候，我注视着海湾，感觉温暖而有活力……我从来都没有真正明白，靠身体活着，不去作任何那些个可怕的两分法的区分，终究是办得到的！

……我和 H［最终］进了锡天使酒吧[①]，到后面的一张窄床上睡觉……

我可能还是喝醉了，因为 H 开始和我做爱时，感觉那么美妙……我们上床前已经 4:00 了——我们又聊了一会儿……H 第一次吻我时，我还很僵硬，但这次只是因为我不知道如何行事，不是我不喜欢(像和吉姆在一起时那样)……她取笑自己现在牙齿上的珐琅质都掉了——我们又聊了一会儿，就在我完全意识到我要她时，她也知道了……

紧贴着她、她身体的重量压在我身上，她的吻和双手的爱抚，这时候，一切绷紧的东西，一切让我胸口疼痛的东西，全都烟消云散、不见了踪影……

① the Tin Angel，旧金山的一个酒吧。

当时，一切我都清楚，现在，我也没有忘记……

……我在写这个的时候，我成了什么人？根本就是一个完全不同的人……本周末的这个经历选择的时机不可能更完美了——我几乎完全缴械。我的性观念发生了彻底改变——感谢上帝！——双性恋作为个人的完满的表达——和对——没错——性变态的坦诚的排斥；这种性变态限制性体验，试图使性体验成为精神上的东西，体现在以下这类观念之中，如在“良人”出现之前理想化贞洁——对纯粹的无爱之性、对滥交的完全禁止……

我现在对自己的能力知道一点了……我知道要拿我的生活怎么办；这一切都是如此简单，但在过去要我知道却又是那么困难。我想要和很多人睡觉——我想要活着不愿死去——我拿到学士学位后，不会去教书，也不会去拿硕士学位……我不打算让我的智力操控我，我最不想做的就是去崇拜知识或者有知识的人！我毫不在乎任何人去堆积事实，除非因为这种堆积是我的确需要的基本敏感性[的]一种反映……我什么都想干……要有一套评价体验的方法——这一体验是给我带来愉悦抑或痛苦，我会非常谨慎地抵制痛苦——我会期待任何地方都有愉悦，也一定会找到它，因为到处都是愉悦！我一定要全身心地融入进去……一切都很重要！我放弃的唯一东西就是放弃的能力、退缩的能力：接受一成不变、接受知识。我充满活力……我漂亮……还要什么呢？

49 年 5 月 24 日

要放弃我现在知道的东西，我觉得不可能……我曾害怕故态复萌，但是，即使硬被拽回老一套的生活之中，我还是拥有在巅峰体验的余韵中我曾是那么肯定的答案……我注视艾琳，她明显处于迷糊状态中，同时又回避我……她的嘴是那么薄……意识到她是多么不完整、她将永远凄凄惨惨，真是件悲伤的事情……不是我已经不再爱她了——而只是，多亏了 H，我的世界日渐美妙广阔，其中，她已经完全缩微、黯然失色……我没作过几次正确决定，而这些个正确决定中的大多数又都是歪打正着……比如，我给艾琳的信中就包括了太多的真相，尽管我指的并不是对那些大话的正确阐释……

爱你的身体并用好它，这是首要的事情……我做得到，我知道，因为我现在获得了解放……

49 年 5 月 25 日

我今天突然有个想法——非常清楚、一直都非常清楚！到现在才第一次突然明白它，太荒唐了——我觉得头晕目眩，有点歇斯底里：——没有任何东西阻止我做任何事，除了我自己……什么东西会阻止我打点行装出发？只是我的环境自我强加的种种压力；但是，它们似乎总是力大无穷，我从未妄想去抗争……可事实上，是什么令我止步？怕我家人——特别是怕我母亲？还是依附于安全感和拥有的物质？没错，这两样都是，但只是那些现实使我……大学是什么啊？我什么都学不到，因为我想要知道的，我能积累，而且已经独自积累了，剩下的就总会是单调沉闷的事……大学是安全，因为上大学是容易的、安全的事情……至于母亲，说实话，我不在乎——我就是不想见她——对拥有物的爱——书籍和唱片——在过去的几年里，是压在我心头的两大郁闷，然而，什么，什么又能禁止我把我的论文、笔记本和一两本书放进一只小盒子，把它们寄到另一座城市的仓储公司，穿上一两件衬衫，套上李维斯牛仔裤，往外衣口袋里再塞进一双短袜、几美元，走出屋子——先给这个世界留张恰当的拜伦式[①]的便条——搭大巴——随便去哪里？——当然，第一次我可能被警察抓住、送回到我快急疯的家人的怀里；但是，被遣送回来的第二天我又出走，如果我又被遣送回来我还干同样的事情，那他们就会不管我了——我就能想干吗就干吗啦！那么，我就和自己讲定——如果芝大不录取我，我今年夏天就真这样离开。如果录取我了，那我就明年这样干；要是我有任何不满意的地方——如果在任何意义上我感觉在这里我基本不受待见，那我就一走了之——上帝，生活空间可大着呢！

49年5月26日

我用我新的眼光，重新打量我周围的生活。非常特别的一点是，我开始害怕地意识到，我正让自己越来越深地陷入到学术生

---

① Byronesque，与Byronic相仿，具有拜伦风格的，多指心高气傲、热情浪漫、不守常规、愤世嫉俗等。

活中去。这会是件不费吹灰之力的事情……只要继续得高分——（我很可能会继续待在英语领域——研究哲学需要有的数学能力我就是没有）——继续读硕士，然后当助教，选个根本就没人感兴趣的冷门课题写几篇论文，然后到了60岁，变丑、受人尊重，当正教授。哼，我今天在图书馆浏览了一下英语系的出版物——篇幅很长（数百页）的专著，研究的是这样的题目：《伏尔泰作品中“你”和“你们”的运用》、《费尼莫尔·库柏的社会批评》、《布赖特·哈特在加利福尼亚报刊上的作品总目（1859—1891）》……

天哪！我都差点要向什么屈服了啊？！？

49年5月27日

今天，有些倒退——困惑——但我看得出来至少是好的……害怕，害怕……当然是艾琳：她是多么孩子气，但我是多么不可原谅地幼稚！只要我感觉到她已经完全不要我了，那一切就好……后来，昨晚，我正要离开去听一场哲学讲座，她朝我走了过来，说她已经决定（！）总有一天，她会愿意慢慢了解我的……

49年5月28日

我被芝大录取了，奖学金765美元

※

A 昨晚在锡天使酒吧开房，H 叫我来。我喝醉之前，一直觉得这件事整个都非常令人沮丧——H 马上就喝高了，整个晚上都对去年她睡过（现在却厌恶）的所有女人和蔼可亲到歇斯底里的程度；她们好像都在那儿……玛丽的老女友也在场，她看上去非常郁闷……B 和 A 自然是喝得酩酊大醉，还打碎了一扇窗……我能想象今天上午她们一直都在说什么！……阅人无数之后，H 过来和我搂脖亲吻，说得委婉些，真是开心极了……接着走过来一个讨厌鬼（H 一直满屋子在高喊："她才 16 岁——这难道不是匪夷所思吗？我是她第一个情人"），要"救"我……H 把我朝他推过去（"来点异性恋体验，苏"）；我还没有反应过来，我们已经跳起舞来，一边搂着脖子亲吻了……[在页边空白处，SS 记下："蒂姆·扬。"]他对我说了句奉承话，我觉得还是有点真诚的，但当他问我是否信仰上帝时，我本该鄙视他的……但我没有，见鬼，我反而给他留了我的电话号码——只能这样，不然他还缠着我——回到[夜总会]前台。我发现自己和三个女人坐在一起；一个叫 C，是个律师，34 岁左右，正如 H 一遍又一遍重复的，"雍容华贵"，在加利福尼亚出生并长大；一口伪英国口音，这种口音时不时地暴露出来，然后无意识中又消失了；她还有辆克罗斯利车……H 告诉我她和她同居了两个月，直到 C 带着一支枪来，扬言要杀了她们俩……另两个女人是一对儿，名叫弗洛伦丝和罗马……H 和弗洛伦丝有过一腿……在某一刻，C 开始大笑，问我们是否发觉这一切完全是《夜林》的戏仿……当然是啰，我以前多次这么想过，感觉很有趣……

［在这则日记里，SS 写道："看《摩尔·弗兰德斯》[①]。"其余为空白。］

49 年 5 月 30 日

这可能有点显得多愁善感、幼稚，可我还是忍不住要从［莪默·伽亚谟的］《鲁拜集》[②]中摘录一些四行诗，因为它们如此完美地表达了我此刻的喜悦之情……

49 年 5 月 31 日

我也重看了我抄在第四本笔记本上的卢克莱修的话："生活继续……死亡的是生命、生命、生命。"

隔段时间再看一下在这本之前的那些笔记本，对我有好处——我注意到去年圣诞节写过这么一段：某个恶魔明明知道我没有宣泄口，还是要来折磨我——让我充满痛苦和愤怒——充满恐惧，让我颤抖——（痛苦啊、焦虑啊我——凄凄惨惨）：我的念想为阵阵袭来的无法控制的欲望所征服——

自那之后我已经进步不小——学会了如何"宣泄"——如何更充分、更大范围地拥有某个时刻——接受我自己，永远接受，

① *Moll Flanders*（1722），丹尼尔·笛福的长篇小说。

② *Rubaiyat*，古波斯诗人莪默·伽亚谟（Omar Khayyam，1048—1131［一说卒于1123］）所作的每节四行的长诗。

为自身感到高兴——

真正重要的事情不是去拒绝接受什么东西——当我想到当时对真的要来加州，我有多么犹豫不决！我当时还当真考虑过不接受这种新体验！那会多糟糕呀（尽管我永远都不会知道！）——

我到芝加哥后，真的会知道干什么——我会马不停蹄地出去、抓紧体验，而非等体验来找我——我现在能这样做，因为那个大障碍物被推倒了——关于我的身体的神圣感——我一直都充满欲望——就像我现在一样——但是，我一直以来总在自己的道路上设置观念上的障碍——私下里，我一直知道自己无限的激情，但似乎没有想好怎么去宣泄，没有找到足够合适的宣泄口——

我现在知道了纯粹基于身体、没有“精神交流”等等的对于极大愉悦的体验能力，尽管精神上的交流当然也很重要……

艾琳差点毁了我——使我对自己的女同性恋关系一直就有的那种最初的内疚之情变得凝结起来——让我面对自己时觉得丑陋——

现在我知道了真相——我知道了去爱那是多美好多正确的事情啊——在某种程度上，我已经获许生存了——

一切从现在开始——我重生了

49 年 6 月 4 日

肖斯塔柯维奇[1]钢琴协奏曲

斯克里亚宾[2]前奏曲

弗兰克[3] D 小调交响曲

普罗科菲耶夫[4]第五交响曲

[巴赫的]B 小调弥撒

配乐做爱！多斯文哦！！

49 年 6 月 6 日

星期六晚上我和 H 外出去了索萨利托……除非我能喝酒，否则，我在那里就感觉无聊透顶，还尴尬……A 和 H 一直混在一起……一大帮丑八怪在喝酒，结果把自己弄得更丑，其中就有 D……10:30 左右，我和她一起去了 SF[5]，我真醉了，从来都没有这么醉过……在锡天使酒吧，我真的是一刻都不能再忍受了，我知道 H 不在乎我干什么……我们先去了 299 号——D 的住处，然后去了“12 阿德勒”酒吧，在这里，我们遇见了布鲁斯·博伊德，并和他一起去了家叫做“红蜥蜴”的同性

① Dmitry Shostakovich (1906—1975)，俄罗斯作曲家、钢琴家。
② Alexander Scriabin (1872—1915)，俄罗斯作曲家、钢琴家。
③ Cesar Franck (1822—1890)，比利时裔法国作曲家。
④ Sergei Prokofier (1891—1953)，俄罗斯作曲家、钢琴家、指挥家。
⑤ 指 San Francisco，旧金山。

恋酒吧；这家酒吧完全是沃尔珀吉斯之夜[1]的产物；最后很自然到了P. D.[2]……D喋喋不休地讲话……她觉得“邪门”……“我是新英格兰人”

D（缅因州奥甘奎那）

“17岁那年，我想搞清楚性爱到底是怎么回事，所以，我去了家酒吧，挑了个水手（他是红头发），我完全是遭受强奸……天哪！好几个星期我都无法坐下！我吓死了，怕自己怀上孩子……”

大麻

在疗养院住了一阵

“精神崩溃”

较量成功——“你不懂，你年轻，你还在上学”——

在夏季轮演季节当业务经理——锡天使酒吧——海军？——秋天纽约的电视行业的工作

① Walpurgisnacht，根据德国神话，4月30日夜晚圣沃尔珀吉斯在哈尔茨山布罗肯峰设宴招待魔鬼和巫婆狂欢作乐，也译“女巫节”。

② 指Police Department，警察局。

[……]

“我没对你说谎——H——我被她迷住了”

※

我们回到她的住处——“林肯宾馆”的一个房间——锡天使酒吧的街对面——倒头就睡。第二天下午她说她现在“后悔昨晚没抓住机会……”

我感觉比任何时候都要情绪低落、疲惫不堪

同性恋(homosexual) = 男同性恋(gay)

异性恋(heterosexual) = jam①(西海岸)、straight②(东海岸)

[插在下面一页上]

纽约23区
69西街305号
本杰明先生转交
H.

①② 均为美国俚语，指“非同性恋者”。

49年6月11日

H昨天去了纽约……上星期，我有好长时间和艾琳在一起。上帝啊，她真有问题！她对我这么推心置腹，让我感到惊讶……所有这些思考和谈话！……人们拿自己的生活怎么办，我不想去爱心态不开放的人……艾琳不知道拿她自己、拿她对自己的要求怎么办才好……她谈到她过往生活的“平庸”——她没有取得好成绩什么的——她和一个男孩有过的一段恋情，而她最近听说他快结婚了……许多人背叛了她……

49年6月13日

我要好好想想事情，把过去五个月总结一下，因为四天之后，我就要回洛杉矶了［即回到她母亲和继父家］……最近老和艾琳在一起，有点扰乱了我……寂寞轻而易举就能将我击倒，同样轻而易举的是，只要能（部分——而非彻底）减轻寂寞感，我成为什么样的人都愿意。我是无限的——我永远都不能忘了这一点……我要感官刺激，我要敏感性，两样都要……我和H在一起，比和任何人在一起都更有活力、也更满足……我永远都不否认这一点……我宁愿在强度和过度方面出错，也不要虚度我的时时刻刻……

49年6月19日

……好像这一切从未发生过——

然而，过去并不因为被限定在某个你现在要离开并永远不能再回来的地带，就比你永远生活在同一个地方的过去而更为遥远……

但还是产生这种凄惨的空虚感——好像我从未离开过，好像过去的这五个月从未存在过，好像我从来就没有认识艾琳并爱上她；好像我从来就没有因为H而发现了性，好像我从未发现过自己（我发现了吗？）——好像这一切从未发生过……

49年6月26日

你的环境里有一种陌生的、新的元素时，时间过得是这么慢……我在加州的头几个星期，还有，这过去的一星期——我在家的第一个星期就是如此——没有尽头——

［未标明日期，很可能是1949年7月初］

加州大学洛杉矶分校暑期班不让旁听——我只去了四天，就被赶了出来——那些课肯定没什么听头（迈耶霍夫的“哲学21”除外）——

我现在有了社保卡，并在“美国赔偿公司”找了份工作，当档案管理员——在鲍勃的办公室——月薪125美元，一周工作五天。星期一开始上班——

我在看[奥斯瓦尔德·斯宾格勒的]《西方的没落》……歌德的世界。又是观念……普遍的植物。非常漂亮——

斯宾格勒书里引用的歌德的话：

“生活里重要的是生活，而非生活的结果。”

“人类？这是个抽象说法。永远都只有人、具体的人，现在是，一直是，将来永远是。”（致卢登）

……

“正确理解的话，功能是被视为一种活动的存在。”

[未标明日期，很可能是1949年7月中下旬]

……一个故事的想法：

保险公司办公室

人事主管——杰克·特拉特——双性恋——不幸福，为蔑视+高人一等的感觉所毒化——向克利夫献殷勤——还有，司各特突然从档案部主管（现在是杰克·帕里斯的工作）晋升为保险部负责人——杰克·帕里斯现在指望——

所有部门的人事晋升都得看他是否乐意

恐怖。

49年6月29日

命令：看纪德的《新地粮》。

又是极度痛苦的对立：

梅什金[1]：

座右铭："satbo"——("我会坚强")

阿尔伯特·施韦策[2]的"敬畏生命"，说得令人满意，正是我一直理解的梅什金-基督徒-阿辽沙[3]神话极富吸引力的精华——爱+和平主义——

如此完美的、可以接近的一面旗帜！一个愿景！

一个人无论如何都不得已要忍受的痛苦的一种正当理由与升华

美狄亚：

① 陀思妥耶夫斯基《白痴》中的主人公，是作者所认为的"正面的、美好的"，也是个堂吉诃德式的人物。

② Albert Schweitzer (1875—1965)，德国神学家、哲学家，1952年诺贝尔和平奖得主，著有《文化哲学》等。

③《卡拉马佐夫兄弟》中一个人物，伊凡的弟弟。

座右铭："Wolle die Wandlung"——里尔克（"渴望一切变化"）

接受我的同性恋——一种无根的、狂乱的生活——夸大我的不幸、过去、现在和未来的重要性——把它设计好——"节奏、平衡、多元统一，以及累积运动"

※

济慈：

"我什么都不确定，除了内心情感的神圣和想象的真实"

"哦，多想过一种感受的生活，而不是思索的生活"

49年8月3日

"激情摧垮高品位"

※

能理解整个事情。会轻易就屈从于：

白天当白领——在伯兰德[1]当文书兼打字员、记账人、

① 指动力工具零售商伯兰德工具公司（Berland's House of Tools），一家专为建筑业提供服务的公司。

经理助理

晚上泡吧

寂寞——想做爱

可以接受任何人正常做爱，只要长得不丑，爱我 + 对我忠实……

※

同性恋俚语：

同性恋的
“一个同性恋男孩”
“一个同性恋女孩”
“那些同性恋孩子”

直人（东海岸用语）
果酱（西海岸用语）
正常人（游客语）

“他是直人”
“他非常果酱”
“我过果酱的生活”

“我的一个果酱朋友”

“我在回到正常轨道上来”

“易装秀”

“在易装秀”

“参加易装秀”

“一场易装秀”

同性恋的：

“86[1]，” “他 86 我了，” “我被 86 了”（赶出去[逐出酒吧]）

动作举止“娘娘腔”，“今晚我娘”（脂粉气的）

“我着迷于……”（“I'm fruit for —”）[2]

厕所（the “head”，the “john”）

T. S.[3]

---

① 英语里，eight-six（86）与 nix（某菜告罄）押韵，后者原是饭店里表示某种菜肴已售完的一个行话，借指赶走某个醉酒闹事的顾客。

② 句中的 fruit 指男同性恋者。

③ tough shit 缩写，指倒霉。

“他是男同性恋搭档，”“男同性恋搭档出去”（一夜情）

“去做生意，”“我准备去做生意”（为钱）

“勃起”（get/have a head on）

“一个荡妇”（搞一夜情的女人——只为性——不为钱）

“从屋顶上掉下来”（“fall off the roof”，经期）……

※

帕蒂：“你真的假的呀，”“我会做到那个东西”真的“出现”为止 = 同性恋者

黑人每年在芝加哥南边“真的寻欢作乐”——全国各地来的人——万圣节前后

黑人——哈得孙河游览——同性恋者——一年一度……

※

一般俚语：

“搞性感女郎”（“get a piece”）

“搞性感小妞”（“get a piece of tail”[①]）

“盒子” = 阴户

“搞到一只盒子” = 和一个女人口交

（“宝贝，你什么时候让我口交？”）……

※

拜伦勋爵：

《曼弗雷德》（对妹妹——阿斯塔蒂——乱伦的欲望）

《该隐》

《唐璜》

（爱他的异母姐姐——奥古斯塔·利）

圣休节——11 月 17 日

圣戴维——威尔士的守护神

※

[这本笔记本的其余部分都用来给从抑扬格五音步诗到六行诗节各种各样的诗歌形式详细地下定义、比较和举例说明。]

---

① 这个俚语与前文“get a piece”均指“和性感女郎做爱”。

49年8月5日

昨晚和F在一起。说他和E一年前就认为我很可能是女同性恋者。“你回到正常轨道上来的唯一可能性[就是]立马终止。不再有女人，不再去酒吧。你知道的，在芝加哥也会是同样的事情——在宿舍、在学校，或者在同性恋酒吧……同时和几个男人约会。坐下来，让他们抚摸你+让他们找点小乐子。一开始，你根本不会喜欢这样，但强迫你自己这样做……这是你唯一的可能性。在此期间，别见任何女人，如果你现在不停止……”

※

巴赫D小调钢琴协奏曲第一乐章

巴赫E大调小提琴协奏曲第一乐章

莫扎特交响乐协奏曲第二乐章

贝多芬A大调[钢琴]三重奏曲第二乐章，作品70a

[未标明具体日期，1949年8月]

旧金山：莫娜酒吧、菲诺基奥店、纸娃娃、黑猫、红蜥蜴、12阿德勒

纽约：181俱乐部——第二大街，第19洞[①]——女同性恋

① 19th Hole，高尔夫球赛后球员们喝酒聊天的场所。

者，杰米·凯利酒店、摩洛哥村，圣雷莫酒店，托尼·帕托酒店、特里酒店，莫娜酒吧

颜色词，动物名

※

推荐的同性恋俱乐部：海滨别墅；宾馆——租个房间，随便什么时候；酒吧——喝一杯 25 美分；餐馆；两个游泳池

靠海边

※

要买的书：

亨利·詹姆斯：《笔记本》、《奉使记》、《波士顿人》、《短篇小说集》、《卡萨玛希玛公主》、《鸽翼》

陀思妥耶夫斯基：《白痴》、《少年》、《短篇小说集》

康拉德：《袖珍本康拉德文集》

里尔克：《给年青诗人的信》

黑塞：《荒原狼》

菲尔丁：《约瑟夫·安德鲁斯》、《汤姆·琼斯》

笛福：《摩尔·弗兰德斯》

纪德：《新地粮》

A. S. 爱丁顿[1]：《物理世界的性质》（麦克米伦——1929 年）

H. O. 泰勒[2]：《中世纪思想》

杜威：《艺术即经验》

[哈特·]克莱恩[3]：《诗集》

[恩斯特·]卡西尔[4]：《人论》、《语言与神话》

49 年 8 月 17 日

[M. E.]赫尔申宗在《两个角落之间的通信》中所提出的观

---

① A. S. Eddington（1882—1944），英国天文学家、物理学家、数学家。
② Henry Osborn Taylor（1856—1941），美国史学家、法学家。
③ Hart Crane（1899—1932），美国诗人。
④ Ernst Cassirer（1874—1945），德国哲学家。

点，完全表达了在过去的一年里，我默默地、偷偷地、羞愧地感觉到的东西；不过，它仍然不那么真实，无法成为真实的结论，这个结论极有可能一直都是个令人半瘫痪的潜力。

这样，在又一个思考中，我发现自己是个外来客。

Ich bin allein［“我独自一人。”］

重读《丛林野兽》[①]。一次绝对可怕的经历。我无法驱除它留给我的极度的沮丧。

49 年 8 月 20 日

看［安德烈 · 纪德的］《伪币制造者》。我为它着迷，但不感动。我想起童年时的一个噩梦，无穷无尽的反射镜像——一个人举一面镜子，站在另一面镜子前面，一个个循环往复。

这里是：纪德写的一部叫做《伪币制造者》的长篇，是按照时间顺序来描写一个名叫埃德瓦的人的一个生活小片段。此人计划写一部叫做《伪币制造者》的书，但现在却忙于记关于他的生活的日记，而他的生活则受到了他要写这部书的想法的影响（正如霍普金斯透过基督的一滴血看到“德意志”号的沉没一

① *The Beast in the Jungle*（1903），亨利 · 詹姆斯的中篇小说。

样[1])——他觉得这本日记要比那本打算写的书更有趣，所以，他现在计划出版这本日记，而决不写那本书。埃德瓦即纪德，始于插叙，终于插叙[2]。

49 年 8 月 26 日

我开心地注意到我进入了我青春期的无政府主义者-美学家阶段。上星期，我接连看了：［I. A.］理查兹的《实用批评》[3]和凯斯特勒[4]的《正午的黑暗》，以及［沃尔特·］佩特的《文艺复兴》[5]的结论部分。我讨厌人，讨厌愚蠢和平庸，讨厌运动和政治……

※

e. e. 卡明斯[6]：

“长大就丢下记忆”

---

① 霍普金斯写有长诗《德意志号的沉没》（*The Wreck of the Deutschland*）。

② in medias res，指从中间写起。史诗也有这样的写作惯例，英国诗人约翰·弥尔顿的《失乐园》即为一例。

③ I. A. Richards (1893—1979)，英国文学批评家、语言学家、诗人。《实用批评》(*Practical Criticism*，1929)通过具体例子，说明了他所运用的分析批评方法。

④ Arthur Koestler (1905—1982)，英籍匈牙利犹太作家。

⑤ 沃尔特·佩特(Walter Pater，1839—1893)，英国文艺批评家、散文作家，主张“为艺术而艺术”，《文艺复兴》即《文艺复兴史研究》(*Studies in the History of The Renaissance*，1873)。

⑥ e. e. cummings (1894—1962)，美国诗人、小说家、画家，作品形式新异，风格独特。

49 年 8 月 30 日

我已经忘了个精光，到现在才来描述一下今年夏天的非知识(！)活动：这些活动都要收尾了。上星期，彼得回来时，我跟他讲了这些活动，这才意识到它们有多么重要。我的第二段恋情——想想看！……但是，今年夏天我可能遇到的唯一一个确定的好事，就是我和 E 的亲近，其聪明才智我是由衷地佩服。这与我从伯克利回来前为自己制定的严格的饮食起居制度有多么的不同啊。夏天不会有性的，我还以为！H 和 L 完全相反！全都非常幽默！

今晚我和 L 说再见。当然，又上床了。我发现自己身上有着一种根深蒂固的、非常危险的温柔倾向——没有逻辑性，甚至违背所有的理性，我发觉我已经为 L 所动，对她给了我身体上和自我的满足，我何止是感到一种理性上的接受啊……然而，我想，如果 H 处于类似的境地，她会怎么做！尽管我钦佩冷酷和傲慢，但是，我无法完全鄙视自己的软弱……

49 年 8 月 31 日

第 226 页——［塞缪尔 · 巴特勒的］《众生之路》——贾普太太用“gay”这个词来形容一个荡妇——

“她放荡”

“一个荡妇”

49 年 9 月 1 日

我思想上讨厌女人在异性恋性关系中身体上的被动性，我现在明白了，只是试图为不受到那种性吸引找理由……因为和 H 在一起时充当过女人角色、和 L 在一起又充当过男人角色之后，我回味起来觉得“被动”得到的身体愉悦更大，尽管从情感上讲，我肯定属于爱的一类，而非被爱的一类……（上帝啊，这一切有多么的荒唐啊！！）

※

拉罗什富科（1613—1680）：

“我们有足够的力量去忍受别人的痛苦。”

49 年 9 月 2 日

下午 1:30 离开洛杉矶

不可能明白……

49 年 9 月 3 日

在火车上：亚利桑那、新墨西哥：

干涸的河床——(很宽[20—30英尺]、4—5英尺深)——着上了童话色彩——光滑，小溪从玫瑰色沙上流过，岸边耸起的小悬崖上一片银绿色小灌木丛——

49年9月4日

早上7:15到达芝加哥

这是我见过的最丑陋的城市——连绵一片的贫民窟……市中心——遍地的垃圾、狭窄的街道、高架铁道的噪声，永远黑咕隆咚，永远臭不可闻，身子摇摇摆摆、衣衫褴褛的老头，便士游乐场[①]，“影印”店，电影院——《裸体营中之爱》——《全讲了》——《赤裸裸的真理》——《未删节》。

※

州街[②]的一个书店里，我翻阅了[威尔姆罕姆·]斯塔科尔[③]的两本书：《同性恋-神经症》和《双性恋》——他相信，人类生来就是双性恋——一直以来，只有希腊文化认识到这一点……

① penny arcade，原指投1便士可玩一次游戏机的游乐场所，现也指设有投币启动式游戏机的游乐场。

② State Street，芝加哥一条重要的南北向干道。

③ Wilhelm Stekel (1868—1940)，奥地利医师、心理学家，弗洛伊德最早的追随者。

49 年 9 月 5 日

上午 8:45 到达纽约

49 年 9 月 8 日

我向阿伦叔叔行了礼——一年一度，并得到 722 美元，用来付今年的食宿费……所以，我经济上完全有保障了……

49 年 9 月 12 日

亲人的沙漠里的三个绿洲和道德勒索：

《推销员之死》[阿瑟·米勒]

《肉体的恶魔》[根据雷蒙德·哈第盖[1]小说改编的电影]

《银匙》[肖恩·奥凯西[2]的剧本]

[SS 把米勒和奥凯西的节目单夹在笔记本里。]

① Raymond Radiguet (1903—1923)，法国作家，《肉体的恶魔》(*Le Diable au corps*，1923)是他的长篇小说处女作，也是他最著名的小说。

② Sean O'Casey (1880—1964)，爱尔兰剧作家。

阿瑟·米勒的戏极其有力——乔·麦哲纳[1]的布景设计华美，演得、导得也美轮美奂——只是它并不是真的写下来的……

[由]杰拉德·菲利普[2][主演]的哈第盖的电影在各方面都是感觉敏锐的，尽管还达不到一部“田园交响曲”那样一流的高度……

奥凯西的戏演得不错，但肯定是可以超越的……这是个让人费解的作品，不太成功，我认为，尽管有些场面很华丽，第一幕一直都很感人、很美……象征性的第二幕与第一幕的现实主义因素没有完全融合在一起……在头两幕那些复杂得令人兴奋的表演姿势之后，最后两幕里对男主人公坦率朴实的怜悯成了反高潮……

49 年 9 月 15 日

《沙约街上的疯婆子》[3]。我在这里看过的最美的戏。场面纯粹、轮廓无限展开。她的步态、她的手、她的姿势！它们的准确到位让入戏的我会因为有天壤之别的不优雅而感到痛苦……

---

① Jo Mielziner (1901—1976)，美国设计师、舞台设计。
② Gérard Philipe (1922—1959)，法国演员。
③ *The Madwoman of Chaillot*，法国剧作家让-吉洛杜(Jean Giraudoux，1882—1944)的剧本，写于 1943 年，1945 年首演。

※

大都会[艺术博物馆]的希腊藏品：

《集市上的老妇人》大理石雕像——公元前2世纪。身子前倾，看着，嘴巴松弛。[这则日记下面附有这座雕像的素描。]

[下面这则被划掉了。]回首这16年。[到第二年1月SS才满17岁。]一个良好的开端。可以更好：学问更好，肯定，但是，指望我比现在情感上有太多的成熟，那是不合情理的……一切都对我有利，我早期的解放，我的[这则日记就此结束。]

※

同性恋有多少是自恋？

※

剧变：纪德也许是对的：爱与激情的分离（参见《伪币制造者》现代文库版“导读”）。

※

（我恭敬、顺从、温顺地读！……）

※

先导者们：

塞尚：

《花瓶里的郁金香》——1890—1894
（绿色）

《圣维克多山》——1900
（蓝色、白色、黄色、粉红色）

※

还是孩子气地着迷于我自己的书写……想想看啊，我手指间总有这一颇具快感的潜力在熠熠生辉！

49 年 9 月 27 日

……怎样保护审美体验？不只是愉快，因为你无法凭艺术品所给予的愉悦量来评价它——但这一体验本身更美妙——不，这不合逻辑……

※

……精神上的手术如何存在?

※

……贝多芬四重奏对欧几里得定理

※

对秩序的需要

※

[一生中，SS都列单词表；偶尔，她往里面插入某人的名字，或者一小段评论。1949年秋天，未标明日期的这条就是代表，显示出有多早这一习惯就成了她的第二天性。]

effete(贫瘠的[①])
noctambulous(夜行的)
perfervid(极其热情的)
detumescence(消肿)
disheveled(凌乱的)
so alluring, so cerebral(如此诱人，如此理智)
sodden(浸透的)

---

① 这个单词表中有些是多义词，因无上下文，权译常见意思，以作参考。

intriguing(引发好奇心的)

corrupt dignity(损害尊严)

lotophagous(食莲者，也指做白日梦或懒散)

elegiac(挽歌的)

Meleager(梅利埃格[①])

disponibility(可自由使用性)

pardine(豹的)

demotic(通俗的)

Harriette Wilson(哈里特 · 威尔逊[②])

garbure([法国西南部的]猪油鹅肉卷心菜浓汤)

satura(饱和)

succulent(汁多味美的)

competent intellectual vulgarity of Aldous Huxley(奥尔德斯 · 赫胥黎强有力的智性粗俗)

Yellow Book preciousness(《黄皮书》宝贵)

secretive(遮遮掩掩的)

sturdy(结实的)

pedantry + lechery(卖弄学问 + 好色)

spleen(坏脾气)

ribaldry(下流)

ilex(冬青属)

Klaxon(汽车喇叭)

---

① 希腊神话人物。

② 英国摄政时期的名妓。

※

《岩池》——西里尔 · 康诺利[1]，第 213 页

“……这么说来，也许，我们不全都无意识地试图留着那套人们第一次发现我们穿着的撩人的衣服嘛。”

※

49 年 10 月 21 日

我回到芝加哥，没有快乐，+不仅发现了意料之中的阴森，还发现要面对一个新的考验。又一次，我因缺乏实用知识而使自己遭受一种真正的，+几乎要击垮我的磨难。一年前的夏天的工作给了我至关重要的启示，这过去的几星期也一直如此。那时我就明白我无法忍受干白领工作，+我无法指望上大学、看书、写作之后还能干什么工作挣足够的钱让自己过上好日子。（我曾经天真地以为与其做伪知识分子的什么事，比如教书，还不如做某件无意义的事情——我没有意识到一个人会因为他大部分工作时间里的活动而变得多么的麻木、枯竭。）这打消了我企望过无产者生活的一半的念头，+我目前注重身体存在的方式已经剥夺了我的另一半幻想！

---

① Cyril Connolly（1903—1974），英国作家、评论家。

※

昨晚看《我控诉》[1]。但是，一个人，只有当他已经知道了恐惧和绝望，他才能感觉到！

（对彼得糟糕的诗的一个想法：缺乏技巧，正如他说的？不对。是没有品位。对他的个性、能力+信仰，我只有鄙视！）

《天国之路》[2]：技术上（即感官上）成熟到高超的程度，道德上（精神上）幼稚；《疲倦的死亡》[3]技术上拙劣+幼稚，道德上是成熟的。这两部片子我会重看哪一部呢？《天国之路》。因为它有更多的"艺术"？

我和E的关系已经结束了——

他生活的这种不奋斗的空虚……

一门新课，一个新世界——历史哲学。博絮埃[4]、孔多塞[5]、赫尔德[6]、兰克[7]、布克哈特、卡西尔——

---

① *J'Accuse*，法国作家左拉写的一篇长文。
② *Himlaspelet*,1942 年上映。
③ *Der Müde Tod*,1921 年上映。
④ J. B. Bossuet (1627—1704),法国基督教史学家。
⑤ Marquis de Condorcet (1743—1794),法国哲学家、数学家、政治学家。
⑥ Johann Gottfried Herder (1744—1803),德国哲学家、神学家、诗人。
⑦ Leopold von Ranke (1795—1886),德国史学家。

重读：［安德烈·纪德的］《背德者》。下面我要看的书是卡夫卡的日记。

49 年 12 月 13 日

道德贯穿于经验之中，而非相反。我是我自己的历史，然而，在我希望了解我的过去、并完全有自我意识的道德欲望中，我完全变成我的历史所表明的那样，即我现在不是——自由的。

49 年 12 月 28 日

［这个笔记本——含有一直记到 1951 年初的日记，也包括 SS 叙述她对托马斯·曼的访谈——多年之后，她会在一个回忆[①]中写到这件事情（这对她是很少有的事之一）——在第一页上，引了一句培根的格言："一个人，不管他的心思集中并异常满足地仔细考虑什么，都值得怀疑。"］

今晚 6:00，我和 E、F 质问了上帝［在页边空白处，SS 记下了托马斯·曼的电话号码］。我们在他的房子（圣雷莫路 1550 号）外面从 5:30 坐到 5:55，敬畏得一动不动，先演练了一遍。他妻子开的门；她纤细瘦小，脸色苍白，头发灰白。客厅很大，他坐在客厅尽头的一张长沙发上，抓住项圈控制着一条大黑狗；我们走过来的时候，听到狗在叫。米黄色的西服，栗色的领带，

① 指桑塔格创作的短篇小说《朝圣》。

白色的鞋子——两脚并拢、膝盖分开——（巴桑[1]！）——非常拘谨、普普通通的长相，和他的照片上一模一样。他把我们领进他的书房（当然，靠墙全都排满了书橱）——他讲话慢吞吞的，但是用词精准，他的口音远远没有我以为的那么重——“但是——哦，告诉我们神谕上怎么说的”——

关于《魔山》：

1914 年前开始写，中断多次后，于 1934 年完稿——

“一个教育实验”

“寓言的”

“和所有德国小说一样，这也是一部教育小说”

“我尝试总结一下欧洲在一战前所面临的所有问题”

“它是要提问，而不是提供答案——否则就太自以为是了”

“你们没有觉得它写得很仁爱吗——其中有乐观主义精神？它不是一本虚无主义的书。它是怀着仁慈和善意写成的”

① 原文为 Bashan，语出《圣经》，意为壮汉。Bashan 是约旦河以东的一片沃土，古代以出壮牛著名。

“汉斯·卡斯托普[1]是一代人的代表，他们要把战后的世界重建成自由、和平和民主的世界”

“塞特姆布里尼[2]是人文主义者；他代表西方世界”

“变化莫测的”

[SS]：汉斯面对的所有诱惑——影响——重要的是，意识到(以及如何)汉斯下山时比以前懂得更多了——更成熟——对约阿希姆[3]的招魂。

[曼继续说]：“这与战前我个人在慕尼黑的一次经历有关——我到今天为止都还不知道那是真是假——‘元心理学的’”

[在写下曼这些评论最后一条的这页的正上方，SS写道：“作者的评论因其平庸而辜负了他的书。”]

他的[即曼的]作品形成了一个统一性，最好应该作为一个整体来分析——(从《布登勃洛克一家》到《浮士德[博士]》)——[曼]：“在文学生活中，思想是有关联的、是连续

① Hans Castorp，《魔山》主人公之一。
② 在《魔山》中，各种思想杂陈，有意大利自由派人文主义者塞特姆布里尼——汉斯的两位病友恩师之一；另一位是纳夫塔(Naphta)。
③ Joachim，汉斯的表兄。

性的”——

译本：

“《魔山》最好的译本是由一个法国诗人，莫里斯·贝茨完成的，他也以优美细腻的文笔翻译过里尔克的诗。”

在他作品的所有“英译本”中，最好的是肯尼思·伯克的《死于威尼斯》。

“我的出版商阿尔弗雷德·诺普夫对洛太太翻译我的作品的能力深信不疑——当然，她非常了解我的作品。”

《浮士德》是本极难译的书。

［曼］：因为古高地（路德[1]的）德语，“它有只脚踩回到了16世纪”——

论当代作家：

乔伊斯：

1. 不清楚《肖像》（即《青年艺术家的肖像》）在乔伊

① 指马丁·路德（Martin Luther，1483—1546），德国宗教改革推动者，基督教路德教（Lutheran Church）的创始人。

斯整个作品中的序列(他的第二本书?)

2. 英语“文化”以外环境中出生的人难以欣赏它的美

3. 看过论乔伊斯的书

4. 曾相信乔伊斯与他本人之间有相似性:——神话在他们的作品中的地位(《尤利西斯》,《约瑟[和他的兄弟们]》[1],《魔山》)

5. 认为乔伊斯是“我们时代最重要的作家之一”

普鲁斯特:

普鲁斯特和曼本人都强调时间,但是,《魔山》完成好长时候之后,他才认识普鲁斯特——“时间是个当代问题。”

论《浮士德[博士]》:

“这是本尼采式的书”——创作始于1942年,1946年完稿

---

① 托马斯·曼的四部曲,1933年至1938年,曼在瑞士流亡期间完成前三部:《雅各的故事》(1933)、《约瑟的青年时代》(1934)和《约瑟在埃及》(1936)。

音乐部分和阿尔班·贝尔格[1]的一个叫达诺尔第的学生合作——写本书期间与勋伯格见面聊得也很多——用了勋伯格的《和声学》——

眼下，他在写一个较短的“叙事作品”——不是个鸿篇巨制——会有 300 页左右——希望 4 月份脱稿——是“神话作品”，“童话”，“悲喜剧”。素材来源于德国吟游诗人[中世纪吟游诗人]哈特曼·封·奥厄[2]的一首诗——“一个大罪人的故事”——但“他无罪”——“一个虔诚、怪诞不经的故事”

[曼对故事情节的叙述]：（兄妹）乱伦的儿子被赶出家门——山？海？成年后回来，娶他的母亲——最后成为教皇——这本书甚至比《浮士德》还要难译——包含了古德语、中期德语、古英语和古法语的杂合

瑞士新书——研究《浮士德》是怎样写成的——写作因一次肺部手术而中断——不会被翻译——

[曼]：“只是一本献给朋友的私密的小册子”——“大家可能会觉得太‘自负’了”

[下面一页，SS 写道]：离题的话：对问题的不满意的回答

---

① Alban Berg (1885—1935)，奥地利作曲家。
② Hartmann von Aue (1170—1210)，中古高地德语诗人。

表示歉意——1. 英语差　2. 问题难（《魔山》出版要25年了——25周年纪念——“一个相当重要的周年纪念”）

49年12月29日

又看了一遍乔伊斯的《肖像》——

哦，独处的狂喜！——……

49年12月31日

今天：看了两栋［弗兰克·劳埃德·］赖特[1]的房子（阿兹特克统治时期的），后来又在“狂欢”音乐厅听了［亨德尔的］《弥赛亚》。

新年来了！但这个时候别胡扯……

① Frank Lloyd Wright（1867—1959），美国建筑师。

1950 年

50 年 1 月 5 日

［SS 回到了芝加哥，开始大学的春季学期。］

一次累垮人的火车旅程，“好像从未这样过。”这个学季[1]有望在学业上更加令人振奋。施瓦布是一如既往地了不起（每隔一周的星期天，他都在浸礼会教堂就伦理学进行小组研讨，我和E都选这门课了！）旁听的英语课上的两个教授——R. S. 克兰和埃尔德·奥尔森——是难以置信地优秀，让人茅塞顿开。我也选了梅纳德·克罗格的社会学（本学季是经济学），但我第三周才会去。同样的时间，E. K. 布朗在就［简·奥斯丁的］《傲慢与偏见》进行非常精彩的分析。当然，还有［肯尼思·］伯克；我还得写篇研究［康拉德的］《胜利》的论文交给他……

50 年 1 月 9 日

重读：

《浮士德博士》

读：

安东尼·怀特[2]，《五月的严寒》

奥尔德斯·赫胥黎，《加沙盲人》

赫伯特·里德[3]，《天真的孩子》

亨利·詹姆斯，《贵妇画像》

50 年 1 月 16 日

［SS 的 17 岁生日；下面是该日的唯一一则。］

马尔塞鲁斯一世[4]是圣马尔塞来努斯[5]的后任——308 年 5 月在马克森提乌斯[6]统治下任职；308 年被逐出罗马，因为他严厉惩罚在最近的迫害中叛教的基督徒而引起暴乱；同年去世 + 由尤

---

① 指一学年的四分之一，约 12 周。
② Antonia White(1899—1980)，英国作家，著有《五月的严寒》(*Frost in May*, 1933)等作品。
③ Herbert Read (1893—1968)，英国艺术教育家、诗人、评论家，著有《天真的孩子》(*The Green Child*, 1935)等作品。
④ Marcellus I (？—309)，意大利籍教皇(308—309)。
⑤ Marcellinus (？—304)，意大利籍教皇(296—304)。
⑥ Maxentius (？—312)，罗马皇帝(306—312 在位)。

西比乌斯[1]接任。

50 年 1 月 25 日

我在读《战争 + 和平》、《失意人的日记》(巴贝利翁[2]) + 《新约外传》，并在思考神圣死亡。

50 年 2 月 13 日

[这一则实际上是 1951 年这一天记的。]

看《战争 + 和平》是一次无与伦比的体验；也在看克里斯托弗 · 考德威尔《幻象 + 现实》，恩斯特 · 特勒尔奇[3]。[罗伯特 ·]默里，《宗教改革的政治后果》[4]，里尔克的信札，杜威论逻辑，+[爱德华 ·]卡尔的陀思妥耶夫斯基传。

引自里尔克：

"……这个伟大的问题-朝代……如果我们在爱情中还

---

① St. Eusebius (？—310)，意大利籍教皇(310 年 4—8 月在位)，对接纳基督教受迫害时叛教者重新入教持异议，被罗马皇帝放逐至两西西里岛至死。

② W. N. P. Barbellion 是英国日记作者布鲁斯 · 弗雷德里克 · 卡明斯(Bruce Frederick Cummings, 1889—1919)的笔名,《失意人的日记》(*The Journal of a Disappointed Man*)出版于 1919 年。

③ Ernst Troeltsch (1865—1923),德国神学家。

④ 罗伯特 · 默里的这本著作全名为《宗教改革的政治后果：16 世纪政治思想研究》(*The Political Consequences of the Reformation: Studies in the Sixteenth-Century Political Thought*)。

是无力，做决定时继续没有把握，+在死亡面前继续软弱无力，那么，怎么可能存在？”

然而，我们确实存在，+证实我们确实存在。我们证实欲望的生活。不过，还有更多的。一个人并非从自己真正的本性——即动物性、本我——逃往一种自我折磨的、外在强加的良知，即弗洛伊德所谓的“超我”——而是相反，正如克尔恺郭尔[①]所说的那样。我们的道德敏感性对人类来说是自然的东西+我们从它那里逃往动物性；这只不过是说我抗拒软弱的、操纵性的、令人绝望的欲望，我不是野兽，我不会成为一个悲观主义者。我不只是相信带有英雄情节的个人史诗的价值，我不只是相信我自己的生命的价值：在各种虚假+绝望之上，有自由+超越。人能够了解自己没有经历的领域，对从未被给予过的生活选择一种反应，创造一种非常强大+富有成效的内在性。

但是，人能够做到的话，又怎样让完整性+爱成为重要因素呢？人必须尝试本能反应式的培育的信念以外更多的东西。如果“生活是个空洞的外形、一个否定性的模型，其所有的凹槽+缺口就是痛苦、悲伤+最痛苦的洞见，那么，从中铸造出的……就是幸福、赞许——非常完美+非常肯定的福祉”。但是，人得要受到多少保护、得有多大决心啊！这将一个人带出艺术，带向死亡、疯狂——哦，挣脱束缚的自由，那种挣脱了什么的有帮助的自由、不是这种对某人自己已经死亡的心灵的巨大占有的自由，

① Søren Kierkegaard（1813—1855），丹麦哲学家、神学家、存在主义先驱。

它又在哪里?

战争即将打响。我们预订了6月22日的“伊丽莎白女王”号客轮。

[未标明日期,很可能是1950年2月下旬。]

巴尔扎克——《在恐怖时期》[①]——

她的脸“像悄悄地过着苦行僧生活的人的脸”。

伊妮德·韦尔斯福特:《傻瓜》
(费伯出版社,1935年,伦敦)

M.威尔森·迪舍[②]:《小丑+哑剧》
(1925年,伦敦)

G.基钦:《英语中的滑稽讽刺作品+戏仿[概览]》

燕卜荪[③]:《英国田园诗》
(诺顿出版公司,1938年,纽约)

---

① 可能指巴尔扎克的小说《恐怖时期的一段插曲》(*Un Episode sous la Terreur*)。
② M. Willson Disher (1893—1969),戏剧史家。
③ William Empson (1906—1984),英国诗人、文学评论家。

[肯尼思·]伯克：《永恒与变化》

《对历史的态度》

《艺术与经院哲学》——马里丹[1]

《论生长和形态》——达西·汤普生[2]

《道德价值与道德生活》——[艾蒂安·]吉尔松[3]

《原始人的心理》——博厄斯[4]

《欧洲失去的宝藏》（潘神出版社）

西博姆[5]：《牛津改革者》

圣师十字若望[6]：《攀登加尔默罗山》

雅各·伯麦[7]：《曙光》

麦斯特·埃克哈特[8]：《布道集》

托拉赫恩[9]：《几个世纪的灵修神学》

林恩·桑代克[10]：《巫术与实验科学的历史》

---

① Jacques Maritain（1882—1973），法国哲学家、新托马斯主义主要代表。

② D'Arcy W. Thompson（1860—1948），苏格兰生物学家、数学家。

③ Étienne Gilson（1884—1978），法国哲学家。

④ Franz Boas（1858—1942），美国人类学创始人。

⑤ Frederic Seebohm（1833—1912），英国经济史学家。

⑥ St. John of the Cross（1542—1591），加尔默罗会修士。加尔墨罗会(Carmelite Order)为天主教托钵修会。

⑦ Jacob Boehme（1575—1624），德国哲学家。

⑧ Meister Eckhart（1260—1327），德国哲学家。

⑨ Thomas Traherne（1636—1674），英国诗人、宗教作家。

⑩ Lynn Thorndike（1882—1965），美国研究中世纪科学和炼金术的史学家。

亨利·马尔特[①]：《萨阿迪亚·果昂》

E. R. 贝文 + C. 辛格：《以色列遗产》

I. 胡斯克[②]：《中世纪犹太哲学史》

利昂·罗斯[③]：《斯宾诺莎、笛卡儿和迈蒙尼德[④]》

S. 谢克特[⑤]：《犹太教研究》

S. 蔡特林[⑥]：《迈蒙尼德传》

沙漠+闪电一起融化在一面镜子中——《沙漠里的爱情》（巴尔扎克）

Quis—who（谁）

Quid—what（什么）

Ubi—where（哪里）、when（什么时候）

Quibis auxiliis—by the aid of what（在……的帮助下）

Quia—why（为什么）

Quo modo—in what manner（以什么方式）

Quando—how（怎样）

---

① Henry Malter（1867—1925），美国拉比、学者。该书全名为《萨阿迪亚·果昂：生平与著作》（*Saadia Gaon: His Life and His Works*, 1926），萨阿迪亚·果昂(892—952)为9世纪著名的经院哲学家、神学家。

② Isaac Husik（1876—1939），生于乌克兰基辅，后移民美国费城。犹太史学家、翻译家。

③ Leon Roth，英国哲学史家、伦理学家。

④ Maimonides（1135—1204），犹太教法学家、哲学家。

⑤ Solomon Schechter（1847—1915），美国犹太教保守派领袖、希伯来语学者，创建美国犹太教联合会堂。

⑥ S. Zeitlin（1886—1976），美国犹太史学家。

［下面这则日记的首页遗失了，但肯定是写于1950年9月上旬。］

上周末我和索菲亚、佩蒂一起在巴尔博亚[1]过的，然后再一次参加生物竞赛。和索菲亚聊天，不是特别聊我自己的事情，但总是和往常一样，非常受启发。

我问一个人怎样和一个少年讨论死亡，+，在另外一个晚上，又问及性与爱之间的两分法。几种现身说法：

1. 针对我目前对死亡神经质的焦虑，最合理的回答是：死亡是消灭——万物（有机体、事件、思想等）都有形式，有开始也有结束——死与生一样自然——没有什么长存不灭，我们也不想那样——我们一旦死了，便不知道它了，所以，想想活着！即使我们还没有经历过我们要求生活给予的事情就死了，那在我们死的时候也没有关系——我们失去的不过是我们“在其中”的时刻——生活是横向的，不是纵向的——它无法被堆积，所以，好好活着，别卑躬屈膝。
2. 不可能把令人满意的性与爱分离——不可能，我是说，对我而言——尽管我一直以为过去我能——两者在我心里永远是联系在一起的，否则，我是不可能那样频繁地拒绝性事的——性一直是对情感需要的一种隐秘的、默认的、自己心知肚明的认同，如果是纵向的，那必须忘掉它——让我记住这一点！

---

① Balboa，巴拿马中南部港市。

3. 我需要对母亲“坦白”，这根本不值得称赞——这并不表明我是正直诚实的，而是表明1）软弱，寻求加强我仅有的爱的关系，+2）施虐狂——因为我的不正当活动是反叛的一种表达；除非为人知晓，否则，它们并无效果！

50年9月11日

重读：《美丽新世界》

读：《机缘》——结构自然、清晰，但结尾部分不可信；对动机的分析细致、非常精彩——

50年11月4日

［不清楚SS具体指哪首诗。］

不，我根本不喜欢这首诗。在道德层面，它混乱、困惑——非常乏味地复杂。但是，它是“好的”，不是在“艺术方面”，而是“在历史层面”——源自对孤独的满怀激情的接受，这一直是我渴望的。我把我的孤独当作一个美丽的礼物来拥抱；通过它，我会变得美丽！

50年11月5日

“他的脸是那些因为怕被滥用而就根本没用的脸之一。”

（[朱娜·]巴恩斯）

50年11月6日

[爱德华·“内德”·]罗森海姆今天告诉我，[肯尼思·]伯克说在所有的“导修课”课程论文中，我的最好——这就意味着比E的好！我只要能让我自己相信他不是天生就比我优秀，我就不会老去想他的生活和表现而烦恼不已了，被动，没有完整性，他知识贫乏，但只要大量+认真地阅读文史哲书籍便可以得到弥补。道德、创造、混沌、知识、感官享受，他对这些东西不屑一顾，而我却全身心地为之燃烧；不过，想到他有一种我将决不会有的天赋+能力，我就发憷！

50年11月12日

我更多地了解到有关我的《夜林》论文的情况：伯克看后（他在给罗森海姆的信里称之为“绝妙的东西”），论文就给了另一个读者，某个人文学院的老师，但他根本不喜欢。伯克的看法非常有分量，所以，就破例请了第三个读者，又请了人文学院的一个老师看一下，让他仲裁。他更加不喜欢！最后，人文学院院方找到华莱士·福利[1]。他当时正好在这个大学，+以他的判断为准。福利同伯克一样，很欣赏这篇论文！（昨天，我查阅了福利的一本批评文集[《小丑的圣杯》]，看看他怎么说这本

① Wallace Fowlie（1908—1998），美国作家、文学教授。

书——他的观点是宗教性质的（天主教？），但是，他的分析似乎要比弗兰克有说服力得多。

三年来，我又一次看起了［杰克·伦敦的长篇小说］《马丁·伊登》。从第一次阅读到现在的四年间，我能够清楚地看到，它对我个人产生了多么大的影响，尽管我觉得作为艺术作品，它是微不足道的。尽管我还是个孩子的时候就看成人文学作品（《星星监狱两万年》、《天语》[①]、《悲惨世界》+兰姆的《莎士比亚戏剧故事集》，我记得全是9岁前看的！），看伦敦的书碰巧是在我人生真正觉醒的阶段，我12岁快结束时开始记这些日记就是我的这一觉醒的标志。《马丁·伊登》中没有一个想法我不强烈同意，我的许多想法都是在这本小说的直接刺激下形成的——我的无神论+我认为的身体能量+它的表达、创造力、睡眠与死亡，还有幸福的可能性的价值！……

对于许多人来说，“觉醒的”书同时也是一大肯定——像乔伊斯的《肖像》——这样，他们的青春期就充满了有希望的激情，+只有后来到了成人时代，他们才遭遇幻灭。但对我来说，“觉醒的”书灌输的是绝望+失败，所以，我在长大成人的过程中，真的是从来都不敢奢望得到幸福……

马丁的“能看见幻象的本领”——伦敦那普通的全景式闪回

① *Heavenly Discourse*（1927），美国作家、公民权利论者、律师C. E. S. 伍德（C. E. S. Wood，1852—1944）的著作。

手法——借助于这一手法，在他生命的每个重要关头，他都面对他过去的一个壮丽场面——在过去四年里，这对我一直是必需的：记录+设计我的经历，辩证地理解我的成长——充分意识到每时每刻，即意味着感觉过去就像感觉现在一样真实——我在这本书里第一次看到了这种生活方式、这些自恋忧虑的来源……充满希望的激情因外在欲望+努力为之奋斗而存在；我一开始就接受的令人感到绝望的激情只有反思的培育——它自我养育——它能够得到的唯一好处就是知识……这种悲观主义另一个更加可耻的结果体现在人的社会行为中——他变成一个知识吸血鬼！……

50年11月17日

重读：另一部对我来讲是关键的、“提早看的”书——[毛姆的]《写作生活回忆》——13岁竟然就完全信奉这样一种温文尔雅的贵族禁欲主义！他的文学趣味的结构当然对我影响很大——尤其是，又是在格局方面。

50年11月21日

昨晚（在市中心）《唐璜》的精彩演出。今天，我获得一个绝好的机会——为一个叫菲利普·里夫的社会学讲师做些研究工作；除了别的事情以外，他在编一个政治+宗教社会学读本。机会终于来了，我能够在别人称职的指导下，将自己融入一个领域中了。

50 年 12 月 2 日

[事实上，1950 年的这一天，SS 和 PR[①] 结婚了。]

昨晚，或者是不是今天(星期六)早上？——我和菲利普·里夫订婚了。[在这一则的下面，在页边空白处，SS 写道："詹妮·图雷尔[②]《玛丽的一生》。"]

※

[注意：SS 去世后，在她的遗物里，我没有找到她 1950 年写的其他日记，1951 年只有宣布她嫁给菲利普·里夫那一则(见下页)；我也没有找到 1951 年或 1952 年的笔记本。我不知道这两年是她没记日记呢，还是给她处理掉了，或者遗失掉了。]

---

① 即菲利普·里夫(Philip Rieff)。

② Jennie Tourel (1900—1973)，美国女中音歌唱家。《玛丽的一生》(*Das Marienleben*)为德国作曲家保罗·欣德米特(Paul Hindemith, 1895—1963)的音乐套曲。

1951 年

51 年 1 月 3 日

带着对自我毁灭意愿充分的意识 + 恐惧，我嫁给菲利普。

1953年

53年1月19日

今天在舍恩霍夫[马萨诸塞坎布里奇的一家书店]——等，又犯恶心了，等菲利普为[阿伦·]古维奇①教授的生日挑一本书，此前，他发现笛卡儿的《书信集》卖完了——我翻开一卷卡夫卡短篇小说集；翻在《变形记》的一页。就像身上挨了一击，他的散文的绝对性，纯粹的现实，没有任何强加的或者晦涩的东西。我对他的钦佩在所有作家之上！和他相比，乔伊斯是何等愚蠢，纪德何等——没错——恬美，曼又是何等的空洞+夸夸其谈。只有普鲁斯特是同样的有趣——几乎是。但是卡夫卡哪怕是最为混乱的叙述也具有那种现实的魔力，而所有其他现代作家都不具备这一魔力，一种令你牙齿打颤+极度难挨的剧痛。正如[罗伯特·勃朗宁的]《罗兰少爷前往黑暗塔》一样——卡夫卡日记里的某些页面、句子也是这样——“但是它们不可能；一切可能的事的确发生，只有发生的事情才有可能。”

※

那种开放性——令人感到恐怖的——不是硬挤出来的写作是最大的天才。托尔斯泰尤其有这一天赋，+缺乏这一天赋而使得几乎所有的真有才华的现代写作变得何等微不足道，比如［纳撒内尔·韦斯特[②]的］《寂寞芳心小姐》，或者《夜林》。

53年1月21日

过去几周做的一连串的梦弄得我无比沮丧、不想开口说话，昨晚达到一个真实得令人难以置信的顶点。是什么梦？但当然还能是什么别的梦！菲利普把闹钟设置在凌晨5:00，我听见闹钟响了。我想起床。但我知道，如果我同意倒下去再睡，那对我会有好处。睡着了，梦又来了——只是这一次是令人极度痛苦的真实。我简直触手可及……

有一个往下通向一个码头的悬崖似的地方，后来是个房间，里边摆了张颜色很暗的木头打的中型床[③]，再后来则是一个礼堂的舞台。

我说："你要多少钱，我就给你多少钱。"但是前面在码头上，我说了："没问题，你要多少钱都可以拿走，但你不会需要它，也不会要它。它对你没有好处。"第二次我是在乞求，而之

---

① Aron Gurwitsch（1901—1973），立陶宛裔美国哲学家，研究现象学。
② Nathanael West（1903—1940），美国小说家，著有《寂寞芳心小姐》（*Miss Lonelyhearts*, 1933）等小说。
③ three-quarter bed，宽度介于单人床和双人床之间的中型床。

前我是多么自信，几乎一副屈尊俯就的样子……

我走进房间 + 看见床时，我明白这不是一张一个人独睡的床。

你和人同居，我大叫起来。接着，他从门后面走了出来——我这么想的；他老态龙钟。我现在记得是 67 岁，的确是这个年龄，小个头，又短又硬的灰白头发。“我和他住，因为他有钱。”

我穿着某种礼服，站在舞台边上。一大群人等我，但我仍然无所谓，大胆地用我的手的边缘触摸她的手的边缘……

这些折磨人的愉悦——完满 + 悲伤——根本不像梦外面的任何东西。没错，这份愉悦我是买来的，但这个事实却没有减少其完满。因为莫名地雍容华贵，我不能再指望更多的了，肉体还是肉体，不管是不是买来的。我只要求好好地哭一场，只求得到好好的安慰，不要任何安慰。我能哭上三天，也许，尖叫、啜泣，不为我一把鼻涕一把眼泪道歉。但是，我不这样，因为这样的话，我后面就会必须干点事情，而不是倒头睡下去。要干的事情就是，自杀，或者离开。

除了这两件事情，我也不敢哭，只哭短短的一小会儿……

那个梦，还有前面的梦，一大块东西堆积在脑中，极其沉重、潮湿——把我的脑袋往我肚子里推，让我承受又恶心、又戏剧性的沉默的负担……

菲利普甚至以为我病了，我可怜的宝贝。就在我努力成为好好的一个人——让我自己放宽心——的时候，我梳头时，我的头发偏偏变稀了；尽管我恳请他别那么做，他还是和医生预约了……

53 年 1 月 22 日

让散文变得“绝对”的常常是一种迅速的知性反应——其实，这一迅速反应必须非常轻地带过，只出现在具体的感知中。正是这一品质，才使得《一宗罪》写得这么好，尽管[乔治·]贝尔纳诺斯[1]的其他作品都很糟糕。老鼠在那个监察员脑子里转得他头晕眼花；他感冒了，在宾馆肮脏的房间里发着烧，辗转反侧。

到处是散文。

凝练 + 有表达力 + 敏捷。

真的，风格才是重要的东西。风格择取情节。

---

① Georges Bernanos（1888—1948），法国小说家和政论家，代表作为《一个乡村教士的日记》（*Journal d'un curé de campagne*）；《一宗罪》（*Un crime*）出版于 1935 年。

从现在起——作为一条纪律——我要尽量避免对话，因为在我迄今为止的短篇小说中，几乎全是对话——+而且是十分糟糕的对话——但对话之间什么都没有。

例如：教授召集他系里的青年教师星期天晚上在他家开会。据说，一个年轻教师明年不再被聘用，关于这个教师的谣言在越传越厉害；教授要阻止这些谣言。这个教师不在场，等等。

1954 年

［未标明日期的一则。］

作为德行（与力量相联系）的样板的感觉缺失

54 年 8 月 17 日

今晚（凌晨 2:30，从教室回到家，饥肠辘辘，两眼通红，昏昏欲睡），我弄了一碗凤梨吃，这时候，P 拼命劝我往里面加点农家鲜干酪；他从冰箱端出半盒子 + 开始一股脑地全挖到我的盘子里。我说（ + 认为我说的是真心话）："别，我只要一部分，"从他手里拿过勺子 + 让我大为诧异的是，我自己动手把干酪全都挖到了我的盘子里。

我恍然大悟，为什么戴维会拼命拒绝某种东西 + 同时又接受它。对孩子来讲，生活完全是自我中心的，根本就不会想到去保持前后一致；想到保持一致就已经是对欲望的一种限制了。

※

影响的问题(在最高的知识层面是交流)似乎表明，一个人的想法要比任何伟大的思想家愿意承认的更易从内部疏离(分开)。对任何思想进行影响研究，很自然地纠正了他自己的系统化起来的种种假定，以及他自己对信念的种种无关紧要的东西的坚持。

需要一套词汇用以讨论各种影响。现在只有正统的、信徒、异端分子(在宗教方式上)这种理念来讨论比如弗洛伊德学说或马克思主义这样伟大的思想运动；需要有词语来明确说明受到的更为宽泛的影响。

也许要包括对概念本身进行分级。那些第一重要的[SS 在页边空白处写了："但如何定义'重要'呢？"]、第二、第三，等等。然后，对教条主义的离心作用 + "部分结合"的同心力周围的影响圈进行分级。

这样，你就可以是个弗洛伊德学说的信奉者，却不必相信原罪，或者拉马克学说①、肮脏的理性，等等，办法是通过从心理学的角度对它本身进行分析这一残暴行为——比如，把维布伦②提出的(浪费的、无价值的、心血来潮的、随和的)原始人的正面形象解释成更喜欢他母亲(具有同样的品质)，而不是他害怕

① Lamarckianism，法国生物学家拉马克(Jean Baptiste Lamarck，1744—1829)关于生物进化的理论。

② Thorstein B. Veblen (1857—1929)，美国经济学家、社会学家，制度学派创始人。

的、他总是害怕与之竞争的粗暴的父亲，或者通过他的这一偏爱来解释其观点。

这里的弗洛伊德学说是家庭心理分析；比弗洛伊德更普遍的［SS在页边空白处写道：“别把所有这一切都算在弗洛伊德头上”］是一种想当然，即理智上的判断只会确认（实施）主观上的（非理性的）偏好。

1955 年

55 年 4 月 8 日

文化自由委员会为澳大利亚保守党领袖温特沃思先生举行的招待会[后来发现是中央情报局资助的]。温特沃思，五十大几，身材矮小，脸上红红的，面带微笑，一副政治人物的模样；他双手插在口袋里；龅牙；外八字腿；头像鸟一样昂着，令人反感的专注、自信、微笑。他谈到城市的死亡，谈到幸存的迫切需要……

[下面几则日记未标明日期，但记于 1955 年 4 月某时。]

我们[比如 SS 和 PR]为什么不需要一部录音电话机——缺乏把某人的才智变成为色情礼物的动机（不是那台机器的抑制 + 把它打开的麻烦，等等）。

这就是与记日记的辛劳相比，为什么说话要容易得多 + 与一个人就一晚上说话的总量相比，几个月写下的日记还是少得可怜。

日记（[斯台芬·]马拉梅[1]的空白页）是起抑制作用的；说话是去-抑制作用的，因为日记是孤芳自赏的+说话是社交的+色情的+与希望了解完全可知的+不那么神秘的+强制性的自我要求相比，说话更希望了解对方恐惧的+极想满足的种种期待。

※

拼贴画的早期例子

约翰·弗雷德里克·皮托[2]（1854—1907）：叫做《艺术家创造思维中的普通物体》（在帆布上用油画颜料创作）

---

① Stéphane Mallarmé（1842—1989），法国象征主义诗人。

② Johnm Frederick Peto（1854—1907），美国错视画画家。《艺术家创造思维中的普通物体》（1887）是他的一幅画。

1956 年

56 年 1 月 15 日

“犹太诺斯替教[①]”——[格肖姆·]舒勒姆[②]

赖岑施泰因[③]关于诺斯替教起源于伊朗的理论——非常有影响，现在被认为是推测性的

现在认为基督教派诺斯替教出现在“犹太”诺斯替教之后

新近(18 年前)在拿哈玛地[④]发现的纸莎草纸上的诺斯替古文献——13 本手抄本

《真理的福音》，等等

这里阐释了瓦伦廷派诺斯替教的一神论的(非二元论的)形式——早于神父们谈论的二元论反律法主义学说[⑤]……

56年8月12日

“灵魂”有力量吗？是后期马克斯·舍勒[⑥]哲学中的主要命题之一；他能找到的唯一的答案是“有的”，但是，只能通过不友善，否决事件的进程+延迟残酷行为链这种不友善

※

在婚姻里，每个欲望都变成一个决定

56年9月3日

所有审美判断真的就是文化评价

(1) 凯斯特勒例子——珍珠/奶滴

(2) “赝品”

※

① Gnosticism，公元1至3世纪流行于地中海东部的一种融合多种信仰，把神学和哲学结合在一起的秘传宗教，强调只有领悟神秘的“诺斯”（gnosis），即真知，才能使灵魂得救。

② Gershom Scholem（1897—1982），犹太学者。

③ Richard Reitzenstein（1861—1931），德国学者。

④ Nag Hammadi，位于上埃及地区。

⑤ 指认为基督徒既蒙上帝救恩即无须遵守摩西律法的学说。

⑥ Max Scheler（1874—1928），德国哲学家、社会学家和基督教思想家。

56 年 9 月 4 日

孩子们钟爱的自我主义……

大学教育是大众文化的一个商标；大学是运作差劲的大众传媒

谁发明了婚姻，谁就是个很有才的折磨人的人。它是个致力于让感情麻木的体制。婚姻全部的要点就是重复。它的目标最多是创造强烈的互相依赖。

争吵最后变得毫无意义，除非你总是准备吵完后就采取行动——就是说，结束婚姻。所以，婚后一年，你吵架后不再“重归于好”——你只是开始生闷气，然后变成习以为常的沉默，然后再吵。

56 年 10 月 20 日

……托尔斯泰的《战争与和平》

基本主题：一部反英雄史诗的幸存

库图佐夫，全国层面上的反英雄，
战胜了英雄拿破仑

皮埃尔，个人层面上的反英雄，

打败了英雄安德烈[①]

56 年 10 月 23 日

6:30，哲学俱乐部正餐，和玛[格丽特]·马[斯特曼]·布雷思韦特一起

8:00，她的讲座：《为形而上学下逻辑定义》（爱默生楼B楼）

斯宾诺莎——最伟大的形而上学家。

[哈佛哲学家威拉德·范奥曼·]奎因[②]倾向于陈述整体观——这样，就不会出现有些可以证实+另外一些不可证实的问题了。

56 年 10 月 24 日

从哲学立场研究，还是做个文化保存者？除了后者，我从未想过别的……

① 库图佐夫、皮埃尔和安德烈均为《战争与和平》中的人物，后两者是小说中的探索型青年贵族知识分子。

② Willard Van Orman Quine（1908—2000），美国哲学家、逻辑学家。

思想没有天生的疆界。

哲学是思想的地志学……

规划：搞个哲学（策略）方案或图表。作为一种游戏的哲学。（学下棋！）对于［19 世纪美国国际象棋大师］保罗·莫尔菲来说，下棋下得好并不太能帮我玩得多好。（能帮一些忙。）因此，哲学就一次次地重新来过

在哲学里，蛇吞自己的尾巴；思考，关于思考^2——“思考”的两个意思。思考是哲学；思考^2 = 各门科学。

但是，建筑的或美学的（或逻辑的——一回事儿！）考量不可能是决定选择一种哲学体系而非另一种哲学体系的全部。那样的话，就不会有正 + 误形而上学了。

“允许我对你的论点拍 X 光……”

“允许我拆解你的体系……”

“原谅我挖掘你的动机……”

在哲学里，你探索，审慎地探索思想的疆界——或者，你猛推它们——或者你把它们朝你身边拉近——要不，你往它们身上吐痰——要不，你就在它们身上绘上漂亮的饰带。

没有词语的思考是什么？如果你试试，你思考不了。思考竭力去成为词语，（参见［英国神经学家约翰·］休林斯·杰克逊的“内部言语”概念）

词语是思想的硬币，但不是思想的现金价值[①]。（这和牛津的语言哲学家正好相反）

56 年 10 月 31 日

世界是个独特的物体。——正是在这个意义上，世界没有疆界。

我最崇拜的三个哲学家——柏拉图、尼采、维特根斯坦——都是坚定的反体系化者。假如那个大体系化者——那个拼命把他自己的高贵精神砸在普罗克汝斯忒斯之床[②]上的哲学家——我指的是斯宾诺莎——的体系从格言的角度来解读和阐释，那么，他就得到了最充分的理解，这种观点能成立吗？［在页边空白处，SS 写了“与沃尔夫森正好相反。”］（SK[③] 关于黑格尔的话当然是对的。）

唯我论[④]是唯一真正的哲学，如果哲学是指某种不同于常识

---

① cashvalue，cash surrender value，原指人寿保险的被保险人在缴足若干年保险费后不愿继续投保时可收回的现金（解约）价值。
② the Procrustean bed，指强求一致的制度等。
③ 指 Søren Kierkegaard，索伦·克尔恺郭尔。
④ 哲学上指只肯定自我存在的一种认识论。

的东西。但是，哲学当然不是指这个，也不是这种东西。所以说，我们不是在寻找一种真正的哲学。

56年11月1日

（我今天早上对戴维吟诵了临睡前的祷告“我现在躺下……”之后）一整天，他都想知道：“你什么时候在睡梦中死去”。

我们一直在讨论灵魂的话题。

56年11月3日

今天，我给他［戴维］解释了地狱的事情——在他问“唐璜会死对不对？”的时候。

后来，我听到下面的对话：

戴维：罗［罗丝·麦克纳尔蒂——SS的保姆，后来是DR[1]的保姆］，你知道狱[2]吗？坏人去的地方？

罗丝：嗯。

---

① 指 David Rieff，戴维·里夫。

② 戴维把 Hell 说成了 El。

戴维：你[知道]唐璜吗？他杀死了老司令官①，但老司令官回来了——他还有力气（就是他的灵魂）——+把唐璜打入了狱。

罗丝：嗯。

※

宗教的哲学是可能的吗？它不会"倒空"它的题材吗？在具体的历史的宗教之外，"宗教"能指什么呢？

帕斯卡②：排斥哲学已经是在从哲学的角度分析问题了。

56年11月4日

匈牙利论历史的强权对弱者的凌辱……[是指黑格尔的句子："人类历史就是一部强权对弱者的凌辱史。"]

星期二，在开进西奈半岛的第一辆以色列坦克里，大拉比摆了一本《托拉》③，说："你们在进入圣地。这里是摩西为我们的父辈立法之处。"

※

① 指《唐璜》中的部分剧情：唐璜潜入司令官女儿安娜闺房时，安娜大声呼救，指挥官闻声赶来，唐璜将他杀死后逃走。

② Blaise Pascal (1623—1662)，法国数学家、物理学家、哲学家。

③ Torah，犹太律法，希伯来文，意为"教谕"。

关于格特鲁德·斯泰因之死：她从深度昏迷中苏醒过来，问她的同伴爱丽斯·托克拉斯[1]："爱丽斯，爱丽斯，答案是什么？"她的同伴回答说："没有答案。"格特鲁德·斯泰因接着说："好吧，那么，问题是什么？"说着头向后一仰，死了。

56年11月16日

亨利·詹姆斯

单身汉生活完全是詹姆斯用来培养他的旁观者身份的媒介。

看[西奥多拉·]博赞基特小姐的《回忆录》[《亨利·詹姆斯在工作》]——詹姆斯晚年的打字员。利昂·埃德尔[2]说，"中期"+"晚期"(飘渺的)风格之间的巨变就始于詹姆斯不再采取向秘书口述后速记的方式，而开始向B小姐[3]口述后用打字机记录。只有雷明顿打字机的节奏他能忍受，+在他临终之时——在他弥留之际——他要他的雷明顿。她为他打字。詹姆斯听着他的打字机的咔嗒声死去。

福楼拜应当会欣赏这个——艺术家生涯的悲怆。

---

① Alice B. Toklas (1877—1967)，格特鲁德·斯泰因的秘书兼女伴，两人有同性恋关系。

② Leon Edel (1907—1997)，美国文学评论家、传记作家，著有五卷本《亨利·詹姆斯传》。

③ 即博赞基特(Bosanquet)。

56 年 11 月 18 日

一个规划——关于婚姻的札记

婚姻是建立在惯性原则上的。

无爱意的亲近。

婚姻完全是私人的——而非公开的——行为。

把一对与另一对隔开的玻璃墙。

婚姻中的友情。对方光滑的皮肤。

［新教神学家保罗·］蒂利希[①]：婚姻的山盟海誓是奉若神明的（把某一时刻置于所有其他时刻之上，并赋予那一刻以权利，让它决定未来所有时刻）。一夫一妻制也是。他轻蔑地谈及过犹太人的“极端的一夫一妻制”。

里尔克认为，婚姻中要维持爱，唯一的途径是不断地分分合合。

婚姻中说话说漏嘴。

---

① Paul Tillich（1886—1965），亦译田立克，德裔美国基督教哲学家、神学家。

（不管怎么说，我的婚姻就是这样。）

56年12月1日

希波赖特是对的；多么不理智的一种激情啊！这种感情不尊重人，不尊重趣味，不尊重偏好。不管是谁，只要他说："我爱某某某，因为我们在一起有那么多的话说"，或者"因为她好，或者因为她爱我，或者因为我钦佩她"，那他都是在撒谎，或者他不爱。有一种爱的感情——两种基本爱的感情之一（另一种是依赖的爱）——完全是不受个人感情影响的——它攫住了一个人，+它专注的人也许是个彻头彻尾荒诞不经的东西。如果这爱没有希望，痛斥自己是没有用处的——忍了吧，就让其明显的荒诞不经的意识推它一把，让它过去算了。

说"荒诞不经"，我不是指不道德。这种感情与道德无关，也与个人情感无关。灼热的脸颊；地面在你脚下消失。*

* 记得那个春日，在上（埃斯特罗普小姐）的A10英语课，从窗口看出去看到的E. L.的情景——桌面是如何突然转向，在我的肘关节下骤然坠下。今晚我们在卡尔家［马克思主义历史学家E. H.卡尔[①]和他妻子是PR和SS的好友］喝完茶回家，6:30，我搀扶着戴维上台阶的时候，我有同样的感觉——完全是不自觉的——与感情不搭界。我当时没想很多+突然之间，台阶好像就

---

① E. H. Carr（1892—1982），英国历史学家。

从我脚下坠落下去＋我整个人摔下去撞在门上。

※

把这种感觉说成“我爱”是不靠谱的。它只是“爱”，它碰巧控制了我，把我引向某某人。对于另一种基本的爱——依赖的爱，说“我爱”是合适的；事实上，在这里，这个“我”比“爱”更重要

附注：说爱是随意的，我的意思是说它随意地得到体验。它取决于压抑的渴望、形象等等等等，这一点当然是再明显不过的。

对每个人来说，他[在笔记本里，这个“他”被划去了，但没有换用别的代词]——能够以这种方式爱上的人，其类别的范围是极为有限的。比如，我绝对不可能爱上某个是——什么来着？——的人。

※

[未标明日期的一个社交活动表——可能记于12月份一开始，但也包括了1956年11月份最后几天。]

[没有日期]

在这里聚餐：卡尔夫妇、[马克思主义流亡哲学家赫伯

特·]马尔库塞[1]、[路易斯·]哈茨[2]，还有我们

11月，星期六[无其他日期]

在卡尔家(布兰代斯)餐聚：卡尔夫妇、欧文·拉铁摩尔[3]、约翰·卡特·文森特[4]，还有我

11月24日，星期六——

4:00—6:00 在卡尔家(布兰代斯)喝茶，为他们送点东西过去：卡尔夫妇和我们仨

11月26日

在这里餐聚：我们、卡尔夫妇，和他们一起走回大使楼。

11月29日

9:00—1:00 喝咖啡；去眼科大夫处——摩根纪念堂；喝咖啡

---

① Herbert Marcuse (1898—1979)，德裔美国哲学家，法兰克福学派成员。
② Louis Hartz (1919—1986)，美国政治思想家。
③ Owen Lattimore (1900—1989)，美国作家、教育家，中亚问题专家，蒋介石的美国顾问。
④ John Carter Vincent (1900—1972)，美国外交家。

12 月 1 日

在卡尔家(大使楼)茶聚：我们仨；带了椅子

晚上：看《卡里加利博士的小屋》[①](192[0])康拉德·维德，维尔纳·克劳斯[②]，看《最后的笑声》[③](1925)。导演：F. 穆诺

56 年 12 月 13 日

今天，我第一次明白真理的融贯论的意思。一个论断真实与否，由它与我们必须作出的其他论断的融贯性来判断。

一致与否可以被包含在此——作为使我们把一个论断包含在论断系统里的标准之一(主要标准？)。

康德用他的批评回溯方法，举例说明了真理的融贯论。

※

论文题目：《规范的和描述的》(？)

---

① *The Cabinet of Dr. Caligari*，无声电影时代的恐怖片。

② 康拉德·维德(Conrad Veidt)和维尔纳·克劳斯(Werner Krauss)均为《卡里加利博士的小屋》中的演员，康拉德演梦游病人可萨尔(Cesare)，维尔纳演卡里加利博士。

③ *The Last Laughter*，一部无声电影。

※

卢克莱修对宗教的分析像弗洛伊德。宗教不平息焦虑，而是唤醒焦虑。

对他们两人，整个分析都是以焦虑的范畴来衡量的。

情感上不介入、分离的伦理和对宗教的这一态度，似乎是一致的。又是卢克莱修和弗洛伊德。

还有下面这个矛盾态度：普罗米修斯品质（颂扬人类，推翻伪神；人的自治 + 自助）伴随着审慎的伦理，情感支出的考虑。

56 年 12 月 15 日

菲利普 34 岁生日

今天上午在 8A 小班产生了一些关于“约伯”的好想法。正如[威廉·]詹姆斯把做哲学区分为柔性的和刚性的两种途径一样，做宗教也可以分为柔性的和刚性的两种——我认为这要有用得多。柔性的宗教认为宗教诉求 + 道德诉求是一致的；他们认为不这样就是可恶的、不可思议的。而刚性宗教则允许宗教 + 道德诉求之间有这种分离，甚至是对抗。《新约》是典型的柔性；《旧约》（试比较，索伦·克尔恺郭尔阐释的亚伯拉罕[1]的故事；《约伯记》）是刚性的。

宗教诉求是由神到人；道德诉求则是管理人际关系的东西。

※

和乔伊斯+特德·卡尔共进午餐

※

今晚戴维——在浴室的梳妆台上，罗丝在准备让他上床睡觉——说："怎么才能有两个丈夫？在一个死后吗？"我回答说："对。如果一个死了，你可以再婚，如果你想的话。"听了这个，他回答说："那好吧，老爹死后，我要娶你。"我太吃惊了，也太高兴了，只能回答说："戴维，这是你对我说过的最美妙的事情。"

他似乎相当淡定，但我几乎是热泪盈眶——荒谬的、超级复杂的、反弗洛伊德的怀疑，对罗茜[2]在多大的程度上已经夺走了戴维对我的爱的焦虑不安，等等，等等，已经让我怀疑他还会不会说，自发地说，任何经典的孝顺的+充满爱的话。

［未标明日期，肯定是1956年12月中旬］

---

① Abraham，《圣经》故事人物，相传为希伯来人的始祖。
② Rosie，Rose的昵称。

摘自索伦·克尔恺郭尔的《日记》：

“有许多人对生活下结论的方式就像小男生：他们自己不去做题目算结果，而是从一本书里抄答案，这样来欺骗老师。”

“……不可思议的抽象概念的手段。”

※

这一点毫无疑问，S. K. 肯定会成为一名天主教徒——根据《日记》的思想轨迹来判断。在强有力的最后几页中，他通过分析认为，新教是个矫正物，一种解毒剂——但是靠它自身建立起来的时候却是空洞的+非宗教的，就像丹麦路德国家教会里的情形一样。

56 年 12 月 19 日

戴维知道“石棺”（sarcophagus）和“食管”（esophagus）的区别了。

56 年 12 月 23 日

在（波士顿的）加德纳博物馆（和戴维、乔伊斯·卡尔）。“伊甸园的粉红色的肉体。”娇嫩的身体，几乎谈不上性感。

[美国画家约翰·辛格·]萨金特[1]画的加德纳太太可以说是三楼的一件神圣之物。长长窄窄的画作；G 太太沙漏般的身材，重重的四串珍珠，擦模糊了的嘴巴——好像画家刚刚画好，油墨未干，就用他肥肥的手掌根部揩拭过去。

56年12月24日

今晚卡尔一家来聚餐……

菲利普终究还是不准备去宣读论文——

戴维准备上床睡觉的时候，非常恳切、非常温柔，于是有了下面的对话。“如果上帝从未创造世界，那会怎样？”我：“那我们就不会存在。那就太糟了，是不是？”他：“不会存在？连摩西也不会存在吗？”我：“如果没有世界让人待在上面，怎么还会有什么人呢？”他：“但是，如果没有一个世界，上帝会在哪儿呢？”我：“先有上帝，再有世界。他不是人，也不是物。”他：“那如果上帝不是人，他干吗得休息呢？”我：“嗯，《圣经》里把上帝说成是人，因为只有这样，我们才能想象上帝。但他并不真的是人。”他：“他是什么？一朵云吗？”我：“他什么东西都不是。他是整个世界、存在的地方、任何地

① John Singer Sargent（1856—1925），美国画家，以肖像画著称。

方背后的一个法则。”他：“任何地方？包括这个房间？”我：“嗯，为什么不包括？当然包括。”他：“上帝好吗？”我：“哦，好。”他：“上帝是最好的东西吗？”我：“说得真对。晚安。”

56年12月26日

阐释：

总是意义的假定。阐释的一个标准（比较埃夫里尔在“诡辩派”这个问题上对康福德[1]的批评）是阐释不允许给文本以足够的意思（意义）。

56年12月27—29日纽约

12月27日和戴维一起走——戴维穿的是深灰色的裤子。乘地铁到［波士顿］南站。8:00的火车……12:15到纽约。打车去克林顿总督［宾馆］。入住，洗了一下，打车从帝国大桥去金角饭店。吃烤肉串。打车去大都会博物馆。3:00—5:00埃及展品和伊特鲁里亚斗士。罗茜到了。乘公交车回宾馆。洗洗换了衣服。6:10出门——戴维一直在看电视，罗茜要赶紧带他到街对面的宾州车站+去弗拉兴［罗丝·麦克纳尔蒂家住那里］过夜。打车去塔夫特宾馆。赫伯特+英奇［·马尔库塞］在那里，彼

① F. M. Cornford（1874—1943），英国古典学家、诗人。

得 + 弗朗西丝过了一会儿到了。走到巴黎女郎饭店。晚饭大龙虾吃得急急匆匆的。走回到“冬季花园”［剧院］。看了《特洛伊罗斯与克瑞西达》[1]。后来，和汤米，还有室友，过街到塔夫特酒吧喝啤酒。汤米 + 室友走了，然后彼得 + 弗朗西丝开车回［康涅狄格］沃特伯里。和英奇 + 赫伯特走到哥伦布环岛地铁站。道晚安。回宾馆。2:00 睡着。

10:00 被敲门声吵醒：戴维 + 保姆［罗丝 · 麦克纳尔蒂］。穿衣服。戴维又看上了电视。播第一条广告时，关掉了电视。下楼 + 上出租去自然历史博物馆。在那里两小时，给戴维买了个玩具暴龙。1:00 离开。乘公交车到中央公园西站。在 51 街下车。在凤尾鱼馆吃饭。戴维吃了个培根三明治。2:15 打电话给菲利普。陪戴维和保姆走到地铁（他们回克林顿总督宾馆，然后去宾州车站乘火车去弗拉兴）。街对面是冬季花园。买了下午场票。《特洛伊罗斯与克瑞西达》。5:45 回到宾馆。看《纽约时报》，洗洗，换衣服。给彼得 · 哈伊杜打电话。7:15 离开。我走了六个街区，然后乘公交到 45 街。买票看《狂人》。四处找餐馆。走进 48 西街的阿丹诺。8:30 离开，走到比茹［剧院］。《狂人》。滑稽。11:40 散场出来。打车去 73 东街阿尔弗雷德 · 克莱伯勒的公寓。［美国诗人］理查德 · 埃伯哈德举办的晚会。在晚会上与：埃伯哈德 + 猪嘴妻子、奥斯卡 · 威廉斯[2]，两个化装打扮的印度人——坦比内塔 + 妻子，名叫格雷戈里 · 科尔索[3]的

① *Troilus and Cressida*（1602），莎士比亚的悲剧。
② Oscar Williams（1900—1964），美国诗人。
③ Gregory Corso（1930—2000），美国诗人。

青年诗人戴着18世纪的眼镜；乔斯·加西亚·维拉[①]，伊莱恩·斯奈德(来自康大[康涅狄格大学，SS在那里当过一年讲师，在康大和波士顿两头跑]；现在在为新美国图书馆[②]工作)，名叫奥斯瓦尔德·德·温特的胖诗人，(《当今世界文坛》[③]的)阿拉贝尔·波特+丈夫约翰，来自西雅图的伊丽莎白·克兹利(？)，琼·加里格[④]，艾伦·金斯伯格(诗人)。

走回宾馆。在大堂里和科尔索坐了半小时。5:30上楼进房间。看《纽约时报》，和衣而睡。

6:30被叫醒。穿上衣服。罗茜和戴维6:50到了。离开房间+7:00结账离开宾馆。打车去中央车站。(最高价票。)上了7:30的火车去波士顿。

56年12月31日

1. 没有任何东西是未被阐释的。

2. 阐释就是决定、限制；或者抽丝剥茧，加入理解的意思。

3. 阐释是一种媒介，通过它，我们为语境辩护。

4. 阐释一个词不同于给它下定义；而是意味着具体说明语

---

① Jose Garcia Villa (1908—1997)，菲律宾诗人。
② New American Library (NAC)，纽约一家出版社，成立于1948年。
③ *New World Writing*，一本文学杂志。
④ Jean Garrigue (1912—1972)，美国诗人。

境(不是对等物)的范围。

※

飞快地吻，肥皂味的吻，唇吻，感觉就像是湿软的小牛脑。

放开吧
放开吧
放开
真走吧。

※

[哈佛心理学家]杰里·布鲁纳：X 怎么判断 Y 是他的朋友(喜欢他)？女人倾向于根据给予的行为来判断——如果 Y 送了 X 礼物什么的，那么，X 就判断 Y 喜欢她。男人会怀疑给予的行为(被认为是同性恋？)，而根据有没有看到同意的证据。如果 Y 同意 X 的观点，那么，X 断定 Y 是喜欢他的。

※

“阐释”的一个意义：顾及。

我小时候就是个狂热的小自然神论者

1957年

［只标明1957年］

我相信什么？

私人生活
标举文化
音乐、莎士比亚、古老的建筑

我欣赏什么？

音乐
热恋
孩子
睡觉
肉

我的缺点

从不准时

撒谎，话太多

懒

不能下决心拒绝

※

重读：［格特鲁德·斯泰因的］《梅兰克莎》[①]，［卡夫卡的］《城堡》

57年1月1日

几篇短篇小说的一些想法——

著名的犹太流亡学者/神学家，现在是哈佛“绅士”。获得一个德国奖项。代表哈佛就老犹太人的图书馆去谈判——这个老犹太人是个商人，［他］有一批著名的签名收藏品；就在战前向恺撒·威廉博物馆捐赠了一小部分。到了1939年时，纳粹把藏品放在地窖里+封了门，但允许这个人待在房子里。1944年，英+美实施轰炸，+摧毁了该地区大部分房屋，但这栋房子完好无损。

故事框架

① *Melanctha*，斯泰因《三个女人的一生》（*Three Lives*，1909）中最长的中篇小说。

以抽象的风格讲述——尽可能少坐实。

样板：卡夫卡

57 年 1 月 3 日

我现在能够记得不结婚的时候是什么样子——记得我当时做的事情——，但我现在感觉不到我当时的样子了。这六年里，不自由的感觉从未离开过我。几星期前做了个梦：我下一小段楼梯时，一匹马从我后面跟上来——好像是进了游泳池——把两条前腿搭在我身上，一个肩膀上搭一条。我尖叫，并努力让自己挣脱这种重压，接下来就醒了。我更加阴郁的心情的一个客观对应。

歌德宣称，只有不充足的知识才是创造性的。

57 年 1 月 5 日

晚上(7:00—凌晨 1:00)和耶稣会的泽诺 · 万德勒[①]聊。天主教会是西方世界唯一切实可行的宗教机构。他不是不愿承认有笨蛋和法西斯分子(斯佩尔曼[②]、闵真谛[③]等)，也不是不愿承认教会把笛卡儿的《方法论》或者[维克多 · 雨果的]《悲惨世界》

① Zeno Vendler (1921—2004)，美国语言哲学家。

② Francis Joseph Spellman(1889—1967)，美国天主教会枢机主教，纽约大主教(1939—1967)，曾任美国军队随军神父代理人，美国侵越战争时为美国政策辩护。

③ József Mindszenty (1892—1975)，约瑟夫 · 闵真谛枢机主教。

列为禁书是愚蠢的。当然，他是个知识分子，是他那帮耶稣会士机构中有学问的人(多能说明问题啊：他说他的同事要他在总奖金为64 000美元的智力竞赛节目上露面；范妮姑姑也这样对P说过的)。还有，他认为天主教会高于冷战：假使当初他不是“走得太远”的话，他们可以在美国和[时任波兰共产党领袖的][瓦迪斯瓦夫·]哥穆尔卡①，和弗朗哥②，和[前一年匈牙利起义领袖]伊姆雷·纳吉③共事的。

世界上有33 000个耶稣会士——8 000人在美国，人数最多；7 000在西班牙。会内最大的争斗发生在美国人与西班牙人之间。

泽诺走后，我和P又坐了一小时进行“事后剖析”。犹太教要做些什么才能与之抗争呢？我又提出了那个老的反对意见：我仍然不可能在天主教会里担任神职人员，因为它太父权制了——但是，在这方面犹太人甚至更加糟糕。在整个犹太历史上，哪里能找到圣特雷萨④、伊迪丝·斯泰因⑤，更不要说圣卡布里尼修女了⑥。

---

① Wladyslaw Gomulka (1905—1982)，波兰统一工人党领袖。

② Francisco Franco (1892—1975)，西班牙独裁者，二战中支持德、意法西斯侵略战争。

③ Imre Nagy (1896—1958)，匈牙利总理(1953—1955，1956)，1956年匈牙利事件中宣布匈牙利退出《华沙条约》，1958年以“反革命罪”被处决。

④ St. Teresa，即阿维拉的圣特雷萨(Saint Teresa of Avila, 1515—1582)，西班牙天主教修女，在阿维拉建立圣约瑟女隐修院(1562)，著有《到达完美之路》、灵修自传《生活》等。

⑤ Edith Stein (1891—1942)，德国犹太哲学家，天主教会殉道者和圣徒。

⑥ Mother Cabrini，即 Saint Frances Xavier Cabrini (1850—1917)，生于意大利的美国天主教圣心传教女修会的创建者，在欧洲和拉丁美洲的智利和阿根廷等地建女隐修院60余所，1946年追谥为圣徒。

P说：这么说来，犹太教必须改革。你会如何着手改革？我说：第一步是创会——迈蒙尼德会，你愿意叫什么都行。犹太人必须在拉比职位以外重新设置一个宗教职位——因为在目前的会众制下拉比职位彻底堕落了；这种会众制由一个无知而粗俗的俗人[1]雇用一个履行者。

这个会是否会男女都接受呢？会。我们要打破男人的束缚。他们会发愿当修士或修女吗？这就是个问题。圣公会可能会更好些——为一段长短确定的时间发愿，三年，六年，可以续期。贫困，贞洁，+顺从？犹太教是个激进地反对苦修的宗教，+没有贞洁的先例。但是，强迫人们不结婚而又不明说他们必须保持贞洁，这在精神上是没有意义的。否则，你是在鼓励淫乱，+这个修道会并不比西点军校更具教会精神。但贞洁作为终生的立誓到底算什么？除了教会这种性隔离的准军事组织以外，还有别的选择余地吗？P提了个计划，让我想起兄弟社区[2]。

57年1月6日

感冒了。妈妈今天打来电话。这里枯燥乏味的学术之夜：杰里·布鲁纳，罗斯托夫妇。

---

① 指有别于教士或僧侣的人。

② 德国作家、哲学家和神学家埃伯哈德·阿诺德（Eberhard Arnold，1883—1935）1920年在德国中部的一个村庄建立的一个宗教社区。服从《山上宝训》（“Sermon on the Mount”），尤其是耶稣的“爱人如己”的训示。

※

重读纪德的《忒修斯》。

论婚姻：全在这里了。没有更多的了。争吵＋柔情，没完没了地重复。只是吵架的密度越来越大，冲淡了柔情的能力。

说话说漏嘴。我的想法从我嘴里一点一点地流出。

我的意志比以往任何时候都要薄弱。就让它成为回升之前的减弱吧。

※

短篇小说的标题：《大都会岁月》，《私人行为》——这些会是统一的短篇小说集的合适标题。《晋升》、《讨债人日记》

※

粪堆边上铐在一起的两人不该吵架。吵架只会让粪堆高出几英寸来；＋他们得忍受鼻子底下发出的臭味。

吵架适合友谊。但必须住在一起的人则不该吵架。

P说我们吵架他很抱歉，因为吵完后我就偏头痛了。一个伤心的理由。一个好理由是吵架没有意义。

※

婚姻札记

在我金婚纪念日，让我的曾孙子辈来见我？“曾祖母，您有过感觉吗？”“有过。是我年轻时得的一种病，但我扛过来了。”

※

P：“你不知道那是什么感觉……作好写的准备。你坐下，笔拿在手里，纸头放在案头。准备好，各就各位，预备开始，站起来：行了，开始吧。准备好，瞄准，写……写的想法已经把我脑子的每个想法都赶跑了。”

……“总是在起点上，有多痛苦啊……”

“我恨自我意识这么强烈。”

※

从现在起，我准备写出每个我脑子里出现的该死的东西。

一种因长期浸润于高雅文化而产生的愚蠢的傲慢。

我的嘴腹泻可打字机却便秘。

我不在乎这话脏不脏。学习写作的唯一之路就是写。说你正在思考，这个借口不够好

※

最宝贵的东西是活力——不是任何邪恶的、[D. H.]劳伦斯意义上的活力，而就是做一个人想做的事情 + 不为种种失望所"挫败"的意志 + 能量 + 胃口。亚里士多德说得对：幸福不是瞄准的目标；幸福是瞄准的活动的副产品——

※

几篇短篇小说的一些想法

1. 卡夫卡式短篇：等待晋升的学者。行为的过度阐释。系主任。校长。推荐信。单行本。不能断定权力所在。各种谣言。"每次我朝长廊那头走过去，他就头一低，躲进男厕所。从不搞错。要上厕所不会规律得这样让人目瞪口呆的。"

2. 候车室里的一对。私人行为和公共行为的有趣相交。

※

57 年 1 月 14 日

昨天戴维在准备上床睡觉时宣布："你知道我眼睛闭上时看见什么？不管什么时候，只要一闭上眼睛，我就看见钉在十字架上的耶稣。"该来点荷马[①]了，我想。转移这些不健康的已经个人化的宗教迷信就是靠不带个人色彩的荷马式的大规模血洗才能办到。让他柔软的灵魂不信教……

[只标明是 1957 年 1 月，SS 关于她的童年的长篇记忆，除了一些像《中国旅行计划》这样的自传性很强的短篇，以及一组访谈录之外，都是用一种记录式的、几乎是意识流方式写成的，她最接近于直接的自传写作。SS 不时地认为写作与其说是一种回忆，倒不如说是她和一些人的友谊的叙述——赫伯特·马尔库塞和约瑟夫·布罗茨基是她最常提到的名字。但是，最后，她宁可写小说，而且，尽管频繁地起誓要这么做，她从来都没有能完全做到减少写评论文章。有两个版本。在第一个版本里，SS 似乎是记下了她记得的任何东西，却没有任何特别的顺序。那个版本中被划掉的条目构成第二个、更有条理的版本的骨架。我从第一个版本中收入了长篇选段，而复制了第二个版本的整个部分。]

① 荷马史诗《伊利亚特》和《奥德修纪》中有许多大规模的战争场面，SS 此处或许是指要来点大动作使戴维不再沉湎于宗教怪念头之中。

童年札记

［第一个版本］

熏火腿＋菠菜。安东尼·罗利。

在去佛罗里达的火车上："妈妈，你怎么拼写'肺炎'这个词呀？"

星期天早上坐在格兰普的床上。

梦见格罗夫街中学着火。

那个 I. G. C. 露丝·伯肯小姐。朱迪·韦茨曼。彼得·克斯纳。沃尔特·弗莱根海姆。马西娅·米勒德。

我说过的全部谎话。

在开心俱乐部，老爸叫我吃欧芹，味道不错。

本生灯的火烧着一些纸头时，我手指上烧了个白色大水泡（那张翻盖式书桌里我放了我的化学实验设备）。

特尔玛·德·拉腊。地下室里的耶稣像。"那是一幅上帝的像。"

(8）妈妈告诉我她要嫁给纳特了。

在图森的头两年和妈妈住一屋。（纳特出的主意。）

看艾达·塔贝尔[1]写的关于杜邦家族的东西。

给奶奶找到一家犹太餐馆。

诺曼底海岛高中。艾达+利奥·胡伯曼[2]。

化学实验设备。

彼得·哈伊杜在水里把手放在我大腿上(14岁)。

回家晚饭吃烧烤。

和妈妈在曼哈顿一家大剧院看电影——《战地钟声》——哭了。

毒葛。斯顿夫医生。

---

① Ida Minerva Tarbell (1857—1944)，美国记者，20世纪初“黑幕揭发者”中的先行者，著有《美孚石油公司史》(*The History of the Standard Oil Company*)等。

② Leo Huberman (1903—1968)，美国社会主义作家，和保罗·史威济(Paul M. Sweezy)创办《每月评论》(*Monthly Review*, 1949)。

装在格雷特内克[1]房子起居室的黑檀双开式弹簧门（中式的）。

佛罗里达那株放在桌上的圣诞树：银色的，有蓝灯。

想要一颗蓝宝石。

捉蚱蜢，放在一架玩具钢琴的琴键上。

在格罗夫街中学擦伤了右膝盖。
坐下教[原文如此]，抬起右腿清理，试图把污迹擦掉。

为谢普罗先生的课写篇关于加利福尼亚四大强盗大亨（亨廷顿·哈特福德，马克·霍普金斯+）的论文。[谢普罗先生是SS在北好莱坞中学最喜欢的老师。她毕业几年后，他上了黑名单。]

老爸的猪皮钱包。

戴维·所罗门——食品杂货商的儿子。

我没偷那一角硬币，却承认我偷了
（格雷特内克中学）。

---

① Great Neck，美国地名，在纽约州。

看沃登·[刘易斯·]劳斯的《星星监狱两万年》、[查尔斯·伍德的]《天语》，以及《悲惨世界》(森林小丘[①])

我们的电话：大道8－8937。

皇后大道附近用木板隔断的房子。
(森林小丘)

嫉妒玛吉·罗克林出生在中国+有个奶妈。我在晒日光浴的时候，阿伦叔叔看见了我的屁股，让我很尴尬，但又害怕这么讲。(格雷特内克)。

内莉[SS幼儿时期的女管家]。她的房间。梳妆台上的小收音机，在你走进房间的右手边。

阿韦尔·利迪凯在卡塔莉娜初中对我很好；我当时不知道怎么对她好来回报。

佛罗里达我们家后院的椰子树。

[1941年]12月7日阿伦叔叔打电话来说这个消息时，妈妈和叔叔在打球。

---

① Forest Hills，在纽约皇后区。

~~在"征服者"酒店用电磁炉。~~

~~后面的那个女人她丈夫有肺结核。~~

找到、建筑一个堡垒。

西德尼·利兹（"利兹先生"）和他那张扭曲的脸。

本叔叔穿一套褐色的西装。

[新泽西]维罗纳疯人院的地下室。尿臊味。

一本《圣经》压在我的马鬃枕芯枕头下睡觉。
妈妈周末带我去弗农山的扬克斯玩时，要不要把这本《圣经》带着？要摆渡过去。

箭头山。两周的时间纳特来回去那里。
关于勃朗特姐妹的电影。

公共图书馆里德·托尔纳[1]论西斯廷教堂的书。朱迪丝（SS的妹妹）晕车。

在箭头山野营。害怕极了。开始咬指甲。

---

① Charles de Tolnay（1899—1981），匈牙利艺术史家。

在希梅尔游泳池看见查伦阑尾炎手术后留下的疤。

烫了脚——在“征服者”酒店外围散步的时候。

在匹克威克[洛杉矶一家书店]买了本二手的[弗洛伊德的]《文明及其不满》。

伯肯小姐和她妈妈住在伍德赛德。

和叔叔坐在设菲尔德奶箱上。
给他讲关于“衰弱的骑士”
(关于“让我们装”的故事)。

看见弗洛伦丝 + 桑尼叔叔接吻。

(维罗纳)厨房墙上的煮蛋器。

和罗茜[在]森林小丘剧院看《断肠记》①。

图森： 晚上，我在上铺，考朱迪丝美国所有州的州府名称。

钱德勒街“红车”[洛杉矶]。

---

① *Penny Serenade*，1941 年美国上映的影片，讲述一对夫妇收养一个婴儿的故事。

玛莎和比尔·赫希。苏西。玛莎来(图森)家里待一下午，M + 她坐在露台上。玛莎抽“总督”烟 + 我留了她抽过的一根烟的过滤嘴。

……

罗茜走后来了个叫维奥莉特的保姆。

在[1939 年纽约]世博会上看见侏儒。

有一次，在伯肯小姐家的聚会上，我把什么饮料泼到一张椅子上了。

……

手指甲咬完后，我试图咬脚趾甲。

在阳光中学玩小小高尔夫球——与弗朗西丝·弗朗西斯和那个纽约男孩——两个八年级学生。

得知隔壁的科德·迈耶公寓是“不对外开放的”。

……

在阳光中学午饭吃萝卜。豆子。通气。

和查伦·保罗看《呼啸山庄》。

……

“丹”姑姑。她腿上又深又宽的伤疤。

和妈妈看《落花飘零》[1]（葛丽亚·嘉逊）。

……

4 月 1 日，“丹”姑姑的生日。

老爸死于 1938 年 10 月 19 日。

……

和罗茜去教堂。

在格雷特内克时，隔壁的太太说她父亲死了。怎么死的？他的心脏停止了跳动。哦。

……

① *Blossoms in the Dust*，1941 年美国片，讲述女主人公帮助孤儿的故事，由葛丽亚·嘉逊（Greer Garson，1903—1996）主演。

图森： 风滚草。

在克利夫顿·费迪曼[1]的《我喜欢的读物》里，发现了托马斯·曼。

……

妈妈的双人床的白色大床头板。
（森林小丘）。

乘火车南下佛罗里达。

住在佛罗里达的奶奶——罗森布拉特。

……

罗茜家。那天他们带我去钓鱼。
“我要鱼。”是条鳗鱼。

……

有香草味的牛奶+花生酱薄脆饼干。（森林小丘）。

---

① Clifton Fadiman（1904—1999），美国作家、编辑、评论家、广播和电视节目主持人。《我喜欢的读物》（*Reading I've Liked*）出版于1941年。

读《康普顿百科全书》。

停自行车，放学回家，每天都要透过一棵大树的叶子看天空。

骑车穿过亚利桑那大学。体育馆屋顶上用大大的白色字母写的“击败”。[1]

……

在[洛杉矶的]威尔夏依柏剧场听索里马·斯特拉文斯基[2]音乐会。

索菲亚教了一节排球课。

彼得那孩子，没有脚+没有像样的手。

期待像理查德·哈里伯顿[美国旅行家、冒险家]那样生活。

……

---

① Bear Down 是亚利桑那大学的校训。
② Soulima Stravinsky（1910—1994），瑞士裔美国钢琴家、作曲家。

和E、F“疯”（1950年夏）。

L. 她参加了海军陆战队。

把我的一只手伸进灌木丛下面的狗屎里。
（夏天在长岛。）

……

索菲亚的房子。格雷戈里·艾恩造的。

……

在《真正的连环漫画》[1]后面看关于诺曼·白求恩大夫［为毛泽东的军队服务的加拿大医生］的故事。（森林小丘）

从拱廊室的门里看见彼得把头埋在手里。（北好莱坞中学）。

那两个侏儒女生。（北好莱坞中学）。

……

---

① *True Comics*，密歇根州立大学办的一份杂志。

G. 晚上和她在一起。

……

一些变成了“戴维”的梦。

伊莱恩·利瓦伊。伊莱恩吹笛子。借给她《马丁·伊登》。

晚上在威尔夏依柏剧院屋顶。

在匹克威克书店偷《浮士德博士》被捉住。

我房间的墙上挂着北好莱坞中学的三角旗。

……

森林小丘：买一本关于中国(花瓶、手工艺品等)的书。

图森：摇手动油印机。
[SS 在家还在亚利桑那时就创办了她自己的“报纸”。]

我的扁桃体切除了。护士坐在我的一条腿上。

路两旁喇叭花一路开过去。(维罗纳)。

和罗茜睡。夜里听见火车的声音。
（维罗纳）

麻疹。106。坐在汽车里。

和彼得在冷水峡谷附近的山里散步。

谢尔登 · 考夫曼。丑得不能看。又长又白的手指。

好莱坞露天剧场。

加州的室友：阿尔瓦琼 · 辛济克。

奥德丽 · 阿舍，她的笑。

森林小丘：在车站，告诉格兰普他是唯一一个我会想念的人。

……

和格兰普就世界职业棒球大赛赌 25 美分。我赌扬基队赢，他赌“那些流民”赢？［布鲁克林道奇队①］。

---

① Brooklyn Dodgers，美国加州洛杉矶一支职业棒球大联盟球队，1883 年成立于纽约布鲁克林，1958 年迁至洛杉矶后更名。著名运动卡通画家威拉德 · 马林（Willard Mullin）为该队定了深受欢迎的昵称 “Dem Bums”（“那些流民”）。

梦见我能飞。

看佩里·梅森[1]小说。（图森）

［我的］第一张贝多芬四重奏：作品127号。

谢普罗先生。在教工食堂吃饭。

上床睡觉前伏在妈妈的瘦骨嶙峋的胸口啜泣。想表现好些。

妈掴我耳光。（森林小丘）。

伯曼医生，N. Y. 韦特“局部用膏”诊所的牙医。

在钱氏餐馆吃饭。

［拉威尔[2]的］《丑角的晨曲》。首场［好莱坞］露天剧场音乐会。

在蔡森餐馆吃饭。

---

① Perry Mason，哥伦比亚广播公司播映的同名电视连续剧中的主人公，一个侦探、律师，在助手和秘书协助下，当被告辩护律师时从未输掉一个案子。此前还有佩里·梅森的广播剧。电视剧和广播剧均根据厄尔·斯坦利·加德纳（Erle Stanley Gardner）所写侦探系列故事改编而成。

② Maurice Ravel（1875—1937），法国作曲家。其作品 *Alborada del Grazioso* 一般译为 *Morning Song of a Jester*。

学开车。道奇车。

乘地铁。（纽约到斯佩恩医生处）。

格兰普说："Eye-talian。"①。

我和彼得一起为沃尔珀吉斯之夜当翻译。

……

格兰普为我在后院搭的帐篷里的长脚蜘蛛。（维罗纳）。

"你知道气管和食管的区别吗？"（维罗纳）

中学前面的篝火。（维罗纳）。

……

棕榈泉。信不信上帝，做个了断。

艾琳·莱昂斯。下了地铁 F 号线后，我们买了樱桃。（她去见她父亲，我陪她来的。）

---

① Italian 这个词的发音一般为[iˈtæljən]，此处指格兰普念成了[aiˈtæljən]。

老爸在早餐桌边教我吹口哨！

……

“暗箱”（在圣莫妮卡）。

和格兰普玩金罗美[①]。

从全美商会收集旅游信息。德拉克曼旅行社。

在毕业典礼上演唱歌曲“希望+荣耀的土地”[②]。

遮光窗帘。

……

尤迪丝·夏皮罗[③]和美国艺术四重奏。

去格劳曼的中国剧院。

……

---

① gin rummy，拉米纸牌游戏的一种，玩者手中未摊出的牌为10张或少于10张时可摊牌叫停。

② *Land of Hope and Glory*，是一首英国爱国歌曲。

③ Eurice Shapiro（1914—2007），美国小提琴家。

朱迪丝出事故。

妈妈把头发盘在头顶上。(森林小丘)。

看《美狄亚》。

老爸唱《她将绕过山过来》[①]。

……

妈妈告诉我老爸死了。在起居室。

……

和纳特从芝加哥开车去纽约,路上没停——妈妈+朱迪丝乘飞机去。

到艾塞克斯酒店[在曼哈顿的宾馆]。

火烈鸟俱乐部。易装表演。

圣莫妮卡的热带村。

---

① *She'll be comin' round the mountain when she comes*,一首儿歌。

初吻。屋顶音乐会上的某个人。

……

和彼得在地板上听 WQXR[①] 电台的海顿四重奏。

和赫尼娅看《樱桃园》（查尔斯 · 劳顿[②]）。（1949）。

和妈妈在演员实验室看[本 · 琼生的]《狐狸》[③]上演。

……

妈妈看伦纳德 · 莱昂斯[④]的文章、《红皮书》[⑤]、《世界》杂志[⑥]。

体育课快下课时假装去冲淋。（北好莱坞中学）。

……

朱迪丝出生后（和罗茜）去医院看望妈妈。

① 纽约市历史最久，也是最受欢迎的古典音乐广播电台。
② Charles Laughton（1899—1962），英裔美国演员、编剧、制片人。
③ *Volpone, or The Fox*（1606），英国剧作家本 · 琼生的作品。
④ Leonard Lyons（1906—1976），美国报刊专栏作家。
⑤ *Redbook*，一本女性杂志。
⑥ *Cosmopolitan*，一本女性杂志。

佛罗里达：梦见独行侠[1]会来+带我骑马而去，我趿着拖鞋。

……

……古诺[2]的《罗密欧与朱丽叶》。和罗茜一起。

图森：和鲍里斯·卡洛夫[原文如此]看《剧院魅影》——妈妈则和纳特在一起。

……

引座。在楼厅，听鲁宾斯坦的音乐。

给妈妈亨利·华莱士[3]的竞选册子。

星期天妈妈过来野营+我不会为了她游泳。

星空下漫步。

……

---

① 同名电影(1938 年上映)中的主人公。
② Charles Gounod (1818—1893),法国作曲家。
③ Henry Wallace (1888—1965),美国政治家,曾任美国副总统。

听约翰·霍华德·劳森[1][上了黑名单的剧作家]演讲。不给力。

莉娜奶奶给我吃土豆泥。

“一份给妈妈，一份给朱迪……”

想长大。

……

罗斯福去世时，我哭了。

听肖斯塔科维奇[2]《第七[交响曲]》的世界首场演出(广播)。

……

为以色列献血。我手膀子痛。

多洛雷丝，“免下车”餐馆连锁店；男服务员。

阿伦叔叔的婚礼。在艾塞克斯酒店。

---

① John Howard Lawson（1894—1977），好莱坞编剧，美国共产党好莱坞分部领袖。

② Dimitri Shostakovich（1906—1975)，苏联作曲家，主要作品有《第五交响曲》、《第七交响曲》及清唱剧《森林之夜》等。

管弦乐队演奏《我梦见棕色秀发的珍妮》①。

吹嘘纳特。[内森·桑塔格是个授勋级别很高的飞行员，先是在英国皇家空军，后来，美国参加第二次世界大战后，他又在美国陆军航空部队服役。]

抄录杰拉德·曼利·霍普金斯的诗。

……

开始集邮。

有了我自己的房间。选颜色。

……

伊莱恩说那个漂亮的体育老师是个女同性恋。

当桑塔格奶奶的公寓楼里焚化炉出问题时(那个罗斯福)，我害怕起来。

害怕飞。

① 美国作曲家斯蒂芬·福斯特(Stephen Foster，1826—1864)为爱妻珍妮(Jeannie)写的歌。

……

周五下午1:00，乘那辆红色车去市中心听交响乐。

……

看*PM*[纽约左翼报纸]，了解巴丹[1]和科雷吉多尔[2]的情况。

……

在图森去过一次犹太教堂，听见拉比叫每人把战争债券兑现出来，捐给犹太教堂的募捐运动。

……

室内乐的山谷朋友。弗兰克的A大调奏鸣曲。（德博拉·格林担任钢琴演奏；[她]丈夫担任小提琴演奏）。

《魔山》。

……

---

① Bataan，菲律宾一省。
② Corregidor，位于菲律宾西北部，在马尼拉湾入口处。1942年5月日军在此大败美军。

丢了我的小刀+保佑我找到。（维罗纳）。

桑尼叔叔把我带到很远的水域。

[SS 有点怕水，她有时就将此归结于这个事情。]

……

老爸给我看他是怎么叠手帕的。（在他们的卧室。老爸在穿衣服。）妈妈正走进淋浴间的时候，我告诉她说我宁愿不是犹太人。

……

罗茜为我留了她烧的第一只鸡的叉骨+第一只火鸡的叉骨。为罗茜做了个端锅用的防烫布垫。

……

把老爸的戒指存放在一只盒子里。

听奥森·威尔斯[①]的《麦克白》（水星剧团）。

① Orson Welles（1915—1985），美国导演、演员、编剧、制片人，1937 年和约翰·赫斯曼(John Houseman)共同创建水星剧团(Mercury Theater)。

不肯裸体晒日光浴。

……

[在洛杉矶的]奥克西登塔尔[学院]听音乐会——阿尔玛三重奏[①]——冒着雨。和彼得一起。穿了妈妈的毛皮夹克。回家时，上一辆卡车搭了一段路。

老爸给我买了个收银机。

……

[加州伯克利的]罗伊斯·霍尔："世界是逐渐实现的阐释共同体。"

迈耶霍夫的课；嘴上叼着一根烟讲课。

F. 马西森[②]的忌日。

[第二个版本]

森林小丘(9—10)

---

① the Alma Trio，美国一个古典钢琴三重奏组合，1942 年组建。
② F. O. Matthiessen (1902—1950)，美国史学家、文学评论家。

詹姆斯·麦迪逊公寓。

剪 *PM*。

我们家公寓门牌号码： D41

第三公立学校。

世博会。

114 公立学校。

朱迪·韦茨曼。“你个小虾子——我是说鳗鱼。”
她妈妈，来自波士顿，胖。说 tomahto[①]。

乘公交车去学校。在托马斯·杰弗逊公寓后面的第 68 街赶上的。

威尔·库克·斯佩恩医生。有点感染。在他诊所里看连环漫画杂志。

妈妈把车卖给一个“国防企业工人”时，我感到伤心。

① 英语中“西红柿”应该是 tomato。

保利娜姑姑带我去看《幻想曲》[1]（纽约城）。

星期五在罗森布拉特奶奶家吃晚饭。鸡汤+炖鸡。起居室里带木头支架的老式收音机。（纽约城）。

我的关于配给的书。

告诉爱丽斯·罗克林，柴可夫斯基比贝多芬好。

合约

朱迪睡小床。

从荷兰隧道去“泽西”。

和妈妈一起看《和父亲生活》[2]。我看的第二部戏（八岁）。

黄石大道68－37号。［纽约皇后区］。

看艾伯特·佩森·特休恩[3]的书。

---

① *Fantasia*，迪斯尼动画片。
② *Life with Father*（1947），一本自传体幽默故事集，后改编成电影、电视连续剧等。
③ Albert Payson Terhune（1872—1942），美国作家，以写狗的故事著称。

约翰尼·沃尔德伦。他教我用筷子。

一家中餐馆。皇后大道上的“桑尼餐馆”。

梦见老爸回来，开公寓门。

告诉塔施曼医生我想当医生。

和妈妈去79街和百老汇交叉口的那个“编织的”地方（某个格林伯格太太）。

在外面等，喂鸽子。

雾化器。棉花里的安息香酊。

听收音机播放的肖斯塔科维奇《第五交响曲》。

第三公立学校的斯莱特里小姐。

另一个人和叔叔装饰的圣诞树+妈妈的聚会。

经过网球场。

撰写“论时间”的随笔，加一个图片沙漏说明。“时间是什么？……”等等。

撰写我的关于俄罗斯的书。

获水星剧团的《麦克白》唱片。

我坐在抽水马桶上唱歌，罗茜帮我把头发擦干。

看林德·瓦尔德[1]的木刻小说(《上帝的人》)+吓坏了——尤其是最后一页。

被一块石头砸了头。我的白衬衫上全是血。朱迪·韦茨曼当时和我在一起。

为 CD 忙。

买了[卡尔·范多伦的]《美国革命秘史》，送妈妈的生日礼物。

桑尼叔叔发来语音邮件。

在斯佩恩医生的诊所看连环漫画书。

萨布。

① Lynd Ward（1908—1985），美国艺术家。

詹姆斯·麦迪逊公寓的自助电梯。

希·霍兹，坐在起居室沙发上。

和妈妈在小饭馆吃饭。她午饭时间在校门口接的我。

利兹先生送我一条宠物狗。

每星期都和罗茜听广播里的打榜歌曲。

为阿尔芬奇院长(竞选市长)发表演说。

伊丝特能像“爱乐乐团”[1]一样弹钢琴。她穿了一件白色皮夹克。

我们以前没有联排公寓。

去天文馆。

母亲织绞花图案的毛衣。

为长大后不想做女孩而大发脾气——妈妈和叔叔在场——“我要割下我的乳房。”

---

① 即 New York Philhamonic，简称“纽约爱乐”。

不让我看一个“独行侠”节目，哭了。

“……一个富有的+有爵位的英国人。”

斯特拉·达拉斯+她女儿洛莉+洛莉的丈夫狄克·格罗夫纳［和琼·克劳馥[1]一起拍电影］。

“洛伦佐·琼斯+爱他的妻子贝拉。”

在IGC。“请各位注意。”

在144公立学校的房间号是333。

认为“3”是我的幸运数字。

图森(10—13)

在“征服者”酒店用电磁炉。

后面的那个女人她丈夫有肺结核。

“那个洞。”挖。填上，再挖。

---

① Joan Crawford (1908—1977)，美国电影女演员。

利姆家(在高速公路旁开杂货店的那家中国人)。

“A”山。

萨比诺峡谷

车库里的鸭：劳里+比利。还有四只小鸡。

抓住了拉西。在车库的第一个晚上。

在曼斯菲尔德初中：法雷尔先生，卡利尔小姐，吉姆·比林斯利，狄克·马特森，还有那个折磨我的胖男生吉米。

代数不好。

看骑术表演。

去希梅尔游泳池游泳。(妈妈一开始不同意。)

朱迪和尼基玩。

德拉克曼街2409号，电话号码5231-W(直拨)。

波莱特·戈达尔在“征服者”酒店游泳池。

4 号高速公路巴士。

麦克尔 · 皮斯特。

约瑟芬 · 皮博迪，《花衣魔笛手》。

格兰普送我一把真的弓 + 一些箭。

德拉克曼化学俱乐部。

戴维 · 罗斯。他家房子烧毁了，所以，我们接纳了他。

开始记我的日记。第一则是在高速公路靠近利姆家店铺，看见一条在腐烂的死狗。

卡利尔小姐说她爱吉尔伯特 + 沙利文。
说她见过凯瑟琳 · 赫本。

贝姬

穿军装的纳特。

妈妈的主日学校。

施库德家小孩： 马西 + 维拉

（来自北达科他州迈诺特）。

我们的关于戈培尔的戏。《真理》。

纳特待在亚利桑那客栈。

诺加利斯[1]。洞穴（餐馆）。

想给我的狗起名为拉德。

国会街银行公寓楼里的牙医——菲医生。他找到六块补牙材料。

未获许独自去抒情剧院。

伊尔莎·斯滕伯格。骑马。名叫格兰戈的马。

K. D. 安德森，曼斯菲尔德校长。

这座城市有六所初中；黑人上的是邓巴初中。

让妈妈为我抄写一份［詹姆斯·拉塞尔·洛厄尔[2]的］《朗佛

① Nogales，在亚利桑那州。
② James Russell Lowell（1819—1891），美国诗人。《朗佛尔爵士的幻影》（*The Vision of Sir Launfal*，1848）是洛厄尔歌颂人类手足之情的长诗。

尔爵士的幻影》。

当《英才》(曼斯菲尔德报)编辑。

我自己的报纸:《仙人掌报》。

艾琳·戴维森+伯蒂:伯蒂的两颗大门牙。

赤脚乘开往市中心的大巴。

斯坦豪斯先生。他女儿伊妮德。

卡利尔小姐借给我弗农·维纳布尔论马克思的著作。

达米科小姐,拉丁文老师。

在广播中。

麦克默蒂夫人每天上午15分钟的节目,“萨莉·西尔斯。”

唐·哥萨克合唱团[1]以及德雷珀和阿德勒[2]在中学演出。

---

① 一个由流亡的俄罗斯哥萨克人组成的男声合唱团。

② Paul Draper,五月初乐队灵魂人物;Larry Adler(1914—2001),美国音乐家。

在曼斯菲尔德被人叫“犹太佬”。

制作玩具娃娃的女士。赫蒂。

想娶妈妈的鲍勃 · 斯通（？）。

鲍勃 + 我用砖 + 泥砌了个壁炉。

上体育课（垒球）时，和一个叫乔迪的女生打架。

马克斯 · 法克特的意志薄弱的儿子。

我在讲泰山[①] + 珍妮生了一个儿子时，哭了。

魔术表演。

坎贝尔大街。

洛厄尔堡路。

“米莉，米莉，看到你回来，我们很高兴。”

---

① Tarzan，英国作家埃德加 · 赖斯 · 巴勒斯（Edgar Rice Burroughs，1875—1950）系列小说《人猿泰山》（*Tarzan of the Apes*）中的主人公，出身于英国贵族之家，在非洲丛林出生后父母双亡，由黑猩猩养大，经历了许多奇遇。

博士伦奖。

保罗·霍奇斯夫妇。

鲍比·普拉特，他的味道。

基斯通酒业公司

帕特·科雷利。

贝姬。

从“征服者”酒店塔楼上看骑术表演。

和鲍勃、塞、尼基一起去“不招待就捣乱”[1]。

那个警察和他的高个子妻子。

看《亚利桑那州公路》[杂志][2]。

妈妈禁止我看[莉莲·史密斯的]《奇怪的果实》[3]。

---

① 万圣节儿童挨家要糖果时的用语。
② *Arizona Highways*，一本著名的摄影旅游杂志。
③ *Strange Fruit*（1944），美国作家、社会批评家莉莲·史密斯（Lillian Smith，1897—1966）的代表作。

史蒂夫·舒哈姆。

拼命想在给妈妈的信里表现得滑稽。
（“阿奇博尔德·西德博特姆”）。

阳光中学的斯塔基先生。去势利谷[1]玩。

把房前草坪上的三叶草除掉。

有个女人在“征服者”酒店游泳池给了我一瓶啤酒+我喝了。

和朱迪睡双层床。

斯塔基先生叫我看[特奥多·施托姆的]《茵梦湖》[2]。

一本提问用笔记本[3]。

鲍勃+我在实验室尝试着配制一种灭蚁剂。

海米+利尔·迈尔森+两个女儿。白宫百货商店。

---

① 图森的一个高档住宅区。
② *Immensee*（1850），德国小说家、抒情诗人施托姆（Theodor Storm，1817—1888）的小说。
③ slam book，美国初级中学学生（尤其是女生）用的一种笔记本，保管人可以在上面提问，然后让大家回答。

维维恩·塔潘医生——她住所的诊室。

国家(影剧院)

“拉乔拉”[①](夜总会)

先锋宾馆。

桑塔丽塔宾馆。

有柔和的银灰色的大搭扣的腰带。

米基在(“征服者”酒店)浴室里跟我讲下流故事。

那辆车——一辆别克——从纽约开到了德拉克曼街。

隔壁红头发的雪莉·曼德尔。

麦克默特里太太。

在“征服者”酒店餐厅里肚子痛。

在阳光中学：名叫弗朗西丝·弗朗西斯的八年级女生。

① La Jolla，西班牙语，是“珍贵”的意思。

查伦·保罗。那种极度的痛苦。

（“征服者”酒店）游泳池边上自动点唱机放的曲子。

收集八年级的《经典连环漫画》。

57年1月15日

24岁时遵守的规则+履行的职责［SS的生日是1933年1月16日。］

1. 姿势更端正。
2. 一周给妈妈写三封信。
3. 少吃点。
4. 一天至少写作两小时。
5. 决不公开抱怨布兰代斯，或者钱。
6. 教戴维看书。

昨晚，菲利普说：“我再也不想有自我意识了。我是多么憎恨黑格尔+所有那些把自我意识提高到最高成就的人啊！我快死在自我意识上了！”

“嗯，如果你做那些事情的时候不想要我告诉你，那我就不告诉你。”

※

乔伊斯说简·德格拉斯："她温顺得像只乳鸽。"

是这样。就这些。没别的什么了。

我要是拿到牛津的奖学金就太好了！那样的话，我至少会知道飞出国内的舞台这个安乐窝之后我还行不行。

我独自一人的时候情绪正常吗？

我知道我和人相处时情绪不正常，连和菲利普都这样——因此，对他、对我自己总是怀有一种恼怒感。但我独处时情绪正常吗？似乎也不大可能正常。

进行中的项目：

"关于婚姻的札记"
"关于阐释的札记"
随笔：《论作为道德理想的自我意识》

关于阐释：

作为文化运输的阐释。当《圣经》故事没人再相信的时候，人们就对它们进行阐释。

在阐释的多棱镜中，神话“被打破”。

~~找出更多关于：~~
~~对下面的内容更了解：~~

~~1. 阿贝拉德的生平与哲学~~
~~2. 海洋生物学，尤其是水母~~
~~3. 本森男爵~~
~~4. 斯宾诺莎的哲学~~
~~5. 《约伯记》~~

读：《安伯雷书信文件集》[伯特兰·罗素父母的书信和日记]。

※

“他有两套阐释体系来解释他的失败。”（萨特）

[除了1957年之外未标明日期，但很可能是1月份，或2月初]

A）开始收集出版物（原件，不是复制品）
B）学希腊语

※

奥托·冯·辛姆森[1]，《哥特式大教堂》，博利根，1956年，6.50美元。

※

俚语

“the soft sell”（对“the hard sell”）。[2]

“get the lead out”。[3]

“an odd-ball”。[4]

[未标明日期，1957年初讲座笔记]

[保罗·]齐夫：“对黑格尔来说，理解意味着分析。‘理性’是综合。”

这是回避休谟[5]的观点。看了黑格尔让你欣赏休谟。

---

① Otto von Simson（1912—1993），德国艺术史家。
② “劝诱推销”（对“强行推销”）。
③ “开始工作”。
④ “怪人”。
⑤ David Hume（1711—1776），英国哲学家、经济学家、历史学家，不可知论的代表人物。

※

德国表现主义画家、达达主义画家等等的画展
（一战后）

奥托 · 迪克斯[①]（1891—）
乔治 · 格罗兹[②]（1893—）
马克斯 · 贝克曼（1884—1950）
卡尔 · 施密特-罗特卢夫[③]（1884—）
埃里希 · 赫克尔[④]（1883—）
马克斯 · 佩希斯坦[⑤]（1881—）
克里斯蒂安 · 罗尔夫斯（1849—1938）
恩斯特 · 巴拉赫（1870—1938）

凯绥 · 珂勒惠支（1867—1945）

两个达达主义先驱：
柯特 · 希维特斯（1887—1948）
马克斯 · 恩斯特[⑥]（1891—）

---

① Otto Dix（1891—1969）。桑塔格记这些日记时，这些画家不少仍在世，译注补上了相关的卒年。
② George Grosz（1893—1959）。
③ Karl Schmidt-Rottluff（1884—1976）。
④ Erich Heckel（1883—1970）。
⑤ Max Pechstein（1881—1955）。
⑥ Max Ernst（1891—1976）。

※

文章：卢克莱修

※

……称赞什么时候是公正的？当它是技术性的时候

称赞与分等级的关系。

……修昔底德[1]、尼采论称赞的宗旨是如何失去其价值的……

※

……我们要一种真理的符合论，但我们可能满足于一种道德的连贯论

※

现代文学的主要组成部分之一是恶行——即道德价值的自我意识的倒置。这不是虚无主义，也不是道德价值的否认，而是它们的倒置：仍旧是为规则所约束，只是现在是一种“恶的道德”，而非一种“善的道德”

① Thucydides，古希腊史学家。

例子：

1）萨德——认为他是康德的目的王国的倒置。所有人都必须被迫把对方视为手段。像康德一样，不道德行为必须是理性的+前后一致的(即可通用的)。见[杰弗里·]戈罗尔[①]论萨德的乌托邦的材料。

2）[让·]热内的《严密监视》——雪球=上帝，监狱=世界，犯罪级别=道德等级，谋杀=优雅，不幸=幸福、天恩。对犯罪抱有的两种态度：绿眼睛——表现为优雅行为，被给予；[和]乔吉——必须接纳。

和两种基督教立场[类似]

《夜林》

※

这是错误的——对这些作家不公道，因为他们是真诚的。说他们是/曾经是伪装起来的倒置的信教者(试比较，对波德莱尔的天主教诉求)。他们的恶行是真实的。

但是，他们的作品是对其价值的力量历经磨难而获得的证

① Geoffrey Gorer (1905—1985)，英国人类学家。

明。没有纵情狂欢。

大半年没有压抑；有一次追思弥撒[1]就有一次受教规约束的弥撒。但这是表面的。

戏仿

这是对这些价值最有力的否认——充满了嘲笑——用它们的形式而倒置它们的内容

另一个例子是卡夫卡(一名无神论者)

※

不过，“恶魔派文学”[2]是一个重要的文化工具。为我们呈现激烈的对抗力量：康德或萨特，加尔文或热内。迫使我们做出选择。把我们从沾沾自喜中惊醒。

※

“自由派”以为你有了a，就总能得到b。这显然不对。

---

① Black Mass，亦译安魂弥撒、黑弥撒，因举行仪式时神父穿黑衣而得名。
② Literature of Diabolism。

57 年 1 月 19 日

关于昨天晚上和艾伦 · 芬克 + 芭芭拉 · 斯旺吃饭时的谈话：常规对自发性。这是个辩证的选择，它取决于你对自己所处时代的评价。如果你认为你自己的时代充斥着空洞的不真诚的繁文缛节，那么，你就举双手赞成自发性，甚至是不合礼节的行为……道德大都是个任务，即补偿你的时代的损失。你以为在一个不合礼节的时代，存在不符合时尚的德行。在一个被礼节掏空了的时代，人们就必须为自己上一堂自发性的课了。

3:45 在[哈佛]怀特纳[图书馆]碰到乔伊斯 · 卡尔。在海斯-比德福德[1]喝茶。在图廷书店浏览书刊。她为 P 买了汉弗莱 · 沃德夫人的书。我陪她走回家，喝了五分钟的雪利酒 +6:30 返回。

今天，戴维是小埃阿斯 + 我是大埃阿斯[2]。我们一起就“战无不胜”，他学会的一个新词。今晚，我吻他、祝他晚安 + 离开他房间的时候，他说的最后一句话是“再见，大埃阿斯”。接着一阵大笑。

※

P 和我难得互相讲话，但讲起来就总是吵。我成了多萝西

① Hayes-Bickford，一家面包房。
② Ajax the Lesser，Ajax the Greater，均为特洛伊围城战的英雄。

娅·布鲁克·卡索邦这个杀夫角色[乔治·艾略特的长篇小说《米德尔马契》[1]中的人物]。

晚上看“汉弗夫人”看到凌晨2:00。

57年1月20日

戴维8:30走进我们房间的时候，我问他一直在跟罗茜聊什么。“哦，”他说，“我问她世界是怎么存在的。”

我今天给妈妈打电话，这样戴维就能给她唱《山腰上的家》[2]了。

……

爱默生说：“一个人，他整天想什么，就是什么。”爱默生这个存在主义者。

[除了年份，未标明日期，但很可能是1月或2月]

短篇小说

---

① *Middlemarch*，英国小说家乔治·艾略特(1819—1880)的代表作，小说围绕两个想为社会造福的青年在婚姻和事业上的失败，勾勒了一幅英国地方生活的画面。

② *Home on the Range*，美国民谣，堪萨斯州的州歌。

教授

年轻的新娘

1. 他的童年——[一个]美国知识分子的乔伊特式[19世纪牛津古典学学者本杰明·乔伊特[①]]的与世隔绝

2. 他们相遇+结婚>才智对性(他妻子)

3. 系部纷争： 趣味角力(对手)

4. 佛罗伦萨——艺术世界，旅游世界——妻子板着一张脸

5. [丈夫]与男友重逢——对他提要求——妻子反对——丈夫离开她+工作，去照顾[那个老友]

57年2月14日

在婚姻里，我已经在某种程度上失去了个性——一开始，这种失去是高兴的，容易的；现在，这种失去让我痛苦，搅乱了我的日常心绪，让我更加不满现状。

57年2月15日

昨晚法国音乐家进行的[理查·施特劳斯的]《英雄的生涯》[②]的精彩演出。瓦格纳风格的奢华全部剔除掉了，剩下的就

---

① Benjamin Jowett (1817—1893)，牛津大学教授，19世纪杰出的古典学学者。

② *Ein Heldenleben* (1899)，德国作曲家理查·施特劳斯(Richard Strauss，1864—1949)的交响诗。

是精干利落的军乐。[查尔斯·]明希[1]指挥着管弦乐队一路演奏下来，比我听过的更迅捷，成功地演奏出了令感官愉悦但并不是激起情欲的施特劳斯乐曲。

57年2月18日

“我儿子，四岁大，第一次读荷马”

圆嘟嘟、长着绒毛的脸
对奇迹很淡定。
我朗诵。

陌生的名字知道了，
还有宙斯的欲望的众多结果。

可怕的事情接踵而至。
可怜的普特洛克勒斯[2]。
再见，大埃阿斯！
我儿子感动得哭了
　　听到这个埃阿斯
　　虽然强壮却是个傻子。
在赫克托尔面前他不动声色，

---

① Charles Munch（1891—1968），亦译夏尔·孟许，法国指挥家。
② Patroclus，希腊战士，在特洛伊战争中为赫克托尔（Hector）所杀，后好友阿喀琉斯（Achilles）为其复仇。

死了，受到羞辱，他的尸骨
　　为火烧白。

可怜的赫克托尔。我们为特洛伊难过。可怜的特洛伊。
然而，我的儿子
　　宁可是个希腊人。他们胜利了。
这孩子接受暴力的神秘，
　　一如希腊人那样。
他不反感他们的悼念时间之短，
　　也不反感他们美餐时间之长。

他说教，但简洁地：
海伦不配。

他懂阿喀琉斯为什么哭泣，
　　为他的黄金甲，他的
　　头盔，他的盾，他的护胫甲，
　　为赫克托尔所俘虏，也为
　　亲爱的普特洛克勒斯被杀……

［未标明日期，很可能是1957年2月下旬］

感兴趣的领域：1）布龙菲尔德[①]语言学，2）历史知识问

① Leonard Bloomfield（1887—1949），美国语言学家，结构主义语言学派创立者，著有《语言》等。

题；历史哲学，3）哲学分歧问题，4）契约，5）身心问题，6）规范性＋描述性

※

［保罗·］蒂利希在法兰克福接替［汉斯·］科尼利厄斯（康德学者——马尔堡学派[①]成员），担任哲学教授（教席教授）。讲授谢林[②]，稍带点黑格尔。不是康德学者。曾经是基督徒，＋那是过去的事情。

海德格尔在法兰克福接替赫尔曼·柯亨[③]的位置。柯亨 1918 年去世。

［纳厄姆·］格拉策［1903—1990，文学学者和神学家，PR 在布兰代斯大学的同事，家庭好友，DR 的教父。］

［未标明日期，很可能是 1957 年 2 月底或 3 月初］

不要

1. 公开批评哈佛的任何人——
2. （吹嘘地、假装尊敬地，或以其他方式）提及你的年龄

① Marburg School，属于新康德派，基于康德的认识论而形成。
② Friedrich Schelling（1775—1854），德国客观唯心主义哲学家。
③ Hermann Cohen（1842—1918），马尔堡学派创始人。

3. 谈钱

4. 谈布兰代斯

要

1. 隔一个晚上冲一次淋浴

2. 隔一天给妈妈写一封信

※

……Kombu[①]——日本海草(可食用/风干)产自日本北部……

贝多芬第九交响乐最后乐章的部分灵感来自叫做 the Mahter 的土耳其军乐队演奏的传统音乐;该乐队也将铙钹+鼓引进了现代西方音乐

※

区别

1. 死亡集中营(马伊达内克[②]、奥斯威辛集中营、比尔克瑙

---

① 海带。

② Maidanek,二战期间纳粹德国设在波兰卢布林附近的集中营。

集中营[1]）

2. 集中营（布痕瓦尔德[2]、达豪[3]集中营、萨克森豪森集中营[4]、贝尔根-贝尔森集中营[5]）

死亡集中营大都在波兰 + 只“处理”犹太人——1942 年秋开始启用 + 使用到 1944 年秋；这年秋季，希姆莱[6]关闭了它们

关于死亡集中营，最好的材料是莱昂 · 波里亚克夫的著作：《仇恨的必备书》（巴黎，1951 年）

《根在于人》
——德怀特 · 麦克唐纳[7]
阿尔汉布拉：坎宁安出版社，1953 年

57 年 3 月 19 日

假如除了逻辑，我什么都不思考，那么，我认为我会擅长于逻辑。但是，它要求这么大“理智的牺牲”，尽管这似乎是似非而是的

---

① Birkenau，一个更为残酷、条件比奥斯威辛集中营艰难得多的集中营。
② Buchenwald，位于德国中东部、魏玛西北 8 公里、海拔 478 米的埃特斯堡上。
③ Dachau，德国城市。
④ Sachsenhausen，位于柏林以北 30 公里的小镇奥拉宁堡，是二战期间所有德国占领区纳粹集中营的指挥总部所在地。
⑤ Bergen-Belsen，德国北部一村庄，位于汉诺威市以北。
⑥ Heinrich Himmler（1900—1945），德国纳粹党秘密警察头子。
⑦ Dwight Macdonald（1906—1982），美国作家、哲学家，所著《根在于人》全名是《根在于人：两篇政治论文》（*The Root Is Man: Two Essays in Politics*）。

［一封未标明日期、写给牛津萨莫维尔学院院长的信的草稿，很可能写于1957年2月］

尊敬的沃恩博士：

1）刚获得奖学金

2）在牛津学习哲学、从事研究项目

3）尽管我准备［作为富布赖特学者，我希望］读哲学学士……

［在页边空白处］［赫伯特·］哈特教授同意当我的推荐人。

［未标日期的便条］

荷兰-美国航运公司[①]

范丹

莱茵丹

马斯丹

离开霍博肯[②]［去英国］

头等舱轮船

八天

① Holland-America Line，简称荷美线，或HAL。

② Hoboken，美国新泽西城市，临哈得孙河，对岸为曼哈顿岛。

260 美元

57 年 3 月 27 日

菲利普是个情感上的极权主义者。

“这个家庭”是他的神秘所在。

猛地一阵哭泣。

※

1536 年——亨利八世没收了英国隐修院。这是个事实。但它意味着什么？没有人——没有哪个重要的阶级或行业——大声表示抗议。这意味着这一机构消亡了；要知道那么多人投入其中多少心血 + 费了多少心思啊。世界充斥着消亡了的机构。如果我们的大学受到威胁，如果美国的犹太教堂被艾森豪威尔将军没收，我们当中有谁会挺身而出？而假如没被征兵入伍，那谁还会保卫民族国家[“为国捐躯”被划掉了]？

世界充斥着消亡了的机构。

※

1805 年：拿破仑在奥斯特里茨打了胜仗

1809 年： 丁尼生出生

1811 年： 克莱斯特[①]自杀

1813 年： S. K. ［索伦 · 克尔恺郭尔］出生

1814 年： 拿破仑被打败

1831 年： 黑格尔去世

1844 年： 霍普金斯出生

1850 年： 《悼念集》[②]出版

1855 年： S. K. 去世

1856 年： 弗洛伊德出生

1859 年： 《物种起源》

1861 年： A. H. 克拉夫[③]去世

1864 年： ［陀思妥耶夫斯基的］《地下笔记》出版

1865 年： 叶芝出生

1875 年： 里尔克出生

1882 年： 詹姆斯 · 乔伊斯出生

1885 年： D. H. 劳伦斯出生

1888 年： 马修 · 阿诺德去世

1889 年： 霍普金斯去世

1892 年： 丁尼生去世

1900 年： 尼采去世

1926 年： 里尔克去世

---

① Heinrich Kleist (1777—1811)，德国剧作家、小说家，著有《破瓮记》、《米夏埃尔 · 科尔哈斯》等作品。

② *In Memoriam A. H. H.*，丁尼生悼念他的剑桥诗友亚瑟 · 亨利 · 哈勒姆 (Arthur Henry Hallam, 1811—1833)的诗集。

③ A. H. Clough (1819—1861)，英国诗人。

［未标明日期，很可能是1957年3月底或4月初］

关于语言理论：

思维的限制＝语言。语言是感觉＋世界之间的纽带。

孔狄亚克[①]

读孔狄亚克！

［引自H. L. A.］哈特："他带我绕这个问题。就像一个有一百扇门的迷宫；你闯进一扇门，环顾四周，接着又迅速出去。"

［未标明日期，但几乎肯定是1957年夏天］

看弗吉尼亚·伍尔夫的论战性女权主义作品《三个几尼》［还有切萨雷·］帕韦塞[②]的《月亮＋篝火》（25美分）［以及他的］《［只在］女人中间》

57年8月29日

昨晚偏头痛得厉害；吃药以后，我没睡觉；晚上从一个房间

① Etienne Bonnot de Condillac（1715—1780），法国哲学家，认为感觉是人类认识的基础，著有《论人类知识的起源》、《感觉论》等。
② Cesare Pavese（1908—1950），意大利作家。

冲到另一个房间——和P在床上，他打包装车累坏了；吻戴维光滑的皮肤；罗茜在厨房熨衣、煎炸的时候和她聊天；开支票和漫无目的地整理文档……

5:00，戴维大叫起来——我冲进房间，+我们拥抱+吻了一个小时。他是个墨西哥兵（+因此我也是）；我们改变了历史，因此，墨西哥得以守住了得克萨斯。“老爸”是个美国兵。

今天早上他问我有没有害怕过什么。我告诉他我害怕过，一次——那一次，来自焚化炉的烟灌满桑塔格奶奶的公寓楼走廊的时候+我以为楼着火了。

我与菲利普从未有适当的机会说声再见——在这过去的几天里从来都没有作过长谈——因为只有这样，我们才会不吵架。我仍处于这一痛苦造成的麻木之中+它让一切都变得琐屑了，这样好假装互相之间未有过那些恶毒伤人的侮辱。

有眼泪，有无性的紧紧拥抱，还有保重身体的请求。就这些。离别是模糊的，因为分开仍旧似乎是不真实的。

我进屋，脱下我穿在红睡衣外面的灰色风衣+上床睡觉。屋子里空荡荡的感觉格外明显。我感觉冷，牙齿直打颤，头有100磅重——但我没有真睡着，我似睡似醒飘飘忽忽，保持着这种状态，以便听到特快服务卡车来取装书的箱子。

罗茜留了三块鸡肉+我吃了一块。又睡。11:30，布兰代斯大学图书馆打来电话说有书未还。中午左右出门上街；——给特快服务公司打电话，对方公事公办地让我放心会来一辆卡车的。又吃了一块鸡肉。4:30卡车来了。不停地整理手稿。格雷厄姆·格林太太打来电话，她在波士顿一天，都在看收藏的玩具娃娃；想知道是否有博物馆5:00以后还开放+好女人商店是什么商店。又整理+分类了一些文件。

6:30去爆米花连锁电影院。《金玉盟》[①]（黛博拉·蔻儿，加里·格兰特）——很烂！《幸运儿》[②]（西莉亚·约翰逊）——很棒。我看这部片子的时候哭了：那个心地善良的、智慧的老犹太裁缝，那个想要个宠物的小男孩，相信人+黑头发。看着这些，我哭了！

看了一点[阿尔伯特·]格拉德[③]的《为艺术而艺术》（过于自信+20岁的样子），到12:00睡着了。

P从伦敦打来电话，1:30又从安大略打来电话，报告旅途愉快——戴维很开心，狗很安静。

57年8月30日

8:00被特快专递吵醒——给D. L. E. A.的支票+中心来的

① *An Affair to Remember*（1957），英国演员黛博拉·蔻儿（Deborah Kerr，1921—2007）和英国演员加里·格兰特（Carry Grant，1904—1986）演的一部电影。

② *A Kid for 2 Farthings*（1955），英国演员西莉亚·约翰逊（Celia Johnson，1908—1982）演的一部电影。

③ Albert Guerard（1914—2000），美国小说家、评论家。

一半旅费(1 400 美元)。又回去睡到 11:00。整理有关弗洛伊德的文稿，把东西归档(还有更多的)。1:00，朱利叶斯·莫劳夫奇克打电话来道别，+说他[通过]国际英语联合会，找到了一套公寓，我得试试这种途径。1:00，穿好衣服+出门——先去哈佛书店+卖了四本书，得到 3.5 美元，接着去银行存入那 1 400 美元；再去社区小店+给这本笔记本买了芯纸(看到马歇尔·舒尔曼——他握手很有力)；然后，2:30 去[莫顿·]怀特[教授]的办公室(怀特纳图书馆楼上)，说："正如格特鲁德·斯泰因对威廉·詹姆斯所说的那样，我今天不太想谈哲学。"又约了星期二 11:00 谈。

在埃尔茜[坎布里奇的三明治店]：一份烤牛肉三明治、散装的苹果蛋糕，还有水(65 美分)。3:15 回到家。继续整理弗洛伊德材料，做笔记，修改第二章某些写得匆忙的段落[SS 指的是《弗洛伊德：道德家之心灵》——她和 PR 在他们婚姻后半段的大部分时间里一直在合作的书，但是，他们分开以及后来离婚之后，这本书出版时只单独署了 PR 的名字。]

5:00，莫劳夫奇克打来电话，给了我国际英语联合会的地址。给他们写了封信，给一个帮过他的 K. L. 吉太太。也给[牛津]圣安妮[学院]写了信，告诉他们我抵达的日期。

7:30 出门——走到中心广场+在西梅奥内狼吞虎咽地吃下一块还算过得去的比萨(1.58 美元)。在中心广场影剧院看了最后一小时的《弗兰肯斯坦的诅咒》[1]（彩色影片，沉闷，英国片）。10:30到家（在马萨诸塞大街搭了一段公交车）。

拿走戴维房间床上的被褥。

11:00，P打来电话；说8:00他们到芝加哥的时候他打过电话。旅行愉快。这个点罗茜正在外面遛狗。戴维给我唱《为老芝加哥挥旗》[2]——我对他讲了两次。“我在电视上看了一个侦探故事，你知道吗，他们扔了一枚炸弹哪！”（这句话说了两遍）。P认为他终究会开车的；太容易了。他明天会打电话。

喝了一杯冷牛奶。

我要冲个淋浴+洗头发，但懒得动了。看了54页《太阳照常升起》（乏味）+到12:30的时候睡着了。

57年8月31日

11:30醒了。又清掉了一些杂物，誊写了一些弗洛伊德笔记，把一些散乱的书籍上架。给曼德雷克书店打电话，看看我能否从他们那里搞些打包纸，好把更多的一些弗洛伊德零碎材料直接寄往圣安妮。做了些第三章的脚注。3:30出门。把包裹送曼

① *The Curse of Frankenstein*（1957），英国恐怖片，亦译《科学怪人的诅咒》。
② *Wave the Flag for Old Chicago*，芝加哥大学运动队的加油歌。

德雷克打包+星期二上午打电话去取。在扬·李店吃了顿像样的饭(酱排和酱虾+黑蘑菇),花了我2.79美元。我坐下时一个人也没有,+我离开时,只有另外两张桌子有人坐了……

4:45左右,走回家。买了份《纽约时报》。在餐厅边看报边听《博伊伦之歌》[①];喝了一杯牛奶;把过道里书架上一些东倒西歪的书摆摆好;打电话给亨利·魏因哈特道别(我表现得有礼貌),但没人接。6:30打电话给母亲——一通充满温情的、自然的聊天。N在俄勒冈,朱迪丝明天搬出去。

7:00,上楼。洗了几件内衣,+开始准备去准备[原文如此]撰写交给怀特的论文。睡了一小时。9:00左右开始;10:00菲利普打电话来(受话人付费——他父亲对昨晚电话打那么长时间很生气)+我也和戴维说了话。P说他在安排一个司机星期二到+他们星期五飞(!)。又读了一些海明威。12:00,冲淋——洗头发。浏览了怀特的书,设法让自己有心情写他要求的那种论文。2:00就睡着了——什么催眠剂啊。

57年9月1日

11:00,准时醒了。又理了些论文+书籍,倒空废纸篓,把箱子里的其他物品也收拾好。放《纳尔逊弥撒曲》[②]+给自己煮

---

① *Carmina Burana*,亦译《布兰诗歌》,是德国古典音乐家卡尔·奥尔夫(Carl Orff, 1895—1982)最受欢迎的合唱作品。

② *Nelsonmesse*,海顿的作品。

两个嫩鸡蛋＋热一杯牛奶。给戴维写了封信，给亨利·魏因哈特写了张便条。1:00 左右，要认认真真地弄怀特的论文。2:00 左右歇手，匆匆吃了一小罐金枪鱼＋半罐腌蘑菇凑合。打电话给古弗尼尔·克林顿[纽约城里的宾馆]预订星期二晚上的房间。工作到4:30。喝了点袋装汤。洗我的内衣和睡衣。又看了点海明威。6:30 出门。在布拉特尔＋小街上走了一会儿，看看19世纪中叶木屋屋顶的造型。7:20，走进布拉特尔影剧院看《三个不许讲的故事》[①](非常平庸——＋剪辑得一塌糊涂)。9:30，走回家。两个讲话带讨厌的纽约口音的男孩子从电影院起就一直有一搭没一搭地尾随着我，我走到就在剧场前面的那条街的时候，他们宣称，他们的车就停在这条街上——问我想不想搭车兜一圈？把剩下的汤热了一下喝完。打电话给阿伦·古维奇，想在电话里道别；没有人应。

我一整天都一直不想干活——这是一篇愚蠢的论文，＋我对它不感兴趣。事实上，此刻我对哲学根本就没有兴趣。我脑子一片空白，我焦虑不安，痛苦不堪。在过去的三天里，我肯定在这座房子里来回走了数英里。睡前(约1:00)，看完了《太阳照常升起》；看了四五篇海明威的短篇小说＋《第五纵队》。什么垃圾！就像A女士会说的那样。

① *Three Forbidden Stories*(1952)，原名为 *Tre Storie Proibite*，意大利导演奥古斯托·吉尼那(Augusto Genina，1892—1957)的作品。

57 年 9 月 2 日

10:00 醒来。(为什么?)在楼上忙得团团转，下楼吃了个煮得比较嫩的鸡蛋、橙汁+一盘苹果酱。

花了一小时打包+捆扎论文，明天和其他材料一起寄走。(就怕万一……我没时间誊写其中那些我可能要用的材料。)现在我知道我为什么会邋遢了，东西不需要的时候就堆在那里。等到我真的努力变得整洁——收拾我自己——的时候，我又变得有强迫性了，有洁癖似的；我在这上面浪费了好多时间。

从一只旧信封上找到几枚三美分的邮票+又花了半小时把它们贴在我的信上。跑了两趟邮筒——因为发现有一张邮票边没粘上，所以，我只好回屋!

用[莱昂内尔·]特里林论[马修·]阿诺德的书里的脚注方式，在艾布拉姆斯书[1]上给第四章加了一些注。

喝了点豆汤(+雷司令白葡萄酒+柠檬汁)，开了一罐沙丁鱼。打电话给古维奇家——他们很冷淡。(犒劳[出版商]库尔特·沃尔夫。)试着睡一小时。

---

① Abrams，美国出版商，主要出版艺术类和插图本书籍，现为法国第三出版集团马蒂尼埃集团(La Martiniè re Groupe)子公司。

4:00，出去散步。在连锁电影院看了一小时的《河畔》（安东尼·奎因）（可以忍受——彩色片子）。5:15到家。

淹没在沉默中；神经质地疲惫、骚动不安……

干了一小时左右的活。喝了杯橙汁。听新闻广播。把那些箱子拿下楼放在起居室。打电话给火车站，咨询除了1:00以外，还有没有2:00的快车。有。试着打电话给罗莎·戈茨坦道别——没人接。倒了一小杯薄荷酒+上楼。认真干活干到8:00。10:30歇手。打电话给P，他说芝加哥［PR父母家］的情况很可怕，像巴尔扎克小说里一样（钱钱）。

还算努力——一直干到早上6:00+写完了那白痴一样的东西。把闹钟定到9:00。

57年9月3日

［在SS记下的细节中，我选录了她在坎布里奇的最后一天，事实上，这是她婚姻的最后一天，但删去了她同样详细记录的她的火车旅行、抵达纽约，以及她待在那里的第一个晚上所做的事情。］

9:00，我的眼睛在刺痛，但我太紧张，感觉不到累垮了，起床不是件麻烦事。整理+放置“最后的东西”，在文档+卡片索引盒子上贴上“请勿打开”标签，重新打了论文的最后两页，冲淋、穿衣服，+10:30离开屋子，手里大包小包+一袋袋笔记，还有衣服(寄往芝加哥)，等等，都要寄走。跌跌撞撞一直走到曼德雷克书店(马萨诸塞大街上没有出租车)，拎起他们已经打包的另外的包裹；把所有东西都放在那里+穿过广场[即哈佛广场]去打出租车，随车回到书店，把东西全堆进去+驶过三个街区去邮局。(这时候11:10，我和怀特的约谈是11:00。)邮局的职员很帮忙，但还是花时间……在去怀特纳的路上，在马萨诸塞大街，我和怀特迎面碰上；他等我了(但有事要处理)+现在要去办事——书店+银行。我们约好20分钟后在他办公室见，+这个时间，我用来在埃尔茜吃了份特色烤牛肉。

我敲怀特纳图书馆楼上办公室的门，里边没人。几分钟之后，怀特来了，匆匆忙忙地沿走廊走过来，让我进屋+我们坐下谈了一小时的哲学。(声音低低的，紧张，偶尔也表现出不同意见，可最后总是同意)我问他，[路德维希·]维[特根斯坦]学说的“治疗的”层面在牛津在多大的程度上占优势，他说程度不大——只有剑桥的[约翰·]威兹德姆[1]真拿这种东西当回事。那么，您怎么看[哲学家J. L.]奥斯丁传说中的观点：等到哲学家真正优秀+知道他们在干什么，那就不再有哲学了；哲学问题不是要去被解决而是要被分解？我问。这个，他(颇有见地地)说，他认为，这些观点是不同的。奥斯丁认为，有些问题可以被分解，但是，哲学仍有事情要做。听过奥斯丁关于威廉·詹姆斯讲座的人当中，没人怀疑他是在谈哲学，+而且是建设性的那

① John Wisdom (1904—1993)，英国哲学家。

种。等等，等等。

他问我怎么看[司法哲学家、前英国纽伦堡副检察官 H. L. A.]哈特的研讨课——我屈尊俯就，并出于礼貌地持否定态度：我知道他持有的态度。“我们”一起剖析了这一研讨课。我说，哈特从律师、小说家+历史学家的具有因果关系性质的调查中所作出的基本的、内在的类比(还有——他假定的身份)都是错误的。它们全都不同+在我论文的思路里这一点得到了发展：在运用与辩护之间没有区别，等等。他说(+这是这个小时里唯一有洞见的话)牛津所做的大部分事情让他不快的是(奥斯丁当然除外)，他们似乎对一个没有澄清的话语进行现象学上的描述感兴趣。一点不错，我说；而且，他们认为，这是哲学确实能做的一切——(据理性重构主义者看)你试图深究下去的时候，你便陷入“混乱”、“迷惑”之中，等等——而这些是必须化解掉的。怀特认为，这就类同于美国经济学家当中“制度学派主义者”(如维布伦[1])+对建构经济行为的抽象模式(或数学公式)感兴趣的那些人之间的争论。很自然，怀特认为双方既对又错，他本人主张走中间路线。

这个小时最后一部分用来聊天……[以及]在伦敦+牛津待在哪里——他推荐牛津的林顿洛奇饭店[2]。他建议我去伦敦听

---

① Thorstein Veblen (1857—1929)，美国经济学家和社会学家，制度学派创始人，著有《有闲阶级论》等。

② Linton Lodge，在距牛津市中心五分钟路程的一处安静的住宅区内。

［哲学家 A. J. ］艾尔[1]和［卡尔 · ］波珀的课。他给奥斯丁写了封介绍信。（兹有“桑塔格小姐”这口吻里有一点敌意。）有点失礼地离开——我先走出门＋站在电梯前，然后他跟了出来＋下到二楼。

我到了底楼＋从后门出去到了马萨诸塞大街＋走回家。1:00了。我用挂锁锁上了厨房门，合上箱子，用了下厕所，然后叫了辆哈佛出租车；车过了三分钟就到了，司机是个可爱的老头儿。1:15 了。我叫他朝马萨诸塞大街那一头开过去（1）停在怀特纳门口，我好还一本书（［约翰 · ］盖伊[2]的《剧作集》——修道院版，谱了曲的）；然后（2）去邮局，我寄了剩下的包裹，包括一包寄往芝加哥的旧衣服；然后（3）去布拉特尔街上的布拉德利办公室，在那里，我把房子的一份租契和钥匙留给了满头是汗、邋里邋遢的埃利奥特先生；然后（4）去贝克湾火车站。出租车到那里正好 2:00＋火车还有 5 分钟到＋放眼望去，一个搬运工都没有。我有点儿抓狂，出租车司机主动帮我提包（这有违规则）——把包搬进车站——可里面还是没有搬运工＋接下来又搬下楼梯，朝正在进站的火车走去。所有这些服务加上打车费（2.15 美元）我付了他 4 美元——他脱帽致谢＋祝我旅途愉快，列车长把包拿上火车＋我就此离开。

57 年 9 月 5 日

［SS 乘船去英国的这一天］

---

① A. J. Ayer (1910—1989)，英国哲学家、新实证主义代表。
② John Gay (1685—1732)，英国诗人、剧作家，代表作为《乞丐的歌剧》。

[和她青少年时就是好朋友的彼得·哈伊杜吃过早饭，彼得这时已是哥伦比亚大学的硕士生了]

我快步走回宾馆，上楼，冲澡，重新穿上衣服+合上我的箱子。正好是11:00+我惊讶地意识到也许船真的是11:30启航(不像波士顿的“纽芬兰”号[SS和PR1951年去欧洲时搭乘的轮船——他们唯一一次一起出国旅行])。我把箱子往电梯拖去，匆匆要了账单，开了一张支票+上了出租……[我冲上跳板时，]雅各布[·陶布斯，1923—1989，宗教社会学家]在那里——他说等了一小时了。我真的很感动——谁在这样的爱的表示面前能不感动呢。我吻他+上船——他一直在那里挥手，挥到船看不见。

一上船，我就失去了耐心——我太焦灼不安+心烦意乱了——根本无法和那些嘴张得老大+相机拍个不停的人一起站在甲板上尽情欣赏纽约的天际，等等，+好在广播里马上就广播第一顿午饭开吃了，我松了口气……

[SS详细地记录了她在船上的时光，但是，这些日记基本上也就是记录她起身、就寝的时间，用什么餐等等。没有关于她到达英国的日记。这本日记本重新开始记的时候，SS人已在伦敦。]

57年9月17日

9:00醒来。跑了一段路去上厕所，然后回到床上写昨晚没写完的给 P 的信。简[·德格拉斯]9:30 打来电话——安排11:00左右在查塔姆宫[伦敦皇家国际事务研究所]见她，一起喝咖啡。本来想起来吃早饭的，可我感觉太舒服了。给戴维写了封信，讲埃尔金大理石雕[1]……

[和简·德格拉斯以及她在查塔姆宫的一个同事]走了好长一段路——他们坚持要走，希望找特价店——一直走到老康普顿街[2]上的圣罗马诺 4/6[英镑/先令]定价客饭。我要了份臀肉牛排。上来时，又小+又无法吃。无趣的聊天。午饭后离开她们+去福伊尔斯[书店](很近)；花了一小时在哲学类。六年后的今天情况大大地变糟了。什么都没买。

开始感觉恶心——头痛欲裂。[SS 一直到 35 岁左右，都深受偏头痛之苦。]左拐上了托特纳姆法院路；看见一家影院在放《罗马女郎》[3]和《艰辛的米》[4]，就走了进去。第一部片子看到一大部分，第二部看全了。两部片子之间买了个难吃的香草冰激凌。

6:00 出来时感觉更糟了。上了一辆公交车(1 路)回宾馆；脱衣+上床睡觉。一直睡到 9:30。还在床上，我打开了第三套节目[5]+听根据英国新译的纪德[的小说]《梵蒂冈地窖》改

---

① Elgin Marbles，英国不列颠博物馆所藏古希腊大理石雕。

② Old Compton St.，伦敦一条东西向街道，为同性恋聚会所在地。

③ *La Romana*，根据意大利作家阿尔贝托·莫拉维亚的同名小说改编的影片。

④ *Riso amaro*，亦译《粒粒皆辛苦》(1949)，意大利影片。

⑤ *Third Programme*，1946—1967 年间英国广播公司三套全国性广播节目之一，主要播放文化性节目，1967 年后改为 Radio 了。

编的剧本的后三分之二。听完到了10:45，+现在，我的偏头痛到了最厉害的时刻。我本该早些吃点什么药的，但不知道怎么回事拖着没去吃。这是痛得最厉害的一次——在接下来的三个小时里，我吃了五片处方药+三片可待因，总算减轻了一些。

到凌晨2:00，偏头痛好了很多，但和往常一样，整个晚上剩下来的时间我都没睡。学了两小时的意大利语，给明达·雷、母亲+罗茜写信——+给詹姆斯·格里芬写了张卡——（星期天我误拿了他的钢笔）。重读《缪尔黑德伦敦旅游指南》+考虑带戴维去的地方。看书费了好多脑子。早上6:00开始写这则日记，+现在要尽量去睡一会儿了。

[在1957年9月的最后一周和10月的第一周，SS和简·德格拉斯去意大利度假。SS作了大量的笔记，但大多只是记录了她看到了什么，火车是什么样子，这两个女人待在什么地方，她们又吃了什么。我收入的唯一一则日记是SS第一次看见佛罗伦萨时对它的描述。]

佛罗伦萨太美了，极其不真实；现代城市之美在于在一个美的往昔的建筑遗迹（比如在波士顿，有一点；在伦敦、巴黎、米兰则更多）的映衬下所能见到的它们的影响力、残酷、不近人情、巨大，+多样性的感觉（比如在纽约或者伦敦），但你在这里发现的不是这种美。佛罗伦萨处处都美，就是说，完全置于往昔之中，是一座博物馆城市，又拥有现在（马力加大的黄蜂牌小型摩托车[1]，美国影片，成千上万的观光客——主要是美国人+德国人），但是，这座城市的壮丽、稠密+美学上的同一性是如此的恰到好处，因此，那些现代元素——至少是意大利部分——没有造成不和谐的效果，什么都没有被破坏。

战争期间，这座城市没有遭到轰炸，但是，许多老房子+楼房和最著名的韦奇奥桥[2]除外的所有的老桥都在1944年德国人撤退时炸掉了。目前在新建许多建筑，但是那种典型的佛罗伦萨结构（红瓦屋顶、三四层高、白色或褐色灰泥墙、可以撑开的百叶窗的长窗子）在全面得到保护+重视。

天气好极了，温暖得所有时间都可以穿件棉布衣服或者只穿长袖衬衫就能四处走走（傍晚时温度并不下降，像加利福尼亚一样），但从来都不热。我的房间有个大窗子，七英尺高；昨晚整夜我都敞开着百叶窗，+今晚还会这样的……

今天下午在圣十字教堂，我被那里的宗教仪式感动了。在西方真的只有一种可行的宗教。新教——这个名称多有意义啊；它有“抗议”[3]的意思，部分是审美的+部分是宗教的（就它们可以被分开而言），抵抗粗鄙的、势不可挡的东方天主教。但没有天主教，它就没有意义+平淡无味……

---

① Vespas，一种意大利制造的低座摩托车。
② the Ponte Vecchio，又称“旧桥”。
③ 新教的英文是Protestantism，其中包含了“抗议”（protest）的成分。

［散页，仅标明1957年9月］

无法忍受去看那些她在狂喜中和睡着时就知道的那张脸的照片。

［未标明日期，只标注1957年——牛津］

生活是自杀，被调解的。

这个温暖的小圆锥体，我的身体——它的防护物（鼻子、手指）感觉冰冷。

说到冰冷的手指。

私生活，私生活。

努力去传播我的虔诚信念，各种理想主义。

不是所有的论断都要被分成对+错。可以这样分，琐屑地。但这样做的话，意义大多被减弱了。

有自我意识，把你自身当作一个他者。监管你自己。

我懒、虚荣、轻率。我还没被逗笑就笑。

突然开始写作、找到一种声音的秘密是什么？试试来点威士忌。还有要暖和。

57 年 10 月 15 日

［SS 记下大量有关她在牛津上课情况的笔记。这本笔记本包括了她听的 J. L. 奥斯丁的哲学课的笔记。它们未被收录在此。然而，就个人意义而言，倒是 SS 在封面内页上为她去巴黎作准备时记下的一些简短的笔记最为重要。］

café crème——正餐后喝的加牛奶的咖啡

café au lait——早餐咖啡

une fine（白兰地）

un Pernod（在美国，佩诺茴香酒就和可乐一样多）

去“共享”巴黎委员会，苏夫洛街 15 号（先贤祠所在的街），取学生餐厅（如富瓦耶以色列国际餐厅，王子先生大街[1]）用的餐券。

拿到音乐会节目单——从“法国音乐青年”（学生组织）那里弄到的，很值——拿到音乐会便宜票

① Rue M. Le Prince，巴黎的一条街，在巴黎第六区。

询问电影院[和]美术馆是否有“学生优惠票”

※

[未标明日期，但很可能是1957年深秋]

[希罗尼穆斯·]博斯[1]

一家荷兰博物馆里博斯的画作：一幅画，画的树，边上有两只耳朵，仿佛在倾听森林，+森林地面全是眼睛。

这幅画说一种不为人知的语言，但说得清楚+表达的情感触动你的内心深处。

※

A. E. 豪斯曼[2]，生于1859年3月26日

57年11月2日

昨天下午晚些时候，我骑自行车打滑+摔出了人行道。昨晚梦见我身体左侧有个大伤口，血流了出来，我四处走动，但奄奄

---

① Hieronymus Bosch (1450—1516)，荷兰画家，作品多为圣像画，如《天堂的乐园》、《圣安东尼受诱惑》。

② A. E. Housman (1859—1936)，英国诗人、拉丁文学者。

一息。

57年11月4日

试试来点威士忌。去找到一种声音。去说。

而不是谈论。

※

犹太人智穷才尽了吗？我自豪我是犹太人。为什么呢？

※

[穆奇乌斯·]斯凯沃拉——年轻的罗马贵族毫不畏缩地把手伸进火里[①]。

提基[②]——波利尼西亚和毛利人的神，据说创造了第一个人。因此是祖先，始祖；还委派人制作一个像人的木头或石刻像

夏绿蒂·科黛(1768—93)——刺杀马拉[③]的女孩(反革命)

① Gaius Mucius Scaevola，传说中的罗马英雄，伊特拉斯坎国王围攻罗马时前去行刺，被捕后受审时将右手伸入祭坛烈火中而不动声色，以其勇武慑服敌人，获释荣归。

② Tiki,波利尼西亚神话里的毛利人和波利尼西亚人的始祖。

③ Marat,法国大革命中的激进派领导人;夏绿蒂·科黛倾向于保王党。

哈托尔——埃及爱+爱的愉悦的女神。常以有着母牛的头、角或耳朵的形象出现

约翰牛——英国
山姆大叔——美国
约翰尼蟾蜍——法国

奥克——想象出来的、有甲壳的兽、龙、怪物，是根据阿里奥斯托的《疯狂的奥兰多》里被奥兰多杀死的一头海怪命名的。

※

adventitious（偶然的）
penny-ante（微不足道的）（工作、情况）
fractious（易怒的）
captious（吹毛求疵的）

※

57年11月28日

［在SS的文件材料中找到的散页］

deracination（灭绝）

《蒙娜》——柏林

犹太人 > 功利主义

放荡不羁的生活方式的精华在于嫉妒——必须是一个坚固的知识阶层；对该阶层而言，它是无关紧要的——只能存在于某些地方——比如旧金山、纽约—— + 当然，还有那些预备学校或放荡不羁的文化界人士聚居区——芝加哥（学院）+ 黑山[学院]等。

道德贯穿于经验之中，而非经验贯穿于道德之中

要么是没有文化修养，要么是
“用文化代替内在性”

创造性错误
想法多的头脑——种种联系

道德[减]自我兴趣 = 找到责任，忠诚——
要么/要么——不关心即支持——
没有和平主义——有合理的恨

对神圣的妓女的狂热崇拜：
陀思妥耶夫斯基、洛夫莱斯

爱＝死亡（“黑女郎”、妖姬[①]）：
瓦格纳、D. H. 劳伦斯

对[阿尔伯特·]施韦策［的“敬畏生命”哲学］的回答——如果所有的都是有价值的——甚至是蚂蚁——如果坚决不能杀死蚂蚁，和我一样有价值，那么，潜台词就是，我和蚂蚁一样毫无价值——并非所有人都一样，都有同样的价值——允许一种罪恶发生就是助长这种罪恶——的确存在正义的暴力。

社区——兄弟会——“多么好啊”——中产阶级方式是不快乐、破碎的家庭、彻头彻尾的欺骗——

政治是可能性的艺术——“反对票”是？

要么是，要么不是——贵族的犹太教信仰——要么是“我们中的一员”，要么是亵犹分子[②]［非犹太教徒/非犹太人］中的一员——完善你自己——有一种被挑选出来的阶层，精英——

57年12月29日巴黎

圣日耳曼德佩区[③]。和格林尼治村不完全一样。首先，移居巴黎的侨民（美国人、意大利人、英国人、南美人、德国人）与

① femme fatale，法语，指倾城倾国的美女。
② goy，指不遵守犹太人戒律的犹太人。
③ St. Germain des Prés，位于塞纳河左岸，包括巴黎第六、七行政区。

来到纽约的外州人（如来自芝加哥、西海岸和南方的年轻人）扮演的角色不同+自我感觉不同。没有民族认同上的断裂，也没有非法的认同。语言相同。你总能回家。而且，不管怎么说，格林尼治村民大多是纽约人——国内的，甚至是同城市的移居者。

每天的咖啡。工作之余，或者试图写作或画画后，你就来一家咖啡馆找你认识的人。最好是和某人一起来，至少肯定有个约会……你该去几家咖啡馆——平均：一晚上去四家。

还有，在纽约（格林尼治村）有一种身为犹太人共享的喜剧，而在这个波希米亚地区却没有。不那么像在家里一样舒适自在。在格林尼治村，那些意大利人——在他们的无产者背景的陪衬下，那些背井离乡的犹太人+外州人展示他们在知识上+性方面的精湛技巧——是别具一格的，但完全没有害处。而这里呢，是些骚乱的、劫掠的阿拉伯人。

[未标明日期，1957年年底：SS刚到巴黎不久，就在一本笔记本上简略地记满了她正在见的人，以及她正在进入的圈子。对H的描写里没有承认她们的关系。]

马克·欧赫尔——来自底特律——30岁？长发披肩，因为（他说）长发漂亮，也应该允许男人漂亮嘛——蓄须——下棋，参加在汉堡、巴塞罗那等地举行的国际象棋锦标赛——吃健康食品——去年在罗马期间他认定自己需要一种装束+就为他自己做了六块不同颜色的包头丝巾+六件配套的丝绸衬衫，外加一顶巨大的红色天鹅绒斗篷，就像狂欢节上的魔术师会穿成的那样……

J——二十大几，法国人，犹太人——有个私生子——吸毒（瓶装白粉）——“跟H讲三个月后我去以色列”——父母都死于集中营，她被藏起来了——一个非犹太人家庭救了她——稀疏的黑发，大大的黑眼睛，黑毛衣，小巧的身体。成天醉醺醺的……

赫塔·豪斯曼——德国人，画家（但不是抽象派）——在蒙帕纳斯的画室，下面院子里有条“恶狗”——匈牙利男朋友迪奥卡……

里卡多·比贡——古巴人，30岁；八到十年前来到巴黎；在电影资料馆学习了两年，也写诗；过去的两年里在联合国教科文组织当译员（西班牙语）。有过狂热的宗教信仰阶段，+甚至在巴黎郊外的一座修道院住过一小段时间。抵抗自己的同性恋，最后彻底投降。

埃利奥特·斯泰因——32岁左右——来自纽约——（伦敦出版的）《歌剧》驻巴黎记者——带有矫揉造作的坎普趣味的文化秃鹫——影迷（“最爱的片子”：《金刚》）。收集色情作品。

艾丽斯·欧文斯——来自纽约，28岁，已经以“哈丽雅特·戴姆勒”为名写了五部色情作品——眼影画得又浓又重（某种碳混合物)——结过一次婚……在巴纳德，她是班上最聪明的女生，认为她会去哥大研究生院+师从[莱昂内尔·]特里林。男朋友叫塔基斯(希腊雕塑家)。

盖尔曼——又一个古巴殖民地来的人。高个儿。妻子“阿苏姆普辛”[①]和五岁大的儿子。在电影资料馆学习。

萨姆·沃尔芬斯泰因——父亲是个有名的成功的医生+业余古典学学者。哥哥是布鲁克黑文大牌物理学家……1948年在以色列打过仗——受了伤——腿跛得厉害——从未拿到什么补偿金，憎恨以色列。

艾伦·金斯伯格——心之居所街[②]宾馆——男朋友彼得[·奥尔洛夫斯基[③]]，金色长发+尖脸。

H。最精致的美国波希米亚之花。纽约。七八十年代的家庭式公寓。中产阶级(非专业的)做生意的父亲。几个共产党员姑姑。自己有过和共产党调情的历史。黑人女仆。纽约高中，纽约大学，旧金山实验性、附庸风雅的学院[她和SS在这里首次相遇]，格林尼治村的公寓套房。早年的性体验，包括黑人。同性恋。写短篇小说。双性恋滥交。巴黎。和一个画家同居。父亲搬

① Assumpsion，西班牙人名。
② rue Git-le-Coeur，垮掉派作家住的宾馆在该街9号。
③ Peter Orlovsky，1954年，金斯伯格在旧金山见到奥尔洛夫斯基，两人遂成为同性恋人。

到迈阿密。回美国的旅行。移民类型的夜间职业。写作逐渐减少。

※

等级[失败]，那些失败的知识分子(作家、艺术家、未来的博士们)。像萨姆·沃尔芬斯泰因[一个数学家]，他的跛腿、他的公文包、他空洞的日子、他对电影的痴迷、他的吝啬和收集垃圾的嗜好、他所逃离的那个了无生趣的窝——让我感觉恐怖。

57年12月30日

我与H的关系让我困惑。我希望这一关系不是有预谋的、是缺乏考虑的——但是，她对一段“恋情”意味着什么的期待给我造成了阴影，使我无法保持镇定，让我乱了阵脚。她带着她对情事的种种不满，我带着我自己的情爱的需要和渴望……一个意料之外的礼物：她漂亮。我记得以前[SS在加州上大学时]她肯定不漂亮，而是相当臃肿、不引人注意。现在她完全变了个样子。对我而言，形体美非常重要，重要到几近病态的程度。

[未标明日期，1957年底]

月亮：天空中一块黄色的污斑——夜幕上一道黄色的手指印。

※

电影札记

摄影机窥探的亲密。

电影的“美女形象”理论———部影片是一系列漂亮的意象……与作为移动的、各部分相互协调的影片相对。

摄影机通过四处移动镜头，微妙地邀请我们去拥抱一个人物 + 排除另一个人物；向上看 + 敬畏一个英雄或害怕一个恶棍；向下看 + 感到轻蔑或者怜悯；摄影机向侧面一扫，让我们对麻烦保持警惕；一个从右向左的摇镜头全景拍摄，推翻了赫尔曼·外尔[①]在他论对称的书里所讨论的“右利”，使人物 + 地方笼罩在一种阴森恐怖的感觉之中。

电影是移动的小说；潜在的，它是最少理性、最多主体性的媒介。

57 年 12 月 31 日

论记日记

① Hermann Weyl（1885—1955），德国数学家，1933 年移居美国，著有《空间、时间、物质》等。

把日记理解为不过是人的私人的、秘密的想法的贮存器——像个又聋又哑还是文盲的闺密，是肤浅的。在日记里，我不只是较之对任何人都更加敞开心扉；我创造我自己。

日记是我表达自我感觉的一个媒介。它再现的是情感上和精神上独立的我。因此（天哪），它不仅仅记录我真实的日常生活，更是——在很多情况下——提供了这一生活的另一种选择。

在我们对一个人的行动的意思和我们在日记里说的对这个人的感觉之间，经常存在着一种矛盾。但是，这并不意味我们所做的就是浅薄的，只有我们对自己的自白才是深刻的。自白，我当然是指真诚的自白，可以比行动更浅薄。我现在在想今天（我去圣日耳曼大道122号看看有没有H的邮件时）我在她的关于我的日记里看到的东西——对我所做的那种简慢、不公平、不厚道的评价；日记结束处，她说她真的不喜欢我，但我对她的激情是可以接受的、适宜的。上帝知道这种话有多伤人，我感到愤慨，感觉受了侮辱。我们极少真的知道别人怎么想我们（或者确切地说，我们极少想别人对我们的看法）……我看了这些不希望我看到的东西感到内疚吗？不。日记或日志的主要（社交）功能之一完全就是让别人偷看，关于这些人（如父母+情人），我们只在日记里残酷地实话实说。H会看到我写的这些吗？

※

写作。带着说教、带着提升人们道德水准的目的去写作，这是堕落。

除了懒惰，什么都无法阻止我成为一个作家。一个好作家。

写作为什么重要？我想，主要是因为自以为是。因为我想成为那样的人物——一个作家，而并非因为我有什么必须说的东西。为什么不也那样呢？凭着一点点自我建构——比如这本日记提供的既成事实——我一定会最终获得成功，确立自信心，即我（我）有东西要说，有必须说的东西。

我的“我”渺小、谨慎，也太清醒。好作家是咆哮的自负者，甚至自负到愚昧的地步。让我清醒，评论家们，纠正他们——但是，他们的清醒是寄生在天才的创造力之上的。

1958年

58年1月2日

可怜的小自我，今天你感觉怎么样？不太好，我想——相当受伤、痛、受伤害了。羞耻的热浪，诸如此类的。我从未抱有她爱我的幻想，但我的确以为她喜欢我。

※

今晚（昨晚！）在保罗那里，我真的在讲法语。几个小时接着几个小时，和他，还有他的非常可爱的父母。多么开心啊！！

※

……自我策略。

怎么让我的伤心变得不仅仅是为感情而感到悲痛？怎么去感觉？怎样去燃烧？又怎样使我极度的痛苦变成形而上的？

布莱克说：

假使太阳和月亮心存怀疑
它们遂会转瞬即逝。

我被婚姻战争——那种殊死的、使人麻木不仁的争斗——吓坏了，麻木了；这种争斗与情人之间激烈而痛苦的抗争相反、形成对照。争斗中，情人们操刀子和鞭子，丈夫和妻子使下了毒的药蜀葵、安眠药和湿毯子[1]。

［下面出自一本封面上标明1957年12月的日记。它几乎可以肯定是记于1958年初，尽管月份不详。它几乎就是SS决定离开丈夫，以及如何经由牛津最后到巴黎的实录。故事中的人物名叫李——SS的中间名。李的丈夫叫马丁——菲利普·里夫弟弟的名字。有趣的是，那个在其他方面以H为原型的巴黎情人是个男的，叫“黑兹利特”，而不是一个女的，代表艾琳·福恩斯（继H以后，她成为SS的情人）的是黑兹利特的西班牙情人——玛丽亚。录在下面的是SS关于这个故事的导言和第一部分。在前面几段，我把后面一个版本中李决定去欧洲的内容并到了作品的中心，尽管在笔记本里，它是加在最后的。］

［前言］

① wet blanket，口语里表示扫兴的人或事物。

为别人提供娱乐而写作的时代过去了。我不想写东西来娱人娱己。本书是一个手段，一个工具——它必须硬 + 形状像个工具，长，厚，钝。

这本笔记本不是一本日记。它不是记忆的一个助手，好让我记住在某某天，我看了布努埃尔①的那部影片，或者因为 J 我有多不开心，或者加的斯②似乎是美的，马德里却不美。

［作品］

……她觉得自己越来越嗜睡。早上醒来，她就想着什么时候她又可能躺下——上午上完课或者下午研讨课前——以及什么时候她会睡着。

她开始去看电影

他们婚后的第六个年头，李决定出国一年 + 因此申请了一笔奖学金。和往常一样，这个计划是合作的。马丁也会来，但到了最后一刻，他得到了这一年的一个更好的机会。她赢得了奖学金。他恳求她别走，但计划是官方认可的，其背后有着她事业的发展。要不然，她绝不会有走的勇气。有哭泣，也有大吵大闹的场面，然后，突然就到了该走的时候了。一夜未眠，当晚，她最

---

① Luis Buñuel（1900—1983），西班牙导演。
② Cádiz，西班牙南部港市，加的斯省省会。

后离开他们的床，睡在孩子的房间，第二天早上，马丁、孩子还有保姆开车走了，几天后，李去了纽约，上了一艘船。

［决定离开的另一个版本］

“马丁，亲爱的，”一天，李来到他书房说，“我要离开一阵子。”马丁在一件T恤衫和一条未熨的斜纹棉布裤外面穿了件浴袍。

“去哪里？”他应道，一边推开膝盖上的打字机。

“你知道的，旅行——真正的旅行——到欧洲。”

“但是，宝贝儿，我们以前谈过这个的。明年，等这本书写完，我们一起申请到国外教书。这都说定了的。”

“但我等不了了！”她哭喊着。“总是明年，明年，而什么都没有发生。我们毫无希望地坐在这个老鼠洞里，慢慢地功成名就、人到中年、大腹便便——”她不往下说了，因为她意识到她想说的根本不是“我们”，她完全是莫名其妙就发动了进攻。

和马丁结婚时，她一直是非常开朗活跃、温柔又爱哭的女孩；而现在，她成了个泼妇一样的、软弱的、没有了眼泪的妇女，一肚子提前产生的怨恨……马丁的那本书在多大的程度上要靠她帮忙呵……

[回到第一个版本]

在纽约，她认识一些人，出版商，大学教授——马丁的、她的熟人——但是，她独自一人时，从来不想去见他们，所以，她未让任何人知道她在这座城市，也就没人到船上来为她送行。不过，她起床迟了，差点误了 11:00 的轮船。

[离开的另一个版本]

……她有一种原始的欲望想来欧洲，关于欧洲的所有的神话都萦绕在她脑海中。堕落的欧洲、疲惫的欧洲、与道德无关的欧洲。她 24 岁了，一直习惯于早熟，她感觉自己是天真到了愚蠢和笨拙的地步，她要克服天真。

我一直生活在一个天真之梦中，她夜复一夜在船上注视着波浪起伏、洒满月光的洋面，低声自语。

我的天真让我哭泣。

我是个病人，她说。我既是医生，又是病人。但是，对自己的了解不是我给自己开的药。我要尽可能多地了解自己——别让我被骗——但了解自己并不是我追求的目标。力量，力量才是我想要的。不是去忍受的力量——这个我有，结果它让我变得软弱——而是去行动的力量——

[回到第一个版本]

她先去英国，在一所大学里度过了孤独而又愉快的一学期，和本科生混在一起，没干多少活，重新发现——仿佛她是 16 岁——调情和独居的乐趣。但是，这里的气氛太像她在美国知道的气氛了——学术界气氛紧张的追名逐利，还对此议论纷纷。她对谈话、对书籍、对知识界、对教授那难进的大门统统感到厌恶了。

12 月，她去巴黎度假，打算六个星期之后回牛津，但她再也没回，而是在巴黎坠入爱河，其简单和毫无保留一如她这么多年来完完全全且毫无妥协地剥夺了她自己的性需求一样。巴黎的这个男人与马丁完全相反：他不爱她，完全缺乏身体上或语言上的温柔。但她因为他们猛烈的、完全是性的、无关个性的做爱而接受了。

啊，她心想，我现在讨厌那些老套的、两人黏糊在一起的、给予的、顺从的自我——包括我自己的；她慷慨大度地体谅了她的情人的冷漠。

巴黎的这个情人也是个美国人，他在那里住了差不多十年了——他本人是个被人忽略的知识分子，深度反智。他来巴黎画画，但现在画得很少了，却仍旧生活在那个圈子里，他的情妇都曾是画家或雕塑家……

……黑兹利特一直谈他的前情妇，一个叫玛丽亚的西班牙画家——性感、纯朴、不可思议的敏感，他们做了三年情人，尽管同居的时间很短。朱迪丝［这里李变成了朱迪丝，这也是SS妹妹的名字］来之前三个月，她离开了他，也离开了巴黎，他仍然强烈地、多愁善感地爱着她……

［作品就在故事中间结束，后面只有下面这个注。］生活的性关系化，通过这一情况下的这个比喻说法来看待世界，性吸引，性冒险，性失败

58 年 1 月 2 日

……我的情感生活：渴望隐私与让自己彻底融入与另一个人充满激情的关系那种需要之间的对立。注意——和菲利普我两样都没有，既无隐私，又无激情。既没有只能通过隐私和孤独才能获得的自我提高，也没有伴随着激情而来的辉煌的、英勇的、华丽的自我失去。

还有更多的理由做你知道的事情。但是，理由不会让我做这个，只有意志会。

58 年 1 月 3 日

这一天我过得太痛苦 + 太有问题了，无法评论。亲爱的，七年是一长段时间，难道不是吗？一辈子，真的。我把我的青春、

我的软弱和我的希望献给了你。从你那里，我得到了你的雄性、你的自信、你的力量——可(天哪)没有得到你的希望。

58年1月4日

昨晚，一部难以置信的影片，讲述阿克拉[①]风神崇拜(1927—)的《疯狂主人》[②]。作为戏剧性再现的世界。通过奇异、天真、生动、未开化的野蛮状态看到的一个死的、讲究礼节的文明的形象……这部非洲影片之外，还看了瑞典的《小丑之夜》[③]。开头那长长的无声的连续镜头无疑是电影史上最有力+最美的东西之一——仅稍次于《波坦金》[④]中的敖德萨阶梯连续镜头。影片的其余部分倒是虎头蛇尾，不过非常好啦。演员的脸+女孩们很棒的特写镜头。

※

[论巴黎]

城市。这座城市是迷宫。(乡下没有迷宫。)这和其他东西一道，吸引我。

---

① Accra，加纳共和国首都。
② *Les Maîtres fous*（1954）。
③ *La Nuit des forains*（1953），由英格玛·伯格曼导演。
④ 实为谢尔盖·爱森斯坦导演的《波坦金战舰》(*The Battleship Potemkin*)；"敖德萨阶梯"(the Odessa Steps)位于乌克兰敖德萨州首府敖德萨。

城市是直立的。乡下(+郊区)是水平面的。

我“置身于”城市之中……

城市的艺术：符号、广告、楼房、制服，非参与者的景观。

城市以如下原则为基础：季节(自然)变化没有关系，也无需有关系。因此有了空调、中央暖气系统、出租车等等。城市没有季节变化，却提供了比乡下更鲜明的昼+夜对照。城市(用人工照明+酒吧、饭店，聚会上的人为的社交)战胜黑夜，城市利用夜晚——夜晚不利用，在乡下就成了一个消极的时间段。

重要发展：随着汽车的到来、动物被赶出城市，要是城市充溢着马粪的臭味，会是什么样子呢?

树从人行道上长出。无趣的自然，被限定的、被修整的。沥青操场。

警察是迷宫向导，差不多也是城市秩序维护者。

城市社交性的种种限制。隐私(对孤独)作为一项明显的城市产物。

城里看见的天空是负面的——而城市的楼房不是。

※

职责，责任。这些词真的对我意味着某种东西。然而，一旦我承认我负有职责，难道我不是要冷酷地表明态度，认为它们是与我的爱好相悖的吗？我能否认识到我有职责，但不用知道它们是什么呢？我能否只知道这些职责是什么而不用尽责呢？

理解世界就是要跳出自己的情感来看待它。这是理解与行动之间自然的区别，尽管这一区别可以消除——就像纪德所谓“无端行为”[①]的观点那样。

我用书籍来浇灌我苍白的心灵。

令人捉摸不透的混乱的人际关系。

H认为我的德行有瑕疵。[一开始，SS用的是“恶习”，后来划掉了。]（我还没有有趣到有恶习的程度。）通过她自己的混乱和自我防卫的方式来把一切解释抛到一旁，这可能吗？比如，考虑一下诚实的现象。为什么要诚实？为什么有这一展露自己，让自己变得透明的欲望？如果是出自从别人那里乞求怜悯的需要的话，就是可恨的。

现实感＝事物必须是其实际的样子的感觉。（斯宾诺莎，斯多葛

① acte gratuit，语出纪德的《梵蒂冈地窖》。

学派)在我是有疗效的，但过早了。我还没有生病就接受治疗了。

自由的代价是不幸福。我得扭曲我的灵魂去写作，去享受自由。

※

对前立体派绘画中物体的唯名论态度。

和克利[①]相比，康定斯基[②]不是非常站得住脚。(上星期六下午，和 H 在玛格画廊[③]看康定斯基的水彩画 + 水粉画展，1927—1940)但是，有趣：明显的 20 世纪形体的预兆 + 预测：电视天线的几何形状、导弹发射基地、机器内部构件(比莱热[④]更微妙)；卫星轨道 + 宇宙空间……

※

凯瑟琳·赫本——头发向后梳，瘦削，简直就是骨瘦如柴；剪裁讲究的衣服，高领衬衫；果敢；直率而害羞的露齿一笑；——是一个女人的女性主义理想的化身。(有趣的是，她一直是菲利普最喜欢的好莱坞女演员。)如果典型的独立女性，那

① Paul Klee (1879—1940)，瑞士表现派画家。
② Wassily Kandinsky (1866—1944)，俄国画家、抽象派创始人之一。
③ Galerie Maeght，在巴黎。
④ Fernand Léger (1881—1955)，法国画家，作品多以抽象的几何形体和广告式色块表现城市生活和工业题材。

些女性主义形象，是同性恋者——嘉宝、赫本、德·波伏瓦（[电影评论家和学者]安妮特[·米切尔森[1]]今天如是叙述）——这是否颠覆了女性主义的情况呢？

※

H明天回来。我预料可能要结束了，感到伤心欲绝，也很厌恶。她没有写信。今晚，在《天堂的孩子们》[2]的（我是在波拿巴[影院]看的）开头处，音乐非常响、旋律毫无掩饰的优美——我快要大哭起来。几个月以来我第一次感觉自己能哭出来……

借助于音乐，我回忆——压缩——这部影片巨大的悲伤。未修成正果的爱之链：W爱X，但X爱Y，而Y呢，Y爱Z。“我爱你，”纳塔丽对巴蒂斯特·德比罗说，“可你爱加朗斯，而加朗斯爱弗雷德里克。”“你为什么这么说？”巴蒂斯特大声责问。“他们住一起。”“啊，”巴蒂斯特回答说，“如果住一起的人都相爱，那么，地球会像太阳一样发光！”

我都已经能想象H公开表露出的冷淡、我自己的笨拙——我愚蠢地努力要去激发出她的爱。不谈、不把事情说清楚吧，令人窒息；谈吧只会让她要么（对她一直在干的事情）撒谎，要么实话实说，都是自我毁灭。

---

① Annette Michelson，曾是纽约大学电影研究教授。

② *Les Enfants du Paradis*（1945），20世纪三四十年代法国电影诗意现实主义的巅峰之作。

明晚(今晚！)和保罗去剧院前，我在《先驱论坛报》报社给她打电话时，她会不会说她旅途累了+宁可直接回家？我听得见自己停顿片刻(这事不可能有单独待的第一个晚上——在巴黎的那第二个星期一晚上——那么凄惨)说，肯定，当然，我理解……不，我不会这样说。我不会乖乖地同意。如果她问我是否介意，我打算说我介意，我非常介意……

58年1月6日

H回来了；性、爱、友谊、逗乐的游戏，随即又是忧郁。讲在都柏林放荡的、开心极了的时光。天哪，她美！而且难相处，甚至跟自己也两面三刀。自我，烦躁，讥笑人，讨厌我，讨厌巴黎，讨厌她自己。

在接下来的九天里，我们在格雷古瓦·德·图尔街[1]的宇宙大酒店开了个天花板很高的干净房间。

※

昨晚和保罗+几个公务员朋友看皮兰德娄的《亨利四世》。(在TNP[2]：让·维拉[3])

---

① rue Grégoire de Tours，在巴黎。

② Théâtre National Populaire，国立人民剧院。

③ Jean Vilar (1912—1971)，法国导演、演员，创办阿维尼翁艺术节(Festival d'Avignon)。

尽管我只能听懂大约一半的法语，+因为12:00要和H见面而感到焦虑，所以难受，真的是胸口痛，但是，我还有一些情感空间能再次被这个剧深深打动。皮兰德娄对虚妄和现实所作的过于伤感的思考[①]对我总是有吸引力[②]。我也喜欢那明快、大胆的舞台设计；那简单的、丑角类的服装（四个朝臣穿的分别是蓝+绿，红+黄，红+蓝，绿+黄服装；皇帝的全是红色）；但不那么喜欢他们的表演——除了维拉，顺便说一句，他会把理查二世演得很辉煌。剧院里的法国表演——不像电影里的那么真实；在电影里，一种国际的"现实主义"风格占了上风——非常花哨、奢华。演员上场就站在一个程式化的很抢眼的高台上——必须站在上面来抒发一种强烈的情感，常常变得有点歇斯底里。

没有面具完全是面具。作家和心理学家已经探索过作为面具的脸。不是十分受到欣赏：作为脸的面具。有些人，无疑，确实是戴上了面具，作为下面那柔软但忍耐不住的情感的外壳。当然，多数人戴面具是要抹去下面的东西，只是变成面具体现出来的样子。

比作为隐藏或伪装的面具更加有趣的是作为投射、作为向往的面具。通过我的行为的面具，我不是保护原生态的真我——我是要超越它。

---

① 《亨利四世》讲述的是，一个青年绅士在化装游行中遭情敌暗算摔下了马，从而丧失了正常的理智，以神圣罗马皇帝亨利四世自居。12年后，他清醒过来，试图恢复原先的生活，然而现实已不再许可，他注定要永远装作疯子生活下去。现实给他铸就了这张疯人的"假面"，是悲剧的根源。

② 1979年，SS会在意大利的都灵市话剧院导演皮兰德娄的《如你所愿》（*As You Desire Me*, 1931）。——原注

※

星期六下午半醉半醒和安妮特·米切尔森聊了好长时间，主要是聊婚姻。我试着向她描述 P 的天真，举例说他是怎么极力主张我在牛津只待很短一段时间 + 那一年主要在巴黎。“去巴黎吧，肯定很好玩的。”安妮特立刻明白了 + 回答说：“这么说，他不知道他是在自取灭亡。”

※

昨晚梦见一个大约八岁的漂亮而成熟的戴维；我和他滔滔不绝地、口无遮拦地讲我自己的情感僵局，正如妈妈在我九、十、十一岁的时候跟我讲她的一样……他那么善解人意，我跟他解释我自己，从中我感到巨大的宽慰。

我几乎从来没有梦到戴维，我不怎么想他。他极少侵入我的幻想-生活之中。和他在一起时，我全心全意、毫不含糊地爱他。我离开时，只要我知道他得到很好的照顾，那么，他很快就退去。在我爱的所有人当中，他最不是精神上的爱的对象，而是非常强烈的真实。

※

国立人民剧院就像人们想象中的苏联休闲与文化宫的样子。庞大，粗俗，造价昂贵，大理石墙和小玻璃，大楼梯和电梯，高得出奇的天花板，黄铜栏杆和巨大的壁画。保罗说，这是巴黎最大的剧院。看完戏，+去见H前，我们站在夏绿蒂宫[①]侧翼间的大广场上，看埃菲尔铁塔。塔一览无遗地矗立在我们面前——在朵朵白云飘过、月光皎洁的美丽夜空的映衬下，埃菲尔铁塔雄伟高大+黑色轮廓分明。

58年1月7日

H特别疏远、敌意、自我专注。

昨晚在巴黎歌剧院看的视觉超一流，但音乐一般的《唐璜》，引起了我对地狱的思考。关于地狱的想法和关于宇宙有个垃圾箱，有个自动的处理装置的想法。对罗马天主教徒、加尔文教信徒而言，地狱似乎是正义的；对于后期的新教徒而言是不仁慈的。对正义(审判)的坚持是否被对仁慈的诉求消解掉了？

关于宗教目的论所要求的来生，包括地狱的想法呢？道德簿记要求结清账目。有些事业兴旺发达，有些事业被认为是破产了，或者是欺诈的，或两者合而为一——必须赏罚分明，因为生活是严肃的。明白正义的德行，+艺术+判断的顾虑是如何与严肃地对待生活的态度相协调的，这是容易的——不那么容易明白的是，仁慈是认真严肃的，因为这么多客观的[原文如此]慈善

① Palais de Chaillot，建于16世纪，1937年改成现在左右伸展有如双翼的样式，西翼是海洋博物馆和人类博物馆，东翼则有法国遗址博物馆。

的行为来自对道德义愤的冷漠与无能。

我现在记得去年春天在［马萨诸塞］坎布里奇（听完赫伯特·哈特的一个讲座后，站在马萨诸塞大街上的舍恩霍夫书店前面），和他谈论纽伦堡审判，他打断我说："我不太喜欢审判我自己。"这似乎是荒诞的、不成体统的！

认为宗教必须严肃，否则，它就不是真正的宗教，我想这完全是属于新教的想法。事实上，存在着哈西德教派、唯美主义的欢愉+［E. M.］福斯特所描述的印度教仪式的混乱。

在我看来，严肃是一种真正的德行，这是［我］在生存论的层面上接受、同时情感上也接受的少数几种德行之一。我爱高高兴兴的，凡事不往心里去，但是，这只有以严肃要求为前提才有意义。

58 年 1 月 8 日

作为一个作家，我所缺少［SS 本来写了"想要"，后划去］的是，（1）独创能力；（2）保持一个精准感悟的能力。今天我们起床后，午饭前，H 去了她的房间。傍晚时分逛逛巴黎大学，+晚饭前的一段时间则在凯尔特人剧院观看［马克斯兄弟小组[1]的］《恶作剧》。

---

[1] the Marx Brothers'，美国知名喜剧演员组合，他们 5 人是亲兄弟，常在舞台剧、电视、电影中演出。《恶作剧》（*Monkey Business*）是他们的第一部完全原创的影片。

菲利普一下子来了狂多的信（五封！）——可怜、脆弱、多愁善感；今天，他在美国捷运公司等我。

1958年1月9日

P已经被布兰代斯解聘，我简直不知作何感想。对没跟他在一起+不必开导、劝说、安慰感到轻松……对他一定在遭受的焦虑表示同情……我看上去如此稳定的生活似乎在我脚下坍塌，让我有点害怕——一切都在敦促我作出决定，去行动，回去后离开他。

和H的相处，情况似乎有改善——不过话又说回来，我无法知道关于去都柏林前几个星期的情况——我以前是大错特错。

昨天，和安妮特·米切尔森一起吃饭（夏庞蒂埃）+在老鸽巢剧院[1]看［拉辛[2]的］《布雷塔尼居斯》；安妮特比往常更傲慢无礼+矫揉造作。她根本不喜欢H，所以，我不喜欢她。拉辛比歌舞伎还让人感到陌生——情感被外化、精确量化。该剧包括两个或至多是三个人物（根本没有莎士比亚式的浪费！）的一系列冲突；表现智性的媒介既非对话，又非独白，而是介于两者之间的东西——长篇的攻击性演讲；这种东西我觉得令人生厌。没有情节发展，只有姿态。

---

① Théâtre du Vieux Colombier，20世纪前期巴黎话剧院。
② Jean Lacine（1639—1699），法国作家。

玛格丽特·雅穆瓦扮演阿格里皮内，她看上去非常华丽+做作——一种理想的伊迪斯·西特韦尔[①]。

H昨夜晚得令人痛苦。她本来要直接来房间的，可到2:15才到……我站在窗前+盯视着楼下那条窄窄的街道、注视着一个乞丐、两只猫，还有一个男人，他来回踱步+最后站在那家“乳制品专卖店”隔壁的门道里等什么人——听着脚步声，听了一个半小时，都不是她的。

58年1月12日

H刚去上班，我回到宾馆换衣服，7:30要去老海军[咖啡馆]见欧文·贾菲。H漂亮、随意、多情。我——晕乎乎的，因为爱她，因为需要她；很开心……天哪，我真的开心！我想，用我受伤的心+没被使用的身体，让我开心不会太费劲儿。不过，这不是全部，我这样说对她、对我自己都是不公正的。是她，是她，是她。

星期五晚上，一曲平庸的《玫瑰骑士》[②]，我，独自一人，飞抵性幻想的顶峰，那种熟悉的、辉煌的音乐浪潮……然后，在花神咖啡馆见H，在圣日耳曼俱乐部和禁忌俱乐部喝了五杯左右的威士忌。没有醉得糊里糊涂，但也足够与我们在圣日耳曼听的

---

① Edith Sitwell（1887—1964），英国女诗人、文艺评论家。
② *Der Rosenkavalier*，理查·施特劳斯最负盛名的作品之一。

不好不坏的爵士乐，以及我们接近黎明时分在床上极爽的做爱旗鼓相当了。

傍晚收到美国来的消息时，我已经决定一醉方休。在一家香榭丽舍酒吧喝了一杯后，我们和［埃里克·］冯·斯特罗海姆、［路易斯·］儒韦，+罗杰·布兰一起去看电影——《借口》[①]。看完，我没吃晚饭，冒雨朝巴黎歌剧院走去。

星期六，昨天，我们起来晚，在隔壁的“希腊人家”吃饭，在“老海军”等了里卡多一会儿，取走收音机+鞋子。H定做了一条裤子；然后，她去了《［先驱］论坛报》鸡尾酒会+我去和汉（我不喜欢他）和莫妮克（我根本没有搞定她）待了几个小时（没有事先安排）。9:00，在H房间见她。在美术馆吃大餐。花了一小时一路接人——葆拉+布鲁诺，汉+莫妮克——+然后，我们车开到《论坛报》酒会，参加后半时段“更认真”的部分。布鲁诺很荒唐，差点毁了酒会。希拉里这个身材矮胖、穿着过分正式的金发女郎——是H的什么朋友——对我放肆地眉来眼去，我很受用。她对我没有吸引力，但是，可以说，是无拘无束的——有女人而非男人对我感兴趣，真是太好了……我们离开时，汉偷了张椅子——哦，我和莫妮克推心置腹地聊了性、爱、女人、男人，还有她的丈夫、我的情人……

今天睡到3:00。在老海军吃了讨厌的三明治。加入我们的

① *L'Alibi*。

讨厌的人——迭戈、伊夫林、隆丁。今晚，H 看上去特别可爱，打扮得花枝招展，走在去《论坛报》的路上。

58 年 2 月 8 日

到了打破沉默的时候了——不知怎么的，这本日记已经变得像被施了魔法似的；实际上，我感觉它注定要记下真正的幸福时光；当一切都分崩离析的时候，我生日那天，当我们搬进普瓦图酒店，在上面写的冲动没了。

我和 H 的关系彻底完结，发生得突然极了，我根本就无法相信事情现在看上去的样子。星期三晚上——［卓别林的］《摩登时代》，她到花神咖啡馆很早，午夜在那里，又要去 55 俱乐部，她的礼物在房间等我取，尤其是，她真的很温柔，她真和我在一起——她美丽极了；我满心喜悦——并不是骗自己她爱过我，正如我现在爱她，而是认为在我们的关系中，她还是有点开心，认为她喜欢过我，我们在一起很好。星期四，我们搬了——星期四晚上，在拉贝鲁兹酒店，那剧院（［路伊吉·皮兰德娄的］《我们今晚即兴演出》[①]）是那种我很少能走得出的地狱。我感觉自己盲目地走过一片痛苦的森林，我的心灵之门紧闭，努力不让自己哭出来。（在拉贝鲁兹快哭了。）接着，星期五、星期六、星期天在这家酒店，+更是如此——我呆若木鸡，像只动物那样蒙了，痛苦——而她呢，一直在数落我郁郁寡欢、自私自

① *Ce soir on improvise*（1930），皮兰德娄的剧作。

利、喜怒无常，是个累赘……

星期天下午，走到圣路易岛——星期天晚上，往伦敦的一次颠簸不稳、冒着风雪、刺激的飞行——接下来是疯狂地准备回法国的一周；在此期间，情感上，我既不在这里（巴黎），又不在那里，而是悬置着——还是不相信。

星期天晚上——1 月 26 日——我返回，似乎是一次没有尽头的、乏味的飞行，把我的箱子拖上房间——已是凌晨1:30——发现 H 一如往常，我自己倒是悲痛欲绝，我无法吻她。我动身前四天来了例假，她在我回来后四五天来了例假（她让我明白）。没有性，更糟的是在床上她把身体挪开不让我碰的做法……

从那时起，从我回来已经十三天了，我们做过三四次爱——一次是在过去的星期一晚上，很美妙。之后又有一次。每天下午，她都在圣日耳曼大道 226 号她的房间工作。

现在是星期六晚上，她在和朋友们吃饭，做东的是个名叫悉尼·利奇的人，负责为她找到这份翻译的活，所以，她能辞掉《论坛》的工作。十点钟。我 11:00 去老海军见她。

没吃晚饭。看［伊塔洛·斯韦沃[①]的小说］《塞诺的意识》，

① Italo Svevo，意大利商人、作家阿龙·埃托莱·史密兹（Aron Ettore Schmitz，1861—1928）的假名。

让我很感动，并留下深刻印象。

※

让我再对自己说一遍。结束了。在真正的意义上：不是H不再爱我，因为她从未爱过我，而是她不再玩爱的游戏了。她以前未爱，但我们曾经是情人。我们不再是了，从搬进这个讨厌的酒店房间那一刻起就已经不是了；这个房间都是她的鬼，都是她对艾琳[·福恩斯]的记忆。让我感到恶心的是，她已经渐渐地不喜欢我了，真的，而且觉得没必要藏着掖着。她公开地无礼，就像我们星期五在美术馆吃完午饭后她匆忙出去，对着我砰地摔门而去。侮辱、推搡、使脸色。没有一句爱的话，没有一次拥抱或握手或是有点温情地看我一眼。总之，她认为我们的关系是荒唐的，不再喜欢我，也不再想和我做爱了。这一关系确实荒唐。

……这过去的两星期，钉死在十字架上……肯定是罪有应得。爱是荒唐的。感觉烧得越来越厉害+迷糊：事实上，星期二深夜就发烧了并卧床——H中午走之前拿来了一些食物和饮料——星期三一天都在床上。

我受伤的心……

星期四下午，我应邀上楼去她的房间，艾琳的房间，（两个房间都是她的，也是艾琳的），帮忙编辑、翻译。哦，上帝，我不要记得！那天晚上走在雪中——那么热，那么热——见希拉里+

约翰·弗林特+然后是摩纳哥酒吧的闹腾，还有我们12:30在双偶咖啡馆的约会——如此盲目+苦恋和伤心欲绝，我几乎扛不住。

昨天情况好一些，整个下午和莫妮克+欧文在一起——我真的忘掉了一点，我努力动脑子说法语，这样，从自身血淋淋的残躯中走出来。可后来！H和她朋友雷吉一直在回顾并讨论去圣日耳曼德佩区的计划。还有那在帕西[①]从4点玩到6点的无法用语言表达的“派对”……

孩子，勇敢地面对吧。你已经受够了……

※

H认为她堕落了，因为她进入了一种无论是身体上，还是情感上她都不感兴趣的关系。要这么说，我知道她的真实感觉，可还照样要她，那我有多堕落啊？

“……他们发现……这个情人犯了个不可饶恕的错误，即不能存在——他们最后只好抱个假人。”（《夜林》）

58年2月15日

我不知道我是感觉好点了，还是变得麻木了。但是，在肯

① Passy，巴黎16区的一个住宅区。

定，甚至在肯定某种大的命中注定或拒绝之事当中，有平和。我觉得我感觉好些了。我看任何东西都从另一端看——不是什么都期待要，弄得每次得到的不如我要的那么多的话，就跌入绝望的低谷；我现在什么都不期待，偶尔，我得到一点，就不是一般的开心。

※

给H纳撒内尔·韦斯特的《作品集》，开始看《鲍尔索·斯奈尔的梦幻生活》[1]；小说有趣、痛苦、十分精致。看完了《塞诺》。

※

P在纽约，徒然地找着工作。我发现写东西越来越没劲，就不每天写了，写了一半的几封信放在我的风衣口袋里好几天，皱巴巴的，带到东带到西的。

回到我以前的生活这一想法——似乎几乎都不再是个进退两难的事情了。我不能，我不会。现在我能毫不费力地这么说了。

甩人者和被甩者[2]。要我把手穿过蜘蛛网帘，多难啊。所有那些年，我都没能做到，我没有那种意志。

---

① *The Dream Life of Balso Snell*（1931），纳撒内尔·韦斯特的第一部小说。
② 同样的意思桑塔格还用法语夹英语说了一遍（the tombeuse and the tombé）。

而现在，轻而易举——我现在已经在另一边，不可能回头了。

婚姻是一种不言而喻的成双成对。全世界都成双成对，每对都在自己的小屋里，注视着他们自己微不足道的兴趣爱好+为自己的一点小隐私感到忧心忡忡——这是世界上最最令人反感的事情。人应该驱除掉夫妻之爱的这种排他性。

58年2月19日

昨天，关于山姆·W那巨大的书房，H说了几句惊人之语，说那样藏书就“像和一个人结婚是为了和他睡觉”。

千真万确……

利用图书馆！！

我们已经租下沃尔芬斯泰因公寓两个月了——照她那种感觉，我还是无法想象为什么她还想和我住一起……

……昨天(傍晚)我到巴黎后第一次去了鸡尾酒会，在让-华尔[1888—1974，巴黎大学哲学教授]家——在讨厌的艾伦·布鲁姆[①]陪同下。华尔与我对他的期待非常吻合——身手敏捷的瘦

① Allan Bloom (1930—1992)，美国哲学家。

小老头，稀疏的白发，大嘴薄唇，相当漂亮，像让-路易斯·巴伦特[①]到了65岁时的那样，但是非常心不在焉、不修边幅。宽松下垂的黑西装屁股后面有三个大洞，你能从中看到他的(白)内裤+他傍晚在巴黎大学刚作完讲座回来——谈[保罗·]克洛岱尔。有个高个秀气的突尼斯妻子(圆脸，黑发贴着头皮紧紧地往后梳)，我猜年龄只有他的一半，35—40岁的样子+三四个很小的孩子。还有佐治奥·德桑蒂莱纳[麻省理工学院科学史家]；还有两位日本艺术家；几个戴着皮帽的瘦老太；一个来自《证据》[杂志]的男子；直接从巴尔蒂斯[②]作品中出来的、身穿狂欢节服装的半大不小的孩子们；一个长得像让-保罗·萨特的男人；还有许多名字对我来说毫无意义的其他人。我和华尔、德桑蒂莱纳+[不可避免地也和]布鲁姆聊。公寓，它在佩勒提耶街，令人难以置信——所有的墙都被那些孩子和艺术家朋友画上了画+素描画+颜料画——有深暗色雕花的北非家具，有一万册书、厚桌布、花、画作、玩具、水果——一种非常漂亮的凌乱，我觉得。

58年2月20日

关于这个名叫[原文如此][③]哈丽雅特·戴姆勒的毫不害羞的犹太色情作家："她是个潮人。她不杞人忧天。"

---

① Jean-Louis Barrault (1910—1994)，法国演员、戏剧导演、哑剧表演大师。

② Balthus (1908—2001)，有争议的波兰-法国现代艺术家。

③ 原文为s'appele(法语，意为"名叫……")，应该是s'appelle，所以戴维加了[原文如此]。

我脑子不集中。我得在聊天的行为中从背后吓它一下。

那一个个夜晚是最糟糕的。躺在你特别渴望的人身边，无法入眠，不能取得什么突破，不能要求欲望的回应，这种折磨。肩并肩地。或者两人面对背地侧身睡。当心别碰到！“俱往矣”的糟糕的感觉，因为第一年我曾经非常想要菲利普。

我最介意，非常介意H在身体上排斥我。在这个节点上，假如我们之间有性热情的话，我会接受对我的任何态度、任何评价——甚至极度的厌恶。但如果没有的话，还继续和她生活在一起，我不就真的是性受虐狂吗？爱是什么代价？我现在根本不喜欢我沦入的角色，也不喜欢她那标志性的轻薄的性施虐狂行为。在过去的几天里有好几次，我简直都快要抓住她的双肩拼命晃动。我想抽她——不是要灭她，也不是要把她消除（这些倒是她对我推推搡搡、戏弄我的这些行为背后的意图），而是要强迫她真的关注我，如果有必要带着恨也行，强迫她结束这种住在一起却把身心分离的愚蠢做法……

※

“我难道没有随着浓浓的夜幕的降临闭上眼睛、伸出一只手吗？女孩儿也是这般。还有把白天变成夜晚的人，年轻人，以及吸毒成瘾的人、放荡的人，酒鬼，以及最凄惨的人——整晚在恐惧与痛苦中注视着的情人。这些人再也无法过白天的生活……”

（《夜林》）

※

58 年 2 月 21 日

昨天晚上(和保罗)，看有点像皮兰德娄风格的[布莱希特的]《高加索灰阑记》[①]：我喜欢那种程式化的效果——对情节不加修饰的强调的音乐(鼓、铙钹、笛子、吉他)；脸的三分之二长度的面具，闪闪发亮，刚好盖到上嘴唇，这样便突出了嘴巴；倾斜的舞台和随意的道具(演员自带道具上台，像中国戏院一样)，叙述者的技巧和双层次布局[②]以及剧中剧的总体魅力……

皮兰德娄、布莱希特、热内——对他们仨来说，在示范性和对比性方面，戏剧的主题是——戏剧。对于动作画派画家[③]而言，画的主题即画家的行为。试比较[皮兰德娄的]《我们今晚即兴演出》、[热内的]《女仆》和《高加索灰阑记》……对我而言，这是布莱希特的兴趣所在，尽管他的剧情讲的是一种有意为之的民俗般的孩子气的天真无邪，而且他意欲就世界、正义等主题教育他的观众。

---

① *The Caucasian Chalk Circle* (1945)，德国剧作家布莱希特的寓言剧，系根据中国元杂剧作家李潜夫的公案戏《包待制智勘灰阑记》改编而成。

② dédoublement，寓言剧一般由直接表演和哲理性的概括两部分构成，“双层次布局”是它在结构上的特点，剧作家借此表现剧作的主题思想，离开任何一部分都无法充分理解作品的真实含义。

③ action painter，属现代美国画派，以狂放的动作作画，表现画家与自发的冲动，使画布展示 出强烈的动感效果。

热内的新剧，他在修改的那部，利用的是——全是关于——幕布。那些人物在幕布上画画，把东西贴到幕上，投射出他们秘密的性格，而同时又在做一种“现实的”行为。独白的一种新的、可视的版本……

幕布+面具，当黑板。

我不喜欢说教剧。但我喜欢富有哲理的、好玩的戏剧。

心理剧？有个更难懂的问题。法国人总体上不喜欢心理剧、心理小说、心理学——以英美和德国的方式——也许是对的。

戏剧的理想：在其中，心理感悟完全外化，试比较阿尔托的观点：“……因此，为了戏剧，重要的是创造一种语言、姿态和表情的形而上学，以摆脱其表现心理和人性时的停滞不前。”①

58年2月23日

在沃尔芬斯泰因——感觉到一种巨大的、无法忍受的重压已被消除。我所爱的H——漂亮、漂亮。她能爱我吗？她想要和我在这里开心一点点吗？……昨天下午我们来这里，吃饭，伴着里卡多[·比贡的]唱片音乐跳舞，晚上和那两个意大利人(特里、

① 原文为法语，语出阿尔托《残酷戏剧：戏剧及其重影》。

皮娅)一起去三泉酒店，后来又去图尔农[咖啡馆]。在图尔农：H醉态优雅，又说又笑，玩弹球机；汉，那个和我调情的以色列人；那个黑人和[此处空白]星期二有个约会……

……我的抱负——或者说我的安慰——一直是要理解生活。(对一个作家的灵性的误解？)现在，我只想学会去适应。除了其他原因，H那非同寻常的、毁灭性的自我意识和对他人的意识教会了我这一点。由这一点延伸出去，她对满足的癖好……

我昨天——还是前天？——想说这个——但像往常一样，没说成。她总是不同意我的想法，不同意她以为的我的智性。她认为她是反智的。

“嘴饿，不是肚子饿……”

58年2月25日

一个阅读、认认真真写信的夜晚，独处与安宁的夜晚。

今天下午乔安妮·沙特兰来这里。她来之前，我乘地铁去美国捷运取邮件。两星期不去了——迄今为止间隔时间最长的一次。我越来越懒得给菲利普写信了，同时，我也越来越不愿意，甚至是越来越厌恶去取、去看他写给我的信了。但是，今天这包邮件带来了一个惊喜，即他几乎肯定要受聘于伯克利了。这会让我自己的决定清晰起来。我不必给自己找什么借口了——

想了很多P的事情——他的胆小怕事，他的多愁善感，他的缺乏活力，以及他的天真无知。有一类人——处男型——英国有许许多多这样的人，我想。他非常在乎家庭圣殿，在乎戴维和我，根本不在乎其他人——因为我破除了把他束缚在他父母身边的那种怜悯和依赖的魔法。这样的一种生活、这样的一种性情，受伤后是不容易修复的。P是个容易受伤出血的人，事实上，肉体上、情感上都是。他不会死于这种悲伤，但永远无法从中康复过来。

※

采取防御姿态招引、煽动对方来冒犯你。记住！！X卑躬屈膝地、充满爱意地看着Y；Y被越来越多的自责弄得十分恼火，其自责被仇视为没必要；因此，Y感到不得不对X狠心。

施虐狂行为、敌意是爱的一个基本元素。因此，爱是一种敌意的交易，这是重要的。

教训：别把心拱手交到不需要它的地方去。

58年2月26日

摩羯座［SS的星座］更偏爱友谊，而非温吞水般的、没有激情的恋爱关系。这是H昨晚在禁忌俱乐部笑容可掬地送给我的礼物……

摩羯座两样都不喜欢。两样都没有得到。痛恨两样。

H，这适用吗？也许适用你？但根本不适用我。

※

你的永不满足，亲爱的H，那就是一种安慰方式，通过它，你满足的才能向你显现出来。从不去获得你想要的，就是从不(长期)想要你获得的东西——除非，有时候，当它被拿走的时候。

58年2月26日

……昨晚(和贾菲一起)在巴黎大学听西蒙娜·德·波伏瓦谈小说(这还可能吗)。她瘦削、紧张、黑发，对她这个年龄来讲非常好看，但声音不好听，她讲起话来有点像扯着嗓子+情绪紧张语速很快——

傍晚看卡森·麦卡勒斯[①]的《金色眼睛的映像》。技巧娴熟，文字真的很简洁、“书面”，但我不喜欢受冷漠、紧张症、动物认同的驱使……(我是指在小说里！)

---

① Carson McCullers (1917—1967)，美国小说家。

58 年 2 月 27 日

今晚在巴黎大学的精彩音乐会——勃兰登堡第六[协奏曲]，贝多芬小提琴协奏曲(乔治 · 泰西埃)，两首莫扎特的咏叹调("她有了安宁"[①] + 另外一首)，+ 第十五《加冕弥撒》。

……"这种虚伪的、危险的关系。"对我比对 H 更虚伪、更危险。对我而言它是真实的。对她只不过是她用了四分之一的注意力来保持的一个不能令人心满意足的表面现象——而与此同时，她为她的艾琳感到悲伤。

看埃玛 · 戈德曼[②]的《过我的生活》……

58 年 3 月 1 日

我与 H 的关系最糟糕的时刻。星期四晚上她做爱时荒诞、粗暴的侮辱……昨天彻底的疏远……我知道出什么问题了吗？我该问自己一些问题，等等等等。4:00，我哭着逃进地铁——一头扎进一部电影(《大饭店》，嘉宝，克劳馥)；回"老海军"和莫妮克约会，汉也在那里；在"狂欢"吃的晚饭，喝梅子白兰地喝高了，真的什么都听不见；回到香榭丽舍又看了一部电影(《控方证人》)——还是听不见，要么就是思想不能集中；午

① Dalla sua pace，选自《唐璜》。
② Emma Goldman (1869—1940)，苏俄裔美国人，20 世纪早期非常活跃的激进派。

夜和汉+莫妮克乘地铁，+然后在协和站傻乎乎地、不顾尊严地冲出去，打车直奔“老海军”，我答应过在那里的——知道她不会在那里，可还是希望她在……

58年3月24日

别再把这本日记专门用来记录我和H情事的大事记了！形象的形象的形象……我爱她，我只要看着她就开心极了，我们隔好长时间做一次爱，嗯……这就足够了——或者更确切地说，太够了。但记下所有这些感情上的忽冷忽热，在某种意义上就歪曲它们了，我开始骗我自己，以为所有这一切都是，或者都可能是真的。玩游戏，或者努力去玩就够了。去积分就是个错误了……

只有在她——或者我们俩都——喝醉了的时候，在我们真的相处的时候，我们才相处融洽。比如，三星期前的那个星期天清晨，她毫无疑问是醉了，当她+我和葆拉+杰丽回到这里，上床，她掴我耳光，抓我的背，吼叫着说她恨我+我让她作呕，我啜泣，想还手，但又做不到……事后，有五天的时间，一切正常，我们又是情人了，从12月在维达尔的房间以来，我们可一直不是——但是，到那星期结束时，到3月8日举行派对时，就完了。我脸上的青肿消下去，最后彻底不见了，我们俩之间的性热情也一样消失了，连同两人想象力中罕见的共通之处。第二天在玛丽-皮埃尔的晚会上激情又燃烧了一次，随后就渐渐地变弱直到永远消失。

※

……昨晚在电影资料馆看了一部妙不可言的影片——斯特罗海姆[①]的《愚蠢的妻子》。一部唐璜式影片，带着斯特罗海姆漂亮而好色的表情、华丽的性感军装和施虐狂的动作举止。好色是个不为美国电影界认可的题材——而这个男人是[D. W.]格里菲思[②]的助手！

58年4月15日

在西班牙（马德里、塞维利亚、加的斯、丹吉尔）待了两星期后，我回到巴黎……我为什么没带上这本日记呢？因为我知道H带着她的，当时，想到我们俩同住一个酒店房间，当着互相的面记日记，似乎太怪异了——制造着我们隐秘的自我，在自己隐秘的地狱里着色——

事情既比我期待的好+又比我期待的糟——我们既不吵架（除了在塞维利亚那个荒唐的日子，她下午和我做过爱之后，我脸上的表情把我暴露了，我的绝望+我被彻底拒斥的感觉，她认为这是对她的拒斥），也不真心地亲近……我无法不让自己意识到她不开心，也无法不让自己意识到西班牙和说西班牙语如何让她回想起她和艾琳在一起的生活。我们变得客套、心离得很

① Erich von Stroheim（1885—1957），生于维也纳的美国电影导演、演员。*Foolish Wives*（1922）亦译《情场现形记》。
② David Wark Griffith（1875—1948），美国早期电影导演和制片人。

远……

……塞维利亚的斗牛，第一头公牛倒向沙地时，我的五脏六腑都在翻腾。星期二在马德里，博斯的画作和弗拉明戈音乐整夜都在我脑海里回放……塞维利亚一些行进队伍中的士兵戴的纳粹式头盔。

我左脚后跟痛，我们离开前一天我买的新鞋子蹭破的——从圣赫罗莫尼大街附近的达帕世[1]酒吧——乘噩梦般的三等火车车厢去塞维利亚，和六个又脏又下流的西班牙“浪荡儿”，（“诺曼·梅勒”、“职员”、“克拉克·盖博”、“胖子朋友”，那个拿着“酒囊”坐另外一个靠窗座位的壮汉）坐在一起——

星期六下午在堤亚纳桥上等“帕索”［圣周游行中用的木头花车］，始终没等来——一直感觉饿，我猜是因为我感到焦虑，并一直怀疑我该不该来，觉得心情既急迫 + 伤心 + 开心——像打翻了五味瓶，心情复杂极了……

星期三傍晚在马德里买运动鞋——游行队伍中散发出的香味儿和爆米花的味道。

加的斯是我在西班牙见到的最美的城市——市中心非常干

---

① tapas 是西班牙的传统小吃，它的字面意思是“盖子”，原因是早期的西班牙小吃只是一片面包，用来盖在酒杯上赶走苍蝇，今天，tapas 已是种类繁多。

净、现代，防波堤沿线是一种静谧的美丽而又伤心的穷困。一座城市，有着美观但不张扬的广场、许多狭窄的步行街、孩子和水手、大海和阳光。

——我们沿着防波堤散步，后面跟着一群光着腿的孩子。

——我们在加的斯的第一晚在餐馆里见到的胖小伙服务员；他想和 H 约会。

——坐马车回我们的酒店。

乘大巴从加的斯去阿尔赫西拉斯[1]，途中，H 告诉我艾琳 + 她互相叫的昵称（"Pup"来自 Pulpo[2]）——接着，又因为透露了这个秘密而生我的气 + 生她自己的气。

在阿尔赫西拉斯的码头小餐馆吃虾……

在船上看见直布罗陀非常兴奋，惹得 H 对我很恼火。

……丹吉尔的那对女同性恋——桑迪和玛丽；桑迪白肤金发碧眼，瘦瘦的，大学生模样，充当男人的角色；玛丽，大鼻子、爆乳，葡萄牙人。

---

① Algeciras，西班牙港市。
② Puplo 西班牙语，意为"章鱼"。

……H 在索科[1]买的饰金棕色皮夹——喝薄荷茶 + 在苏丹皇宫里的咖啡馆听蹲在场地中央的三个阿拉伯音乐家演唱。

塞维利亚的气味——香，爆米花，茉莉花，“吉士果”[2]。

58 年 4 月 20 日

平庸与主宰——这是我当年在康大[3]写的东西[SS 几年前在那里教书]，当时是对的……

感受力的精英，同时也是智性的精英。根本不喜欢、根本不喜欢被当作草根看待！

必须有足够强大的自我来支撑我的感觉力。假如我是敏感的（比如，表明我意识到 H 的各种情绪，意识到她到底怎么想我），我便决不敢拥抱她……

恋爱——这种对另一个人独一无二的、微妙的、强烈的、难忘的感觉。没有人像她，像她那样跳舞，像她那样伤心，像她那样雄辩，像她那样愚蠢、粗野……

我讨厌芭芭拉在场。我太爱 H 了，太想和她做爱了，所

① Socco，丹吉尔旧城有大索科广场（Grand Socco）。
② churros，西班牙一种传统休闲小吃。
③ U-Conn，康涅狄格大学。

以，我控制不住地——越来越控制不住地——恨这三姐妹，一副高个女孩俱乐部做派，尽管芭芭拉在场能转移一下H的注意力+也许能让她少对我不耐烦些。

58年4月26日

生病、发烧，我失去自控。这种激情是一种病！我刚刚以为我在恢复自控、在自我恢复，它就又冒出头来，暗中给我一记重击……我一直以为我已不那么爱H了；和她的情爱当然使我堕落，还有她对我的自我感发起的连续攻击——不管是我对食物的嗜好(记得那天在塞维利亚，沿着西尔皮斯[①]向前走着，我喝了一罐杏仁饮料，这时候，她就宣称我有一种“没有教养的感受力”)，还是对艺术，或者对人，我在公开场合的行为、我的性需要——对我的爱都是冒犯。我告诫自己她这是在通过她的敌意和粗鄙，毁掉我对她的爱，我只需要顺其自然，我定将发现我自己自由了，尽管伤心。但情况并非如此……

58年4月27日

看海明威的《春潮》；[伊万·冈察洛夫[②]的]《奥勃洛莫夫》；[奥斯卡·王尔德的]《自深深处》，

① Sierpes，塞维利亚最重要的商业街，圣周游行队伍的必经之路。
② Ivan Goncharov（1812—1891），俄国小说家。

“所有的审判都是对生的审判，正如所有的宣判都是对死的宣判一样。”（王尔德）

58 年 5 月 31 日

我们坐在荷兰反犹太分子的车里，沿着德国高速公路朝慕尼黑飞驰时，看见“达豪，七公里”时，我是什么感觉啊！

※

一种消极的积极，一种积极的消极。

我对 H 说：“其实是你厌倦你自己。你不能围绕着情感的、性的旅行来建立你的生活。你需要一种使命……”

旅行本质上是一种消极的积极。你置身于某一环境中——指望变得兴奋，感觉好玩、开心。你无需将任何东西带进这一环境中——这个氛围已经足够热闹了。

旅行与乏味。

58 年 6 月 1 日

慕尼黑。

白云朵朵的天空。

废墟之诗。

宽阔的、空荡荡的柏油街道；乳白色无名新楼，粗脖肥臀的美国兵开着他们长长的淡色车子巡逻。

带有两座高耸的乳峰般的塔楼的圣母教堂[1]。

58年7月4日

众人皆疯一人独醒与众人皆醒一人独疯之间，能有什么区别吗?

毫无区别。

他们的情况是一样的。疯狂和清醒都一样，孤立隔绝。

58年6月25日

[这则配有一张SS躺着的自画素描像。]

……看抽象画不去看那些形状——场景——人们在其中能够

① Frauenkirche，在德国慕尼黑。

辨认出。那是以文学而非以造型艺术的方式赏画。但是，话又说回来，关于它们，人们又几乎或根本说不出什么来……

58 年 7 月 4 日

从德国回来后，看[阿尔贝托·]莫拉维亚[1]的《正午之鬼》+福克纳的《圣殿》。重读[格特鲁德·]斯泰因精彩的《梅兰克萨》。

※

布莱希特札记：表演上完美的现实主义，服装、姿势、发型、道具上令人窒息的逼真(例如，《恐惧与灾难》[2]中的希特勒青年团场景，那个母亲的发型真的是 1935 年流行的一种发型，那个父亲看的《民族观察家报》真的是当天[一张纳粹的报纸])。但这一现实主义被框定在、包含在某种大一些的东西之中，正如演员们在舞台上一个抬高的平台——舞台本身上面一个小一点的舞台——上演出一样。

58 年 7 月 13 日

雅典。

---

① Alberto Moravia (1907—1990)，意大利小说家。
② 全名为《第三帝国的恐惧与灾难》(*Furcht und Elend des dritten Reiches*, 1938)。

人人都有神秘之处。

每个人用伴着布祖基[1]音乐跳舞的方式表达着他的神秘。他在对自己祈祷。他抚慰他自己的神秘，他情不自禁，他体验一种情感净化。

那个舞者脸上陶醉的表情。他在平衡的边缘表演，他是条蛇，盘起他的身体。他是只鸟，两只手臂像翅膀一样旋转。他是只动物，弯下身去，四肢伏地。

舞者拍大腿或紧缩身体，以保持他镇定自若的状态。

一人跳舞的时候，其他人观看。每个人都单独跳。观舞者发出嘘声，以便挡开不友好的幽灵。舞者跳完，他们可能会祝他身体健康；他们不鼓掌，因为这不是表演。

※

那个布祖基歌手，一个小个儿女人，大头，短臂，声音一部分是女巫、一部分是孩子——时而悲恸，时而恳求，时而狂喜，时而哀号……

※

① bouzouki，一种希腊式长颈拨弦乐器，主要用于伴唱或伴舞。

品一座新城就像品一种新酒。

[散页，只1958年，未注日期]

私通是最完美的爱。

偏执狂+敏感性之间的紧密联系。

萨德[侯爵]的“情感淡漠疗法”。

纽约：所有的感官性都变为了性。

58年7月14日

……和H生活意味着遭受对我个性的一种全方位的侵犯——我的感觉力、我的智力，除了我的外表以外的一切东西；而我的外表是遭恨，不是挨批。

但是，这对我有好处，我想——和这一批评来自我爱的人这一事实毫无关系。和菲利普在一起的那几年，我已经变得得意洋洋。我对他那软弱无力的讨好已习以为常，我对自己不再狠了，我认为自己的瑕疵是可爱的，因为它们有人爱。但是，真是这样——H所指责的——我现在对别人、对他们在思考和感受的东西不是非常敏锐了，尽管我肯定我具有设身处地的、直觉的能力。我的感觉变迟钝了，尤其是嗅觉。也许，这种向内转，我的感受力和我的灵敏度的减弱当时是必要的。否则，我活不下来。为了不疯掉，我变得有点无动于衷。现在我必须开始以我的神志清醒来冒险，好让自己重新变得敏锐起来。

而且，我从菲利普那里学了许多令人精力枯竭的习惯。我已学会优柔寡断。我学会了说话重复，重复同样的观点或建议(因为他不听，因为除非说好多次，否则根本不听，也因为说一次他就同意的事情他认为没有约束力)。菲利普对他面前的人在想什么、有什么感觉(还记得六年前在布兰代斯对[弗兰克·]曼纽尔[教授]访谈惨败)、他们全神贯注在想什么等等的观察力特别不敏锐。我也变得有点无动于衷了——尽管聚会、访谈和会议结束之后在车里所有的事后分析中，我还是试图教导他心里怎样才能有点数。

P 还劝说我相信他的爱情观——一个人能占有另一个人，我可以是他的个性的一个延伸，他也是我的延伸，正如戴维会是我们俩的一样。爱包含、吞并对方，爱割断意志的肌腱。爱是自我的祭品。

※

我的姿势没精打采，比如，我梳头发的样子，我走路的步伐——H 是对的，不过，讨厌这样子就不对了。

※

记住。我的无知不[日记本里在“不”字下面划了两道杠]迷人。

知道花卉的名儿，比小姑娘似的承认我对自然一无所知要好。

方向感好，比描述我如何常迷路要好。

这些表白等于吹牛，但我这里根本没什么好吹的。

知，比无知好。我不再是个小姑娘了。

果断、任性比礼貌、屈服、听从他人的选择要好。

在我被欺骗或利用——一种应该难得被纵容的奢侈——的时候，承认我的错误。人们似乎会同情你，实际上，他们有点鄙视你。软弱会传染，强者无疑会避开弱者。

※

P 给我寄信，一封封都充满了仇恨、绝望和自以为是。他说我罪孽深重、我傻、我蠢、我自我放纵。他告诉我戴维痛苦不堪，在哭泣，感到孤独——是我如何如何在让他遭罪。

他折磨戴维，他把这一年搞成这样，弄得我的宝贝儿必须遭受比他不得不遭受的更多的罪，我永远都不会原谅他。但我不感到内疚，我相信对戴维的这些伤害不太大。宝贝儿，亲爱的儿子，原谅我！我一定补偿你，我一定会让你和我在一起，让你开心——以一种正确的方式，不占有，不害怕，不凭自己的想法干涉你的生活。

菲利普卑劣。我们之间——在争夺戴维的问题上——将有一场殊死搏斗。我现在接受挑战，我不会因为怜悯而让步，因为我们势不两立。

他的这些信是一声痛苦和自怜的嚎叫。其根本的托辞是个威胁，和那个犹太老母亲提出的威胁一样（他母亲对马蒂[1][菲利普·里夫的弟弟]），她像对一个被囚禁的儿子或女儿说：抛下我——或者娶那个非犹太姑娘[2][马丁·里夫娶了个信天主教的女人]——我就会心脏病发作，或者我就自杀。P写道："你不是你一个人，你是我们……"然后就是他凄惨的身体状况一览表——哭泣、失眠、结肠炎。"我活不到40就要死了。"

一点不错！如果我回到他身边，我就不是我了。他不可能把这个问题说得更尖锐了。我们的婚姻就是一系列轮流的自我牺牲，他为我，我为他，我们俩为戴维。我们的婚姻，婚姻，这个"客观、正确、自然、不可避免的"家庭体制。

---

① 马蒂（Marty）是马丁（Martin）的异体。
② shikse，shiksa，贬义词，也指不遵守犹太教规的犹太姑娘或妇女。

58 年 7 月 16 日

特尔斐[1]

千奇百怪的群山和有点粉红色的悬崖，大海影影绰绰地横卧于峡谷之中，仿佛在一只巨大的碗底一般，松树味，松树边上像木头一样立着的灰色的大理石柱子——一半嵌入地面，蝉鸣，驴铃和驴叫（装模作样的痛苦），它们从悬崖那边回响过来，皮肤黝黑、留八字胡的男人们，灼热的太阳，下面山坡上的梯田里种的橄榄树随风飘荡，一阵银色一阵绿色，微笑的老妪……

我想没有 H，我终究还是能生活的……

58 年 7 月 17 日

雅典

雅典可以是一个短篇小说——关于外国人、旅行——的好场景。它有许多轮廓分明、吸引人的道具。

雅典丰满的美国式的女子，到处是工地的尘土飞扬的街道，夜间餐厅花园里的布祖基乐队，吃一盘盘浓稠的酸奶、切开的西红柿和嫩豌豆，喝松香葡萄酒，巨大的凯迪拉克出租车，走在或

① Delphi，古希腊城市，因为阿波罗神庙而出名。

坐在公园里手捻着琥珀念珠的中年男子，坐在街角他们的炭盆旁的烤玉米卖主，穿着紧身白裤子、佩有黑色宽肩带的希腊水手，从雅典卫城看见的雅典群山后的草莓色落日，街头坐在秤边上，要给你称体重、只收一德拉克马[①]的老头——

[未标明日期，但肯定记于SS和H1958年7月希腊之旅途中]

我们的婚姻的存贮中没有留下什么大的、无拘无束的情感方面的姿态——我们之间越来越不满+依赖越来越少

① drachma：现代希腊的货币单位。

1959 年

［未标明日期，但几乎肯定是 1959 年初］

纽约的丑陋。但我真的喜欢这里，甚至喜欢《评论杂志》［SS 曾为该杂志编辑，也向该刊投过文章和评论］。在纽约，感官性完全变成了性——根本没有东西能让感官作出反应，没有漂亮的河流、房屋、人。街上难闻的味道，以及污物……只有吃喝，如果可以这么说的话，以及床上的狂乱。

※

适应这座城市 vs 让城市更好地适应自我。

59 年 4 月 3 日

读《罪与罚》和布莱克的《弥尔顿》。想读阿波利奈尔。

［下面这则未标明日期，但几乎肯定写于 1959 年春；这则日记有关埃利奥特·科恩——《评论杂志》首任编辑；当年 1 月 SS 来

到纽约后就在该杂志工作。在科恩走向生命的尽头，SS 还在该杂志工作期间，他开始疯了。]

埃利奥特·科恩——

终生为对操纵的激情所统治。以权力来衡量一切。“埃利奥特有判断力。他了解人。他喜欢让自己身边围着正直的人，喜欢用他们。”[这里在引用谁的话不详，但很可能是马丁·格林伯格——SS 在《评论杂志》的一个同事。]

“我们生了病的渔王[①]”。

妻子在西奈山工作；儿子叫汤姆，在电视台演播室工作。

西区 85 西街一号

50 年代他反共产党；30 年代赞成共产党

生于亚拉巴马州的莫比尔

发现[评论家莱昂内尔·]特里林

① fisher king，神话中寻找圣杯（The Holy Grail）的人；圣杯是最令人神往的神器。

鲍勃·沃肖[作家；《评论杂志》影评人]奄奄一息时在医院病榻上对马丁[·格林伯格?]谈到他，恨他

※

丰饶即美[布莱克]

59年4月12日

我的状态糟糕。我在这里全写出来；我写得慢，我看着我这看上去还不错的书法。和马蒂·格林伯格喝了两杯伏特加马提尼。感觉头重。抽烟有苦味儿。托尼和一个一脸细皮嫩肉的家伙([社会评论家]麦克·哈林顿)在谈论斯坦福-比奈智力测试。克莱斯特棒极了。尼采，尼采

59年6月12日

爽的vs不爽的性高潮。

性高潮以各种尺度出现：大、中、小。

女人的性高潮比男人的深刻。“人人都知道这一点。”[在日记里引在引号里，但出处不详。]有些男人从来都没有体会过性高潮；他们麻木地射精。

操 vs 被操。更深刻的体验——更如痴如醉的——是被操。上位 vs 下位也是同样情况。多年来，艾琳躺在下面一直都无法达到高潮，因为(？)她无法接受完全释放的想法，无法接受被“占有”的想法。

“纯男性气质”的女同性恋者从来都不让她的伴侣碰她。

[未标明日期，但几乎肯定是1959年初夏]

罗马军队组织单位

百人队——100人
中队——200人
大队——600人
军团——6个大队(6 000人)

※

“我是伤口也是刀刃！
……是受害者也是刽子手。”[1]
——波德莱尔

① 原文为法语。

“我孤独中打起空洞的手势。”[①]

——阿波利奈尔

“家的想法——‘家，可爱的家’——必须被消除，在街的想法被消除的同时。”

——彼埃蒙德里安[②]

“人与人之间那种要命的互欠人情见鬼去吧……我会像空气般自由：我全心扑在全世界的书籍上。”

——梅尔维尔

[未标明日期，但几乎肯定也写于1959年初夏]

我压制进取心的结果

(A) 相信男人获得许可，女人没有[这导致]害怕男人；脆弱、娇柔、哭哭啼啼的女人的朝代

(B) 会因为我母亲体弱而对身体侵犯动怒(跟她无关——正好相反！)

穿裤子(看上去邋遢)等于是孩子，不像成人(+男性化)

① 原文为法语。

② Piet Mondrian (1872—1944)，原名为彼得·科内里斯·蒙德里安(Pieter Cornelis Mondriaan)，荷兰画家。

我小时候力气小——现在更脆弱，更是个受害者

[未标明日期，但几乎肯定是1959年秋]

犹太人　希伯来语：haf（调羹），Mash heh(喝)——名词，yada(性方面——知道)——动词，即性交过

1215年拉特兰公会[1]的反犹措施

驱逐出英国——1290年

在《诗篇》119:63，《诗篇》的作者有“仇人”（同伴；教友；不仅仅是朋友）

年份是1519[原文如此](1958—59)

岁首节[2]
赎罪日[3]
献殿节[4]

---

① the Lateran Council，天主教拉特兰公会，指1123—1512年间天主教在罗马拉特兰宫所举行的五次公会中的任何一次。

② Rosh Ha-Shanah，即犹太国历的新年，在希伯来语中，即表示一年之始。

③ Yom Kippur，字面意思是day of atonement。

④ Hanukkah，亦称“光明节”，每年12月左右，为期八天，纪念公元前165年犹太人战胜叙利亚人后在耶路撒冷大庙的重新奉献。

普林节[①]

逾越节[②]

泰迪·罗斯福[③]是个大大的爱犹者；因此，所有的德国犹太人都是拥护共和政体者

华沙犹太人居住区——1943 年 4 月 19 日(逾越节)

对当今在美国的受过教育的犹太人而言，摒弃基督教是选择犹太教必需的前提

犹太教对我的性格、我的趣味、我的知识类型，以及我的个性的情形本身的影响

为是犹太人而辩护的不懈的努力

19 世纪，犹太人从伊拉克的巴格达、摩苏尔，+巴士拉社区移居印度

玛拉基[④]猛烈抨击一夫多妻制

---

① Purim，亦称普珥节，犹太教节日，即阿达尔(Adar)月 14 及 15 两日，纪念犹太人免遭 Haman 的杀害。

② Pesach，亦作 Pesah，犹太人的逾越节。

③ Teddy Roosevelt，即美国第 26 任总统、共和党人西奥多·罗斯福(Theodore Roosevelt，1858—1919)。泰迪(Teddy)为西奥多的昵称。

④ Malachi，基督教《圣经·旧约》中公元前 5 世纪希伯来 12 个小先知之一，玛拉基在希伯来语中意为“我的使者”。

"以色列总工会"——以色列劳工总同盟

埃塞俄比亚已取代伊拉克而成为以色列肉类供应的主要来源之一

以色列有五所高校

1. 耶路撒冷的希伯来大学
2. 海法[1]的以色列理工学院
3. 贝尼巴科[2]的巴伊兰大学
4. 特拉维尔市立大学[3]
5. 雷霍沃特[4]的魏茨曼科技学院

Aliyah = 犹太人移居以色列

那个六角星被称为"大卫之星"[5]——大卫王之盾

拉地诺语[6]在当代西班牙语中的意思!

---

① Haifa，以色列港市。
② Bnei Brak，以色列中部城市。
③ Tel Aviv Municipal University，现应为特拉维尔大学(Tel Aviv University)。特拉维尔大学一开始由特拉维夫市政府管理，1963 年获许自治。
④ Rehovot，巴勒斯坦地区，含以色列。
⑤ Magen David，犹太教和以色列的标志，由一正一倒的两个等边三角形套在一起组成。
⑥ Ladino，一种西班牙犹太人说的方言。

※

浏览——

戴维·I·格罗斯沃格尔，《现代法国戏剧自觉的舞台》（哥伦比亚大学出版社，1958 年），阿达莫夫[1]、尤奈斯库[2]、阿波利奈尔等。

小说——

约翰·巴思[3]，《穷途末路》（道布尔戴出版社，1958 年）

斯坦利·伯恩，“身体 + 大陆”（收入《新叙事第一书》，1959 年）

※

哈罗德·卢森堡[4]，《新的传统》（地平线出版社，1959 年）

※

文学代理人（纽约城）

---

① Arthur Adamov（1908—1970），法国剧作家，荒诞派戏剧奠基人之一。
② Eugene Ionesco（1909—1994），法国荒诞派剧作家。
③ John Barth（1930— ），美国小说家。
④ Harold Rosenberg（1906—1978），美国作家、哲学家、艺术评论家。

J. F. 麦克林德尔

约翰·沙夫纳

托尼·斯特拉斯曼(詹姆斯·珀迪)

坎迪达·多纳迪奥(阿尔弗雷德[·切斯特(1928—71),美国实验小说家,《精美尸首》作者,SS通过艾琳·福恩斯结识的他])

[未标明日期,也在1959年秋]

弗朗索瓦丝·萨冈[1]的世界——一群巴黎人,大多与艺术有关系,他们形成一个一厢情愿的性迷恋的圈子。

[以下日记未标明日期,但这本笔记本几乎肯定是在1959年秋使用的。]

密斯·凡德罗[2]:"少即多。"

简·奥斯丁:"我写爱情+金钱。除此之外,还有什么好写的?"

① Françoise Sagan (1935—2004),法国才女作家。
② Mies van der Rohe (1886—1969),德国建筑师。

卡夫卡："从某一点向前，再也无法回头。这是必须到达的点。"

※

尤奈斯库的反英国风俗——把《秃头女高音》演成一个美国郊区起居室而令它毫无意义。

※

《纽约客》[杂志]风格：

> 带有口语体的上层中产阶级的遣词造句。给人以富于幽默讽刺的绅士派头的印象——一个有才智的业余人员的印象——无法交流感知或深刻的情感

我母亲靠减退食欲来改进她的行为举止

[未标明日期，1959 年秋]

自我意识的结果：观众和演员是同一人。我把生活过得如同一场为自己、为自我启迪的演出。我过我的生活，但我不生活在其中。人的关系的积聚本能……

59 年 9 月[其他日期未标明]

1. 保持一贯性。

2. 别当他的面跟别人谈论他（比如：讲滑稽的事情）。（别让他感觉不自在。）

3. 别为某种我不会总认为是好的事情去表扬他。

4. 别因为某种他获许做的事情而严厉训斥他。

5. 日常工作：吃饭，在家要做的工作，洗澡，刷牙，整理房间，写小说，睡觉。

6. 我和别人在一起时别让他完全控制我。

7. 总夸他爹。（不给他脸色看，不叹气，耐心，等等。）

8. 不给孩子气的想入非非泼冷水。

9. 让他知道有一个与他无关的成人世界。

10. 别以为我不喜欢做的事情（洗澡、洗头）他也不喜欢。

59 年 10 月［其他日期未标明］

我不虔诚，但相互虔诚。①

59 年 11 月 19 日

达到性高潮已经改变了我的生活。我获得了解放，但这不是说它的方式。更重要的是：它让我变得狭隘了，它切断了种种可能性，它已经让选择清晰明了。我再也不是没有限制了，就是

① 此句原文为 I'm not pious, but co-pious．字面意思见上。co-pious 去掉连字符（copious）有“丰富”的意思。

说，什么都不是了。

性行为是范式。以前，我的性行为是水平面的，能够无限地再分下去的一条无限长的线。现在，它是直立的了；它竖起来，然后结束，或者什么都不是了。

※

性高潮集中。我有着想写作的强烈欲望。达到性高潮不是拯救，而更是我的自我的诞生。我找到了自我才能写作。［我］唯一能成为的作家是那种展示自己的作家……写作即耗尽自己，与自己打赌。可迄今为止，我甚至都不喜欢听到自己的名字。要写作，我必须喜欢自己的名字才行。作家爱自己……从这种相遇、这种猛烈的行为中制造出他的作品来。

59 年 11 月 20 日

我对别人从未像对我自己这样苛求。我嫉妒她见的所有人，她离开我的每一分钟我都痛苦不堪。但是，我离开她、知道她在那里，我就不难受。我的爱要整个地包围她，要吃掉她。我的爱是自私的。

印度神话：

四个原则思想//体现在四个“人”身上

创造——梵天

守护——毗瑟拏

破坏——湿婆

修复——克利须那[①]

雪莱在《约翰·弗兰克·牛顿[②]》之后(1812 年，雪莱见过牛顿)，把柏拉图阐释为[一个]奥菲士[③]式的神秘诗人；在他的对话中，柏拉图提出奥菲士拯救方案(对柏拉图所作的秘教的新柏拉图式阐释)

在《解放了的普罗米修斯》中，雪莱让冥府之神说："深奥的真理没有形状。"诗本身是"着上了永恒的白色光芒的多彩玻璃圆屋顶"。

试比较：[托马斯·洛夫·]皮科克[④]的《雪莱回忆录》。

奥菲士食谱(毕达哥拉斯也是)：不吃动物的肉(净化)

奥菲士教源自印度教?

试比较：雪莱在《为诗一辩》中对柏拉图的诗歌观的评论

---

① Krishna，印度教三大神之一的毗瑟拏的主要化身。

② John Frank Newton(1770—? 1827)，英国牧师。

③ 奥菲士是希腊神话中的一名歌手，善弹竖琴，弹奏时能使猛兽俯首，顽石点头。

④ Thomas Love Peacock (1785—1866)，好讽刺的英国诗人，雪莱的朋友。

（《为诗一辩》的写作是对皮科克在《诗的四个时代》[①]中以嘲弄的口吻对诗进行攻击的一个回应）

※

乔治·克里斯多夫·利希滕贝格[②]的《纪念册》："随着国家的强大，它们的神也强大起来。"

※

康德：道德 = 法律

※

"jejeune"并不意味着"callow"[③]
"transpire"的意思不是"occur"[④]

※

"写作就是存在，就是去成为自己。"（古尔蒙[⑤]）

---

① The Four Ages of Poetry（1820），系皮科克的一篇诗论。
② Georg Christoph Lichtenberg（1742—1799），德国思想家、政论家、讽刺作家。
③ jejeune 似为 jejune 之误，意为不成熟；callow 意为乳臭未干，没有经验。
④ transpire 意为"透露"、"发生"、"蒸发"等；occur 意为"发生"。
⑤ Remy de Gourmont（1858—1915），法国象征主义诗人、小说家、评论家。

59 年 12 月 21 日

今晚她[艾琳·福恩斯]下班后去圣雷莫见伊内兹，[记者兼剧作家]安·莫里塞特在那里。然后，去雪松酒吧。她 12:00 到家；我睡着了……她上床，告诉我晚上的交谈；2:00 要求把灯关了，睡觉。我瘫掉了，一声不吭，眼睛哭肿了。我抽烟，她睡觉。

59 年 12 月 24 日

昨晚，雅各布[·陶布斯(1923—87)]来电话，讲他上星期三和马尔库塞的谈话。

我有个仇敌——菲利普。

我想写作的欲望[SS 一开始用的是“需要”，后来划掉了]是与我的同性恋有关的。我需要这个身份来当作武器，以对抗社会反对我的武器。

它并不证明我的同性恋是正当合理的。但是它会给我——我觉得——一张许可证。

我才开始意识到我因为搞同性恋而感觉多么内疚。和 H 在一起，我没觉得它让我感到苦恼，但我是在对自己撒谎。我让别人(比如安妮特[·米切尔森])相信是 H 和我乱搞；并相信要不是她，我不会搞同性恋，至少一般不会。

我认为我的恐惧、我的内疚感与菲利普有关，与他满世界去讲有关，与明年夏天将有的又一次监护诉讼有关。但也许，他只是把事情弄得更糟。如此看来，我干吗要继续骗雅各布[·陶布斯]？

搞同性恋让我感到更脆弱。它让我更加希望躲起来、不让人看见——不管怎么说，我总是有这样的意愿。

59年12月28日

迄今为止，我一直觉得我能深度了解或真正爱的人，都是我自己的可怜兮兮的自我复制品或不同版本。（我知识上的、性方面的感受一直都是乱伦的。）现在，我能够了解+爱某个和我不同的人——比如，不是犹太人，不是纽约类型的知识分子——到亲密的程度了。我总意识到I.是个外国人，意识到缺少一个共同的背景——我把它当作一种巨大的释放来体验。

1960 年

［只标明 1960 年 1 月］

我思故我在[①]

60 年 1 月 3 日

引自高尔基的《回忆托尔斯泰、契诃夫和安德列耶夫》：

> “尼采在某处说过：‘所有的作家都是这种或那种道德的仆从。’斯特林堡不是仆从。我是个仆从 + 我为一个我不相信也不尊敬的女主人服务。我了解她吗？也许不了解。所以，你明白怎么回事了。至于我，这是非常令人伤心 + 沮丧的，安东 · 巴甫洛维奇[②]。因为你现在因此也不太开心，我就不再讨论我的沉重的精神枷锁了。”

60 年 1 月 11 日

我在我消极的情感上面覆盖了积极的一层……

……柯尔律治作为一个“我与你”[③]的哲学家……

……她双乳的高耸。

司汤达论社会行为或艺术（？）“创造一个效果，然后闪开。”

我喜欢他。我希望我爱过他。（或者：我不喜欢他。但我希望我喜欢过他。）所以，我把这一感情制作成一个礼物给他。——我是说把这个作为一个礼物，同时又作为一种打发——但他现在相信我真的爱他。他试图兑现我的空头支票，结果，支票被拒付而退回。

我本意只是想友好。可现在我反倒成了个骗子，我觉得被他硬缠上了、被他胁迫了。

我羞愧难当，无法告诉他这张支票是空头的，叫他扔掉。（我当时还指望他别去兑现的！）

他打电话来要求支付。我不予理会：不接电话，也不看信，穿过街避开他。

---

① 笛卡儿的基本哲学原则“我思故我在”的拉丁文表述是 Cogito Ergo Sum，桑塔格写为 Cogito ergo est，意思基本相同，表示“我思故我思之物在”。

② 即契诃夫(Anton Pavlovich Chekhov，1860—1904)，俄国短篇小说艺术大师。

③ 犹太宗教哲学家马丁·布伯(Martin Buber，1878—1965)于 1923 年出版的几万字的小册子《我与你》(*I and Thou*)，探讨了人与世界的关系的论题。

※

I：你知道你为什么觉得保持活力那么难吗？你没油了还一直在跑。

S：怎么会？诚实是油吗？

I：不是，诚实是油味儿。

※

I. 的形象：我穿尼龙紧身衣。打理它要花许多时间 + 精力，而且它也不是十分合身，但我又害怕把它扒下来，因为我觉得它下面的人皮受不了。

我怕，我说。我怕揭开盖子就会改变我的生活，让我放弃一些东西。我不想知道我到底想什么，我说，是否意味着我会“放弃教书，送戴维去孤儿院，把艾琳送到怀特霍斯”。但 I. 回答说：“其实，都没什么大不了。”我哭了起来。

“伤害人比自己委曲求全好。”

相信我的紧身外衣。

※

母亲的遗产：

A. “对我撒谎，我很虚弱”——告诉我们诚实等于残酷的概念。去年 8 月，朱迪丝反抗并同时崩溃，+我当着她们俩的面骂朱迪丝不该对母亲说真话，+母亲说：“一点不错。”这个时候，（又！）是老一套。

B. 她不能给人造成痛苦：宣布坏消息，从脚上取出大头针——这些不得不做的事情。她会叫来罗茜，+去另外一个房间，一直待到事情解决。

“去另外一个房间”：

——我下楼[SS 和菲利普·里夫一起住在马萨诸塞坎布里奇昌西街 29 号]，去戴维+罗茜的房间，躺下，捂住耳朵，在此期间，菲利普在和医生说早期妊娠检验的结果（1954 年夏）。

——我和戴维来汤姆森街的那个星期六晚上叫 I. 打电话给 H（+在她打电话期间，去前面房间）。

无论我说了什么，我的生活、我的行为都表明我没有爱过真相，我没有想要过真相。

※

雅各布[·陶布斯]：格肖姆·舒勒姆的杰作研究的是卢里

亚派卡巴拉[1]。他表明，它是对那场西班牙大灾难作出的一种反应，以及与犹太人被掳入巴比伦[2]、疏离思想的一场神学角力。

在神学或文学中——对我们时代的大事件——没有这样的意识。六百万人付出生命不是为了、也无法被理解为走向以色列国——所以，本-古里安[3]能玩他的政治游戏。

※

I. 说 H 的刁蛮不是诚实；它是刁蛮。诚实意味着任何时候都诚实，而不是你能诚实时才诚实。H 在表达刁蛮情感时是放肆的。但她不诚实。

60 年 1 月 13 日

……我可能得花上五年时间才能弄明白我为什么不喜欢接电话……

……我在这么多的层面上理解这个电话症结……当代语言，伴着它那轻易获得的自我分析词汇，帮助我继续生活在我自身的

① 犹太学者格肖姆·舒勒姆在卡巴拉研究领域著有《卡巴拉及其象征主义》、《炼金术与卡巴拉》、《卡巴拉起源》等著作。卡巴拉(Caballa)是犹太教神秘哲学，由中世纪一些犹太教士发展而成的对《圣经》作神秘解释的学说。
② 即 the Exile,发生在公元前 6 世纪。
③ David Ben-Gurion (1886—1973),以色列首任总理,在长达 30 年的时间里一直是犹太民族的领袖。

表层。我可以说我腼腆；或者神经过敏，或者对以电话为代表的对隐私的野蛮侮辱敏感。（这是前几天有个晚上在海伦·林德[1]家我当面明确提出这个问题时，沃尔夫·斯皮策[2]提出的理论。）——我不接受，甚至觉得都属于不值得考虑的那些个“心理”类顿悟，比如，“我两岁时我母亲就叫我用电话了”，“黑色电话机是性象征”等。

※

读殉教者圣查斯丁[3]与拉比特里弗的对话——公元2世纪（基督教 vs 犹太教）

重读《安娜·卡列尼娜》

公元前好几个世纪，一些希腊寺院都用作退隐处；在那里，情感受伤者能在一种安宁+静谧的氛围里得到恢复（“环境疗法”）

60年1月14日

今天（实际上是昨天，现在凌晨1:00了）我的理解超越了康

---

① Helen Lynd（1896—1982），美国社会学家、社会哲学家。

② Wolf Spitzer（1948—　），美国记者，1990年以来一直是CNN记者。

③ Justin Martyr（100？—165），基督教早期教父，结合基督教义和古希腊哲学奠定历史神学基础，曾上书护教，后被罗马皇帝判处死刑。

德。特棒的课，本学期最后几节：对十来个这样的孩子，我感到充满了温情——

1. 康德在一个恰当的点上，把冲突或优柔寡断的状态视为道德情境的范式。说明确些就是，爱好+责任感之间的冲突。

他这里是站在中心：试比较做道德哲学的亚里士多德；亚氏的做法是给我们为一个好人会有的那种性格，以及他会表现出的行为的范围作出规定。（考虑行为的范围，而不是单个的具体决定。）

2. 因此，绝对命令没有用处。

3. 愈合，变得完好无损。

60年1月21日

除了我在讲话的时候，我几乎不思考。所以，我才讲这么多话。

所以，我不写。

※

阿尔弗雷德[·切斯特]说我太不圆通了。——但并不是我不厚道，也不是我需要伤害人。事实上，我发现做到不厚道——伤害人——很难。（X）实际情况是，我木、不敏感。H说到过这一点，朱迪丝也说过，现在阿尔弗雷德又这样说了。I. 不说，因为她不知道我有多木；她认为我知道我在干吗，只不过是我残忍而已。

X：受到另一个人的束缚、胁迫的感觉。但你无法解放你自己，你想要另外那个人来解放你。因此，才有X-人在一个长期的关系中所表现出的坏脾气，尽管它也显现出短暂的温暖+愉快。

一夜情中，或者电话里的X：无法说“不”。

与羞耻感联系在一起的X。X=强迫自己成为别人希望的样子。

※

灵感以焦虑的形式呈现在我面前。

［夹在下面的空白页中间的是一张纸片，上面写着］布莱克：生活+“我们欲望的床上有肉体的小帷幕。”①

---

① 出自威廉·布莱克的《瑟尔之书》（*Book of Thel*，1789），原诗的诗行完整地译入中文应为：“为什么我们欲望的床上有肉体的小帷幕？”

［未标明日期，很可能是1960年1月下旬］

买

J. W. 艾伦，《16世纪政治思想史》（梅休因出版公司，第三版，1951年）

G. N. 克拉克，《17世纪》（牛津大学出版社，1931年）

G. M. 特里维廉，《布莱尼姆宫：安妮女王统治下的英国》（朗文出版公司，1931年）

E. M. 蒂利亚德，《伊丽莎白时代的世界图景》（查托出版公司，1948年）

W. W. 福勒，《罗马人的宗教体验》（1911年）

丹尼·德·鲁格蒙[1]，《激情与社会》
［这本书在单子上划掉了，可能是在买了以后。］

R. 布里福[2]，《母亲们》

---

① Denis de Rougemont（1906—1985），用法语写作的瑞士作家、文化史家。

② Robert Briffault（1876—1948），社会人类学家、小说家；有资料说他生于法国，另有资料说他生于英国。父亲是外交家。在父亲去世后，与苏格兰出生的母亲移居新西兰。

加尔文，《基督教要义》（两卷本）

A. D. 怀特，《基督教世界科学与神学论战史》（两卷本，1896 年）

M. 默里，《西欧的异教巫术崇拜》

B. 马林诺夫斯基[1]，《未开化社会的性与压抑》
韦斯特马克[2]，《道德观念的起源 + 发展》（两卷本）

霍布豪斯[3]，《道德的进化》

安德斯 · 尼格仁[4]，《圣爱与情爱》

卡尔 · 巴特[5]，《教会教义学》（三卷本）

马克斯 · 韦伯，《古代犹太教》（自由出版社）
[这本书在单子上划掉了，可能是在买了之后。]

M. 罗温索，《德国犹太人》（1936）

---

① Bronislaw Malinowski（1884—1942），波兰裔英国社会人类学家。
② Westermarck（1862—1939），芬兰人类学家。
③ Leonard T. Hobhouse（1864—1929），英国社会学家和哲学家。
④ Anders Nygren（1890—1978），亦译虞格仁，瑞典神学家。
⑤ Karl Barth（1886—1968），生于瑞士，新正统神学之父。

西奥多·加斯特，《泰斯庇斯[①]：古代近东的仪式、神话和戏剧》

马戈利斯和马克斯，《犹太人的历史》[②]

格兹和米尔斯[③]，《韦伯社会学论文选》
[这本书在单子上划掉了，可能是在买了以后。]

舒勒姆，《犹太神秘主义》[在单子上也划掉了]

史怀哲[④]，《耶稣生平研究史》

[未标明日期，很可能是1960年1月下旬]

美国英语：up-dated，weather-wise，set up[⑤]

俚语：cracking up，flipping[⑥]

---

① Thespis，古希腊雅典诗人，悲剧创始者，开创演员和合唱队领唱的对白，悲剧的对话即始于此。

② 由生于立陶宛共和国的美国语言学家马克斯·利奥波德·马戈利斯(Max Leopold Margolis，1866—1932)和德裔美国史学家、目录学家亚历山大·马克斯(Alexander Marx，1879—1953)合著，1927年在费城出版。

③ 格兹(Hans Gerth，1908—1978)和米尔斯(Wright Mills，1916—1962)，美国社会学家，《韦伯社会学论文选》的译者。

④ Albert Schweitzer (1875—1965)，亦译史怀泽，德国神学家、哲学家，1953年诺贝尔和平奖得主。

⑤ 它们的意思分别为："更新了的"、"就天气而言；善于预测天气的；善于预测舆论变化的"、"建立；设立"。

⑥ 它们的意思分别为："吸服强效可卡因"、"该死的"。

［未标明日期，很可能是1960年1月下旬］

她想认为我不存在，她昨天告诉我，在她看来，我代表拉丁的、外国的、高雅的趣味、性经验、没受过教育的智慧（——这不正确，因为根据字典的解释，教育既指受到系统的教育，也指性格+脑力的发展）。

今天，我强迫她在这些事情上别太端着，结果，她推开了我。我打电话给她+她来+开始和我做爱。我太想要了，不过，我怎么能欺骗自己认为她什么时候要过——我没有。但艾琳解释过她太要［它］了。证据，性高潮。但艾琳不知道她没给我吗？不知道我是硬从她那里要的？当我把她以前从来没有给过这一事实作为证据的时候，我就是这样欺骗自己的。她以前从未给过+她从未给过我，是我争取来的。直到她决定不让我争取到，无论如何。这个决定与和H最后闹崩有关，这是不是一个巧合？那事儿发生时，她难道不是第一次和我面对面，+对我在场、碍事火冒三丈。

［未标明日期，1960年1月下旬］

prolepsis——预期

prolicide——杀害胎儿或刚出生的婴儿（拉丁语 proles——后代）

prolix——冗长，唠叨的，冗长乏味的

sedulous——勤勉的，坚忍的，勤奋的，辛勤的

反叛（不成功的）vs 革命（成功的）

※

《过去与现在》第 15 期（1959 年 4 月）： 诺曼 · 本鲍姆[1]，《苏黎世的茨温利[2]改革》

※

神话的/英雄的

※

读布什[3]的《科学 + 英诗》，华兹华斯的《远足》[4]，第四部把希腊多神教与自然宗教相联系

1880 年英语科幻小说——《平面国》[5]［E. A. 艾勃特著］（多佛出版社）

---

① Norman Birnbaum（1926— ），美国社会学家。

② Ulrich Zwingli（1484—1531），瑞士宗教改革家，苏黎世大教堂的"民众神父"（1518—1531），提出《67 条论纲》，否认罗马教廷权威。

③ Douglas Bush（1896—1983），文学评论家、文学史家，一生大部分时间在哈佛大学执教。

④ *The Excursion*，英国诗人威廉 · 华兹华斯的长诗《隐士》（*The Recluse*）的一部分。

⑤ *Flatland*，亦译《平坦世界》、《平面帝国》，作者 E. A. 艾勃特（E. A. Abbot，1838—1926）为英国牧师。

※

里昂，德国占领期间法国抵抗运动时的首都

※

弗拉曼克[1]年轻时是个职业自行车赛手

※

1919年——（马丁·布伯编辑的）《犹太人》杂志9月号：戴维·鲍姆加特论赎罪日的文章

※

J. P. 斯特恩[2]，《利希滕贝格》（印第安纳大学出版社）

T. W. 阿多诺[3]，《黑格尔哲学观察》（美因河畔法兰克福，1957年）

给D.[4]：由约瑟夫·坎贝尔[5]导读的《格林童话》潘神版

---

① Maurice de Vlaminck（1876—1958），法国画家。
② Joseph Peter Stern（1920—1991），生于布拉格，卒于英国剑桥，德国教学权威。
③ T. W. Adorno（1903—1969），法国哲学家、社会学家、音乐理论家。
④ 即戴维。
⑤ Joseph Campbell（1904—1987），美国神话学家，长于比较神话学和比较宗教研究。

（纽约，1944 年）

※

［SS1960 年春季学期要和雅各布 · 陶布斯合教的宗教社会学课程的读物］

1）保罗的信札

2）林赛等：精神/神授的力量 vs 法律/机构体制

3）《基督教与基督教时代》（索伦 · 克尔恺郭尔）

4）索姆 + 韦伯

※

60 年 1 月 29 日

弥漫着宿舍恶臭的灵魂

变得不那么有趣是重要的。少说话，多重复，把思考留给写作。

※

悲剧的愉悦是间接体验自杀

［未标明日期，很可能是1960年1月下旬］

（斯特林堡《结婚集》[①]式的）系列短篇小说

1. 救赎的婚姻
2. 性战争
3. 第二次婚姻
4. 跨越阶层
5. 唐璜综合征
6. 因同性恋而破裂的婚姻
7. 给我丈夫的信（寄自已经离开的妻子）

婚姻札记

婚姻+整个家庭生活是一种磨练，（在东正教里）常被比作修道院生活。两者都磨掉个性的鲜明棱角，正如被海浪冲到一起的卵石长时间以后互相磨光滑了一样

［未标明日期，但很可能也是1960年1月下旬；经过对罪恶与德行长篇的、学术的讨论（此处未重录），SS写下了如下对尼采的一段引文的解释］

别善良。善良不是一种德行。你对人善良则对他不好。你这

---

① *Married*，斯特林堡的短篇小说集。

是把他们视为低你一等，等等。

※

牛津那优雅的恶意

霍桑的主题：隔离 vs 交流

叶芝，布莱希特，洛尔卡[1]

经典，全部剧目

寻找一个真实身份的存在主义主题

（[西班牙]内战期间）拉蒙·森德[2]是马德里杰出、开明的报纸《太阳报》[3]的编辑

※

……无声[电影]明星脸——重点在眼睛；现在——在嘴

再没有同类的特写镜头——脸看观众，诱惑、恳求等。[现

① Garcia Lorca（1898—1936），西班牙诗人、剧作家，著有《吉卜赛谣曲集》等作品，西班牙内战时遭法西斯分子枪杀。
② Ramón Sender（1901—1982），西班牙小说家、记者。
③ *El Sol*。

在]脸看屏幕上的另一张脸

I.：在绘画上，我渐渐明白了毁灭的价值

※

智力有多少不同的层次，性也就有多少

[未标明日期，很可能是1960年2月初]

Adventitious[1][日记里这个词打了个框。]

我不喜欢那些对核威慑以来进入当代生活的同性恋视而不见的作家。

50年代：

索尔·贝娄：《奥吉·玛琪》[2]——对美国生活的全心接受；来自扎堆的美国人的自学成才的人物

拉尔夫·艾里森[3]

① 意思为“偶然的”。

② 全名为《奥吉·玛琪历险记》(*The Adventures of Augie March*, 1953)。

③ Ralph Ellison (1914—1994),美国非裔小说家,著有《看不见的人》(*Invisible Man*, 1952)等作品。

鲍德温[1]

[赫伯特·]高尔德[2]

艾格林[3]

马拉默德[4]

接受美国生活的现实

去年：

托马斯·伯杰，《疯狂的柏林》[5]——小说

阿尔弗雷德·格罗斯曼，《杂技演员承认》——对中产阶级犹太人生活日常琐事所作的极其熟稔、细致入微的观察，也是对美国文学或电视风格的种种戏仿

格雷丝·佩利，《男人的小烦恼》[6]——短篇小说集

---

① James Baldwin(1924—1987)，美国非裔作家。
② Herbert Gold (1924—),美国小说家。
③ Nelson Algren (1909—1981),美国作家。
④ Bernard Malamud (1914—1986),美国犹太小说家。
⑤ *Crazy in Berlin* (1958),美国小说家托马斯·伯杰(Thomas Berger, 1924—)的长篇小说处女作。
⑥ *The Little Disturbances of Man*,美国犹太短篇小说家、诗人格雷丝·佩利(Grace Paley, 1922—2007)1959 年出版的短篇小说集。

菲利普·罗斯，《再见了，哥伦布》——短篇小说集

大都市作家

犹太人的

古怪的散文诗

50 年代：索尔·贝娄

60 年 2 月 4 日

康德的柏拉图式的观点是对的。今天上午在萨拉·劳伦斯学院听笛卡儿讲座时我明白了这一点。

与事实一致的真实是指真实的模式被视为信息。

下面是真实的：

> “外面在下雨。”
> “喀布尔是阿富汗的首都。”

+这些陈述是真实的陈述，因为天是在下雨，喀布尔是阿富汗的首都。内省永远不会给你带来这些结果。

但是下面的陈述呢：

“2 + 2 = 4”

“让小孩受罪是不对的。”

60 年 2 月 7 日

I. 认为“X”是我不能同时与两个人谈话（而总是专注于一个人）的原因，也是我和某人在一起的时候就把其他人挡在外面——哪怕是偶然闯进来的人，比如服务生——的原因……

……引起“X”的是我感觉到我和某个人在一起的时候，这个人就必须是和我在一起的一号人物。

所以，和某一个人在一起，我就辜负了所有其他人。接着，我感到内疚后，我就会再度语无伦次……

……母亲从来不生我的气，只是感到受了伤害。（感谢上帝，我对戴维不这样。）I. 说她母亲也是这种样子，尽管没有这么厉害。H 的母亲总是处于一种歇斯底里的勃然大怒的状态——也许，这是她不觉得 X 的原因。

在芝加哥，我曾感觉过 X，所以，在宿舍里我不会应门铃 + 我有个密码门铃，密码只告诉了谢尔登和 E。

我和[牛津]圣安妮[学院]陷入了一种X关系。

对菲利普，我没有感到过X。因为我尽我所能满足他的要求，因为我不和旁人说到他，因为他是一号人物。

[未标明日期，很可能是1960年2月中旬]

"正常人一旦和疯子竞争便立刻消失得无影无踪。"

《对话篇·斐德洛斯》245

[未标明日期，很可能是1960年2月中旬]

脑子里浮想联翩——与缺席的情人、阵阵的冲动、狂想进行了长达一天的交谈

60年2月18日

我和I.现在不再真正讲话了。我们已经疲倦，知道一切都已说过，或者至少说的要多于做的(我们说的不付诸行动)。积怨越来越深，而转移视线似乎是件有教养的事情。

我记得我第一次意识到和P的这种状况。那时，我们结婚才几个月。第一次吵架让人感到震惊(是在米德韦德雷塞尔[1]，起

---

① the Midway Drexel。

因是我把脏袜子扔在卫生间地上；——一周左右后我在看《美与孽》[①]时看到主人公他们吵架，我哭得有多伤心啊），但更糟糕的是，我们吵过以后再也没有和解。一开始，我们会吵，会非常不安，沉默、不说话；接下来，我们俩会有一个人打破沉默来解释、请求原谅，进一步反唇相讥；只有等我们各自抱怨完了、为此后悔，哭过了、做了爱之后，争吵才告结束。可接着，情况变成我们吵架，+吵架持续下去。有一两天令人厌倦的、痛苦的沉默——或者也许只是一个晚上——然后，不知不觉地，每天的惯例+义务（过的完全是老一套的生活，这种生活意味着购买食品杂货+换床单和到处找你的另一只鞋）迫使一个人讲话，做到态度和蔼，于是生活的线头又捡了起来，结果，这样的争吵不是被双方同意结束，而是被掩盖起来了。

这种事情已经在我和I.身上发生了。不是因为我们相爱得比以前少了（？）而是因为感觉对方令人生厌之事越发具体、越发难以理解了。

对同样的事情你又能抱怨多少次呢？

※

两周前看I.最近的笔记，就像以前看H的笔记一样，让我

① *The Beautiful and the Damned*，美国“迷惘的一代”的代表作家F. S. 菲茨杰拉德（F. S. Fitzgerald，1896—1940）的长篇小说。

感觉很糟糕。并不是我又发现自己被苛刻而失望地看待，而是瞥见自己在看这些笔记让我感到不安，我永远都在别人对我的看法中寻找自己的定位。

※

（陶布斯）

亚里士多德 vs 黑格尔：

黑格尔与基督教相容，亚里士多德则不

在黑格尔那里，有改变信仰的可能性（“骤变”）；在亚里士多德那里：自然的生长，人变得更有人性，实现着自然的目标

黑格尔有时间、自由、历史——这些亚里士多德一概没有。黑格尔是典型的现代哲学。

※

读：

奥特嘉·伊·加塞特[1]，《[论]爱》（子午线）

---

① Ortega y Gasset（1883—1955），西班牙哲学家。

第一部分对司汤达论爱（具体化的教条）、论自我中心、论“思想分析”的书的批评——显然，司汤达从来都没有爱过

第二部分：汉密尔顿太太。这个身份被隐瞒的女人有什么能使这些了不起的男人爱她

60 年 2 月 19 日

（I.）

“被动”指两样事情。被处置。不做出反应。两者完全不同。在第一种情况下，你能“主动”（？）

阿尔弗雷德说他被性活跃的这些年头欺骗了。感觉他的性能力每况愈下，他的阴茎不那么敏感了。他的整个身体也是。

哪一样得到更多的愉悦？大拇指，还是嘴。嘴。为什么？

9:30［下午］

I. 一小时前走了出去。从她离开（我在她身后把门摔上）后一分钟起到现在，我一直都想不通我当时为什么不说“请别走”（她不会答应的），然后，“请等等我们好谈一下”（戴维快上床睡觉了）。但像这样的话我根本没说。我只是太生她的气了，完全就像你对某个刚宣称她要让你痛苦不堪的人的感觉一样。

我也一直在忙着为自己辩解——我还病着呢，我沮丧极了＋对放她走有点害怕，戴维病得更厉害＋在隔壁房间，电话可能会响起来。但这不重要。非常难以接受的是I.总是出错，性情多变，总之（听上去有多傻啊）不完美……她是“我可怜的亲爱的”——正如我是她的一样，正如所有的亲爱的一样。

她情绪低落时我极少能[这些词替换了被划掉的“从不能”]安慰她，她跟我生气时我从来都不能抚慰她，原因就在于我总以为她肯定是对的。她对，那她肯定更强。

如果她生我的气，那我所知道[“感觉”被划掉了]的全部就是我做错什么事了＋她在惩罚我。有谁会去哄或劝正在实施理所当然的惩罚的那个人呢？

还有她老会说些她并不想说的话——或者我得阐释她说的话，得努力去理解——这种想法与我一直看待她的方式是多么格格不入。

我在她的笔记里看到她从一开始间或就怀疑她对我的爱，也许，这就是我极其震惊、痛苦的部分原因。

而我对此没有怀疑过，我还真以为是个奇迹，这几乎不是什么给我自己争脸的事情。

我本该怀疑的。但我的心思太专注于作出决定并行动了。我当时和现在都太急于表白和否定自己的感情。

……我记得第一个星期(尽管我并不真的怀疑)我怎样一遍又一遍地问她爱不爱我、有多爱我，好像她的感觉从一开始就会是我们俩都会接受的标准似的。——有趣的是，还真的一直是。

上次她走——11 月份——我感觉自己要犯心脏病了。现在我在乱涂乱写。我们之间在过去三个月争斗的麻木程度。

今晚我告诉她，她总是在置我于说“对不起”的位置上。

她叫我去看一本性手册。

她不可能[“生我的气”被划掉了]觉得受了我的虐待，因为她比我强啊！我无法摆脱这种想法。好像她在犯一个大错似的+好像她平等对待我似的。

※

12:00

I. 现在肯定在想要不要回家来(这个她从未称为家的家)。也许，她已经决定今晚不回了。

我们之间有这么多僵局：这座公寓；我们在一起的家；

性；戴维；工作。

我为什么没有叫I. 放弃市中心的公寓？她为什么没有找个更大的住处？我们为什么没有去那里＋取她的东西？我们谈到这些，甚至做出去做的样子了，这让我想起以前我和P经常讨论使用双保险避孕法＋重新开始做爱的方式。可从来都没有真的这么做——没对此做任何事情，只是讲讲而已。我们肯定是知道的。

……现在是令人沮丧的，过去更真实。I.记得我们的过去，那么多我尽管也记得很多却已经忘记的细节。每对情侣当中，总有一个人是两人关系的历史学家：就我和菲利普而言，记得过去的是我；而和I.，是她记得……

[未标明日期，1960年2月]

在美国，对人气的崇拜——想要每个人，包括你不喜欢的人都喜欢你

[未标明日期，1960年2月]

X，鞭子。

“X”是当你觉得自己是个客体而不是主体的时候。当你想讨好别人，希望给他们留下印象的时候，不管是通过说一些他们想听的话，还是让他们感到震惊，或者靠吹嘘＋抬出名人显要抬

高自己，或者装酷。

美国是个很X的国家。可以通过阶级+性行为的规则来限制“X”；这些规则美国界定得还欠清楚。

不审慎的倾向——对自己，或者对别人（两者经常是结合在一起的，比如在我身上）——是X的典型症状。前几天有个晚上阿尔弗雷德在“怀特霍斯”指出过这一点。（这是我和I.头一遭和什么人谈论X）。阿尔弗雷德这方面像我。阿尔弗雷德X得厉害呢！

有多少次我跟人说过玻尔·卡津[1]是狄兰·托马斯[2]的一个重要的女友？还有诺曼·梅勒纵欲取乐？以及[F. O.]马西森是个同性恋者？这些大家肯定都知道了，但我是谁啊，有什么资格把旁人的性取向四处广而告之？

为此，我多少次痛骂自己；这只比我把名人的名字挂在嘴上自抬身价的习惯令人反感的程度低一点点（去年，我还在《评论杂志》任职时，多少次谈到艾伦·金斯伯格？）。还有，一旦有人挑起，我就批评人的习惯。比如，数年前，对马丁·格林伯格、对海伦·林德[社会学家、社会哲学家，1896—1982]（温和些，但那是因为她定的调）、对莫顿·怀特等说雅各布[·陶布

① Pearl Kazin（1922—2011），美国文学评论家。
② Dylan Thomas（1914—1953），威尔士诗人。

斯]的不是。

我一直都是在搬弄是非。怪不得我用起“朋友”这个词来这么超脱又这么谨慎呢!

※

有自尊[在SS日记里,这个词画了个框]的人不唤醒我们身上的X。他们不乞求。我们不用担心伤害到他们。他们一开始就把自己排除在我们的小游戏之外了。

自尊,抗击X的秘密武器。自尊,杀X剂。

……除了分析、嘲笑等等,我怎样才能真正治愈我的X呢?

I. 说分析是好的。既然让我掉进这个洞里的是我的头脑,那么,我就必须通过头脑来把自己挖出来。

但真正的结果是一种感觉的变化。更精准地说,是感觉与理智之间产生的一种新关系。

X的来源是:我不知道我自己的感觉。

我不知道我真实的感觉是什么,所以,我指望别人(身边那个人）告诉我。于是，这个人就告知我他或她希望我的感觉是什么样子。这对我没什么，因为我并不知道我的感觉是什么，我喜欢自己讨人喜欢，等等。

※

我第一次意识到我不知道自己的感觉是什么，是和 H 在巴黎看电影时有不同意见的时候：

[安杰伊 · 瓦依达的]《下水道》[①]（我喜欢，她不喜欢）

[英格玛 · 伯格曼的]《不良少女莫妮卡》（我不喜欢，她喜欢）

[维斯康蒂的]《白夜》[②]——关于玛丽亚 · 雪儿[③]主演的人物；她和安妮特[· 米切尔森]厌恶她

并非我等着听别人先说什么。别人问我怎么看的时候，我毫不迟疑就回答。但接着，我听到 H 和汉（《下水道》）、H 和萨姆（《不良少女莫妮卡》）、H 和安妮特（《白夜》）的看法时，

---

① *Kanal* (1957)，波兰电影导演安杰伊 · 瓦依达（Andrzej Wajda，1926— ）以华沙起义为背景的影片。

② *Le notti bianche*，意大利导演卢奇诺 · 维斯康蒂（Luchino Visconti，1906—1976）1957 年拍摄的影片，片名和基本情节取自陀思妥耶夫斯基的中篇小说《白夜》（1848）。

③ 玛丽亚 · 雪儿在片中主演娜塔莉（Natalia）。

我发觉他们对＋我错，于是我想不出什么充分的理由来为我的看法辩护。

※

人怎样才能知道自己的感觉啊？

我想现在我不知道自己的任何感觉。我太过忙于维系它们、把它们归到一起了。

※

我记得，H有一次在巴黎说她不知道她是否爱着什么人的时候，我表示过震惊（＋感到高她一等）。我不明白她在讲什么。我说我身上从未发生过这种情况。当然没有。因为对我而言，爱上了就是判断：我爱上了＋坚守爱，我总是有根有据的。

※

我不知道我真实的感觉是什么。所以，我才对伦理学这么感兴趣；伦理学告诉我（或至少引导我去弄明白）我的感觉应该是什么。如果你知道直接生产精炼金属的方法，我推论，干吗还要为分析原矿石发愁呢？

……我为什么不知道自己的感觉？我不在听吗？还是我感到

厌烦了？大家对一切东西不都很自然地有反应吗？（P以前让我火冒三丈，因为对这么多东西他都没有反应——坐在这张或那张椅子里，去看这场或那场电影，拿着菜单点这道菜或那道菜。）

……为什么在旁人对我们作出X的反应时我们不介意？那个未老先谢顶的年轻人在教工食堂四处X，我其实却并不鄙视他？雅各布[·陶布斯]上星期四晚上拼命装迷人，对阿尔弗雷德和艾琳说也许将来有一天他会尝试成为同性恋者，我为什么不因此鄙视他？

纳厄姆·格拉策来参加布兰代斯教工聚会，在晚上某个节点他会说他10:00离开，到了10:00整，他会站起来+不管别人说什么，他都会离开，当然，一般也没有人说什么。我记得当时我好钦佩他啊。——就因为他看上去像一个在做他想做的事情的人，一个准备做这件事的人，一个决不会受到诱惑去做其他事情的人。

秘密就在这里。于是，没人诱惑得了你。

我记得我和P讨论过纳厄姆离开聚会的方式，有一次在纳厄姆家，我甚至对他讲过我因此有多么钦佩他。他只是笑了笑，什么都没说。

他和我们相处时多优雅、又多么非X啊，当然，对布兰代斯校方又是多么X啊！

［未标明日期，但肯定是1960年2月。这段时间里，SS详细地记下了她每天的情况。下面是一些代表性日记。］

星期六：

7:00 醒来

10:30 在［现代艺术］博物馆

1:00 I. 来了，咖啡 + 午餐：［电影］《天堂里的烦恼》①

4:30—5:00 和 I. 喝咖啡；聊天；和她一起打车去118街接戴维

在79街把 I. 放下——她要去见阿尔弗雷德·切斯特

喂 D + 打发他上床睡觉。A 打电话要我去参加聚会

看《听众》②——打电话给杰克、H——9:30 离开

打车到14街——买［先锋派电影导演］肯尼思·安格③的电

① *Trouble in Paradise*(1930)，德裔美国导演刘别谦(Ernst Lubitsch, 1892—1947)的片子。

② *The Listener*，英国 BBC 电台的周刊杂志。

③ Kenneth Anger (1927—　)，美国地下电影导演、演员。

影票和皮兰德娄聚会票——离开——时代广场

芭铎[1]的电影——［凌晨］4:00 到家

星期日：

7:00 醒——勃然大怒

9:00 打电话给阿［尔弗雷德］

9:15 杰克接我们

在伦普乐迈斯餐馆吃早饭

在中央公园散步

和杰克 + 安 + 两个朋友在皮埃尔宾馆
（杰克和 H）

打车去阿尔弗雷德处

和 I. + A 在室外地滚球球场那边吃午饭

---

① Brigitte Bardot（1934—　），法国性感明星。

午场散场——和I. 去食堂

我们聊

6:45 回到阿尔弗雷德那里

I. 打电话给安——我们都下去了，I.，A + 戴维 + 我去弗兰克比萨店

8:00 在哈得孙街接上I. ——去卡内基音乐厅剧场看电影

10:30——打车回家，安顿D 上床睡觉——I. 想吃东西——做爱——没有聊天——睡觉

星期天[一周后]：

情绪低落，乏力

5:00 服苯丙胺[1]

6:00 打车去华盛顿广场见A

在弗兰克[比萨]店吃晚饭

---

① Benzedrine，一种中枢兴奋药及抗抑郁症药。

然后在里吉欧店[格林尼治村咖啡店]喝咖啡

星期三：

我累了

CCNY[①][纽约城市大学]——课不错

11:00 打电话给I.，告诉她我中午回家

打车回家

上床——我们做爱——我没达到高潮——她告诉我她不知道她为什么一直没有背叛

3:15 她回 CCNY(我迟了)

我们打车回，在古巴餐馆吃饭——

联合[超市]

D 在等

---

① College of the City of New York.

去玻尔·卡津家——她不在——玻尔来 + I. 去看电影——12:30 我们在以色列咖啡店见

做爱——我没达到高潮

星期二：

累

戴维出门

I. 上楼来——我哭：她说她和安·莫里塞特[作家兼剧作家]要吃个饭——她面无表情、非 X，她开始放水洗澡——我忍不住，我独自啜泣起来，哭，离开，哭着走向 72 街的海伦·林德的车——

开车去萨拉·劳伦斯[1]

更多关于真理的讲座

12:00 在工作室给 I. 打电话——12:45[和]学生(麦克·凯伦伯格)[约谈]

---

[1] 指萨拉·劳伦斯学院(Sarah Lawrence College)。

1:00 泰勒讲座

跟彼得·里德借 10 美元

关于萨特的两场研讨(2:00—4:00)，不诚实，X

出租车，火车，出租车回家

又痛苦 + 受伤——D 一分钟后到了——我打电话叫 I. 回家——她说她会马上到——我试着睡觉，戴维在床上看书——6:30 I. 摁门铃——我和 D 下去——在联合超市兑支票——三明治

打车去玛格丽特那儿——A 接戴维

雅各布[·陶布斯的]黑格尔研讨课(7:10)

打车去 100 街——I. 和她母亲聊天——黄段子——番石榴 + 奶酪

打车回家

戴维上床睡觉

我换上裤子

打车去溜冰场——A 不在那里

磨咖啡机——谈哲学 + 我的“欲望”

打车回家

我要和 I. 做爱，她不想，不想和我

60 年 2 月 21 日

昨晚，我对 I. 说我做爱越少，就越不想做。（我们身上发生的事情，多么难以令人置信。）这是真的吗。是不是在我有性障碍，并放弃性的时候，那正是我想要继续做的事情，至少是暂时。

[未标明日期，很可能是 1960 年春]

……我从来都没有意识到我的姿势有多难看。一直都是这种姿势；我从来都没有站直过，除了怀孕的时候。

不仅是我的肩膀 + 背是圆的，我的头还老是冲在前面。

我是在假设“自然地”游泳时的这种姿势。结果，我的头没在水里太深，只把我的头转向左边的话，我的嘴还在水里，我无法呼吸。为了呼吸，我只好把脖子后仰 + 抬起头 + 这让我手臂划不起来。

※

查尔斯·英格尔，《尽头的水域》（利平科特版）小说

※

布莱克韦尔书店
布罗德街
牛津
“阿伯丁书店”
13 街 + 第四大街　新书 25% 的折扣
59 街 + 麦迪逊
“冈丹”——法[国]期刊

※

读：

克尔恺郭尔论讽刺概念（这是他的硕士论文，1841）

乔治·凯布斯[①]，《艺术 + 科学的新景观》（芝加哥，P. 西

① Gyorgy Kepes（1906—2001），匈牙利裔画家、艺术理论家，1937 年移居美国。

奥博尔德，1956）

E. 格尔纳[1]，《词语+事物》（1959）21/［书价：21先令］

D. 克鲁克[2]，《道德思想的三大传统》（1959）30/

格思里，《奥菲士和希腊宗教：奥菲士运动研究》

保罗·蒂利希：《文化神学》（牛津，1959）

京特·安德斯[3]，《卡夫卡》10/6

汉斯·约纳斯[4]，《诺斯替教》（灯塔版，1958）［在日记里被划掉了，也许是SS在买下以后］

达西·［温特沃思·］汤普生，《论生长与形态》（1952）

60年2月25日

I. 和我坐在厨房里聊天时，她把一只手放在我的右乳房上。（我在和她讲纳厄姆·格拉策。）我停住话头，微笑+告诉她这

① E. Gellner（1925—1995），英国社会学家。
② D. Krook（1920—1989），以色列文学学者，希伯来大学英国文学教授。
③ Gunther Anders（1902—1992），早年师从海德格尔和胡塞尔，1930年与汉娜·阿伦特结婚，并从事哲学人类学和艺术哲学研究。
④ Hans Jonas（1903—1993），德裔哲学家。

分心。X，她说。你觉得你得作出反应。否则，你会继续讲下去。

我的图书管理员心态：无力把任何东西扔掉，发现所有东西（尤其是文字的）“有趣”+值得收藏。

——抄下单词（比如，用法语）
——剪英语周刊
——我从买书、整理书当中得到的乐趣

60年2月28日

阿尔比的《动物园故事》[1]是关于X的一个痛苦的记录。那个男人（彼得）坐在公园的长椅上看书。杰利走上来+说，我想说说话——如果你不想继续看书。他当然想继续看书，但他说，哦，为什么不+放下他手中的书。

X情景：

(a) 我和艾肯、威利斯·多尼等坐在那里吃午饭，这时，我1:00要（和P）去接乔伊斯·卡尔，然后开车送她去机场
(b) 我在巴黎和艾伦·布鲁姆在一起的晚上（“单片眼

① *The Zoo Story*（1959），美国剧作家爱德华·阿尔比（Edward Albee，1928—2016）的第一部戏剧作品。彼得是剧中的出版社负责人，杰利是想和他交流的流浪汉。

镜”等）

（c）让亨利·波普金吻我

60年2月29日

更多关于“X”的思考：

X是我身为一个惯骗的原因。我的谎话是我所认为的对方想听的东西。

我对萨拉·劳伦斯学院有种X的感觉，就像我去年对《评论》一样。为什么？因为我觉得我在那里没有尽责。我一直不准时、事先不作准备等。

但是，请注意：这是真话。我有过失。上周四我翘课了。周二的讲座我从不做准备。周四我总是午饭后才来，按照合同，我10:00必须到那里。没错，我现在是逃脱了处罚，但我对这个地方的感觉变得不舒服了，就像感染了病菌。

也许，有X倾向的人习惯上就是不负责任？

我根本就不知道完全被责任所奴役与鸵鸟般的不负责任之间有什么程度差异。这难道不就是问题所在吗？要么全要，要么什么都不要，这是我在我的爱情生活中一直引以为豪的东西！

我在自己身上鄙视的所有的东西就是X：是个道德懦夫，是个说谎的人，对自己+他人都轻率，假，被动。

I. 说她无法理解一个人怎么能——比如，为了一份工作——签下一年的合同，约束自己。我说我无法理解一个人怎么能设法逃避，从中脱身。

※

I. 说我在“第一层次”（这里有食物、性、智力——但没有浪漫）不能满足她。她说H没有满足过她。梅格做到了——她做不到去爱一个她无法敬重的人，这是她的一个弱点。

I. 说我受我自己的一个家庭形象——我是我母亲的女儿——的摆布。

※

X是萨特的“不诚实”

60年3月7日

一个人必须把“真实”与“关于……的真实”区别开来。1）天在下雪和2）阿伦·诺兰往他端给我的咖啡里加牛奶，这些是真实的。但是，关于……的真实，比如，I. 的和我的关系不是已经发生的、已经说过的和做过的事情的一个清单。这是个阐释，一个洞见。

……“关于……的真实”有程度上的不同。

语言是件多么微妙的工具啊。

60年3月8日

通过苯丙胺，艾琳不断渗透的影响，普鲁肖坦博士[应雅各布·陶布斯之邀到哥伦比亚讲学的印度学者]

上星期，今天早上关于斯宾诺莎的伦理学的讲座，始于10月份的关于康德的长久思考，昨天关于“真实”与“关于……的真实”之别的想法

60年3月9日

星期四晚上梦到演员凯尔蒂：

那天下午我在《世界电报》[当时的纽约报纸]戏剧版看到了杰尔姆·凯尔蒂的名字。我在CCNY有个学生叫基尔蒂(Keelty)，他告诉我他的名字读作凯尔蒂(Kelty)(我梦中就梦到他了。)

I. 说他是内疚先生[①]。

我手脚伸开懒散地坐在甚至是躺在椅子上。

我的双脚在过道里。

后来，戏演完后，我发现我座位底下有几只袜子。

60 年 3 月 12 日

克服 X 的办法是感觉（变得）主动，不是被动。电话铃一响，我就焦虑——所以，我不接电话，或者叫别人去接。克服这一点不是强迫我自己去接电话，而是我自己打电话。

I. 是个恶棍——今晚厨房杯子那一幕。我恨她。

上个周末一下子发作，于是激起阵阵愤怒 + 怨恨。难以控制。所以，昨晚偏头痛发作服药睡着后，睡梦中，我说："我恨你的想法。"我不恨她的想法。我恨她。

过去三个月的被动性克服了。但取而代之的是，在我的心里出现了一片冷漠，+ 恼怒。

① Mr. Guilty（内疚先生）音似 Mr. Keelty（基尔蒂先生）。

I. 现在引我说话，她情绪高涨，以便不“剥夺我作出自己的反应”？没有道歉，没有辩解。只是“我做了；这就是我想做的”。

根本没有诱惑这样的东西。诱惑是一种渴望，一种和其他欲念一样的欲念——却是那种让我们事后后悔 + 希望没做的欲念（或者我们事先就知道我们事后会后悔的那种）。因此，说“我不是故意的。我受到诱惑 + 我无法抵制”并不是理由。一个人能够诚实地说出来的全部就是：“这件事我做了。我抱歉我做了。”

感觉受伤害是被动的；感到生气是主动的。

沮丧源自愤怒被压抑。（I. 说她父亲——一个容易暴怒的人——从不感到沮丧。）

60 年 3 月 14 日

本周——从我们分开 48 小时以来——没起什么效果。但我觉得，我没有权利沮丧，更无权向 I. 抱怨。我亏欠她的；我欠她一年的耐心。——这听上去很难听，也很 X，但事实上不——只要我感觉强大、有爱、想给予。

最伤心的是 I. 不断在情感上的计较，她给我们过去在一起的一年下断语——她凄凄惨惨，这是个失败。就这么回事。

昨晚（和戴维＋I.＋阿尔弗雷德，弗兰克比萨店，吃晚饭），我意识到我已经失去了她。就像时代广场映入眼帘的公告牌一样清楚。我想告诉她。——（上周末发生了很多事，我还不懂，或者不敢去搞懂。）今天早上，我告诉了她。她没有反应。

她已经不再爱我。她不朝我转过身来，她两眼空洞，她已经不理会了。

上星期天，我们从公共食堂回阿尔弗雷德处时，我本该相信自己的本能的。（她躺在A的床上，想给安·莫里塞特打电话。）

我该不该问她是不是又想分开？她确实想。但我想她不想再回头了。——她想我放了她。上星期五，我放了她。可接着，星期天，我尽了我的本分，又使我们俩和好了。但这事儿可不像我当时以为的那样取决于我。

60年3月20日

我相信逐渐培养的道德。

不买德国车是团结的表示，是一个尊重的行为，是纪念碑。

菲利普身上没有对真实的爱。思考就是为他的意愿、他的道德反应辩护。他先有结论，然后才想出论据来支撑他的结论。思考是自身支持的意愿——没有惊讶。

本·内尔逊[史学家和社会学家]去年二月说：菲利普对真实不感兴趣。

他以前不是老说嘛：我对意义而非真实感兴趣。

※

对I.来说，爱一个人就是去揭露他。对我而言，爱一个人就是支持他，甚至他说谎也支持他。

意愿。我假设意愿是一种分开的能力，这减弱了我对真实的执著。(当我的意愿+我的理解发生冲突时)我尊重我的意愿；我有多尊重我的意愿，就有多否认我的理智。

而它们极其频繁地发生冲突。这是我生活的基本姿态，我基本的康德哲学。

怪不得我的理智是静默的+缓慢的。我不相信我的理智，真的。

意愿的想法已经频频出来拉近我所说的(我说的不是我本意的东西——或者没想透自己的感情就说)与我所感觉的之间的距离。

因此，我的婚姻当时是我想要的。

戴维的监护权当时是我想要的。

艾琳当时是我想要的。

规划：摧毁这一意愿。

60 年 5 月 6 日

维[特根斯坦]写给马尔科姆的信里所说的陈词滥调现在还在回响。当他说那个的时候！

I. 向我指出我怎么允许——鼓励？——戴维在一切事情上都有看法。（波士顿的鱼比旧金山的好吃，窗帘不该拿下来，等等。）

我讨厌有看法，我讨厌说话。

60 年 8 月 8 日

我必须帮 I. 写作。如果我也写作，就会改变这种枯坐在这里盯着她看、求她再爱我的徒劳状态了。

※

恋爱伤人。恋爱就像让对方剥下你的皮，而且知道对方随时都可能拿着你的皮，从你身边走开。

60 年 8 月 14 日

［笔记本里用的是大写字母］：**我不该在我累的时候试图去做爱。我总该知道我自己什么时候累吧。但我不知道。我对自己撒谎。我不知道我真实的感觉是什么。**

［后来，SS 加上了］（依旧如此？）

60 年 12 月 18 日

（1）［易卜生的剧］《海达·加布勒》。I. 支持那个纯洁的女受害者（［就像在 D. W. 格里菲思的电影］《落花》①里一样），我总是同情那条自毁的母狗。

我喜欢的明星——蓓蒂·戴维斯②、琼·克劳馥、凯瑟琳·赫本、阿尔莱蒂③、艾达·卢皮诺④、瓦莱丽·霍布森⑤——尤其是童年时代。

① *Broken Blossoms*，亦译《凋谢的花朵》、《残花泪》，是格里菲思（D. W. Griffith，1875—1948）1919 年导演的影片。
② Bette Davis（1908—1989），美国女演员。
③ Arletty（1898—1992），法国女演员。
④ Ida Lupino（1918—1995），英国出生的女演员、女导演，后移居美国。
⑤ Valerie Hobson（1917—1998），英国女演员。

这个女人尤其是个淑女。她身材高挑，肤色黝黑，性情高傲。她焦灼不安，苦闷而厌倦。她说话刻毒，拼命地利用男人。

海达[·加布勒]真的非常被动。她想落入罗网。她的机会消失时，她就划掉它们。她从四周将网收紧，然后勒死自己。

她年轻，所以她等着老去。她到了适婚年龄，所以，她等着自己嫁出去。她有自杀倾向，所以，她等着看到自己自杀。①

她的飞扬跋扈是个伪装。

（2）海达恪守成规。她在丑闻的想法面前颤抖。她所有表面的不循规蹈矩——比如她抽烟、她的左轮手枪——源自[她]所认为的她作为一个淑女（她父亲的女儿②等）能做的事情。

※

海达想要别人不断给她生活的理由（报偿）。她自己给不了这些理由。对所有给不了她理由的人，她都鄙视。鄙视是她对他人的一惯态度，但她的自我鄙视更厉害。

---

① 海达最后开枪自杀。

② 海达·加布勒这个名字用的是娘家的姓，婚后她冠夫姓叫海达·泰斯曼(Hadda Tesman)。易卜生说，给她起这个名，是想表明作为一个女人，她更多的是她父亲的女儿，而不是她丈夫的妻子。

自我鄙视和虚荣。疏离+恪守常规。

60年12月20日

看[巴西小说家马查多·德·阿西斯的]《小赢家的墓志铭》，[多年后，该书英文版出版时，SS写了前言①]；重读[康拉德的]《在西方的眼睛下》+亨利·德·蒙泰朗②。

用一封来自H？——写给？——的信结束小说③[SS当时正在创作她的第一部长篇小说《恩主》，主人公名叫“希波赖特”，就是这则日记里的H。]。

---

① 马查多·德·阿西斯(Machado de Assis, 1839—1908)的《布拉兹·库巴斯的死后回忆》(*Memórias Póstumas de Brás Cubas*, 1880)译成英文版时，标题被改为《小赢家的墓志铭》(*Epitaph for a Small Winner*)。参见《重点所在》里的《死后立传：以马查多·德·阿西斯为例》。

② Henry de Montherlant (1895—1972)，法国作家、编剧。

③ 在《恩主》的结尾，希波赖特的这封信未署日期，也没有称呼。

1961年

61年3月3日

杰克逊·波洛克[①]：

“我感兴趣的是表达——而非说明——我的情感。”

“我放弃我在玻璃上作的第一幅画，因为我失去了与画的联系。”

“我努力不在画上完善自己；画有它自己的生命。”

※

摄影棚
44街(西)432号
(白楼)
第9+10大街之间
一楼

※

X 的来源：

并不真的喜欢那个人
也许我从未喜欢过任何人

61 年 4 月 13—14 日

偏头痛：

1. “我很好，痛得厉害。”
2. 我受伤害了，所以，安慰我吧。

偏头痛随着毫不抱怨地忍受某种令人失望的、不愉快的事情而至

我压抑的感情流露出来——慢慢地

以怨恨的形式

怨恨继续流露出来

① Jackson Pollock（1912—1956），美国画家，抽象表现派主要代表，以用“滴画法”在画布上滴溅颜料作画而著名，主要作品有《满五英寻》、《回应》等。

然而，没有在任何特定的时刻都呈现出来的感觉的全力支持，我的怨恨就没有支柱。它表现的形式是吁请对方解释事情的来龙去脉。

我内心相互抗争的两种基本需要：

需要得到别人的赞许

害怕别人

我的指责总是一种反应，而非行动。它们是针对对方指责我的指责！

我给了别人所有我不让自己享有的自由。去表达他们的情感，去成为他们那样的人（因为“他们是不由自主的”）。我允许自己为之生气的事情仅仅是：

对一种信任关系的出卖

拒绝帮助我

61年4月14日

我不是个好人。

这句话一天说20遍。

我不是个好人。对不起，情况就是这样。

指责伤不着他们。

61年4月23日

还有更好的。

说："你到底是谁？"

61年4月23日

情感的问题本质上就是个排放系统的问题。

情感生活是个复杂的污水管道系统。

每天都得大便，不然，管道就会堵塞。

需要大便28年才能克服28年的便秘。

情绪便秘：赖希的"性格铠甲[①]"的来源

① character armor，指个体为免遭内外危险情境伤害而在内心形成的一种人格防御模式。

从哪里开始？精神分析说：从一张大便清单开始。它在连续不断的——最后是幽默的——凝视下分解。

※

靠喊叫？靠责备人？靠摔东西来排放？这最后一种方式是苏珊·陶布斯最喜欢的幻想。但是，如果那个东西被有意识地理解成象征性的，那么，这就不奏效。

我作为一个作家的问题是如何既不完全置身局外（比如安德斯太太那样），也不像希波赖特那样置身局中［这两人都是SS的小说《恩主》中的人物］。

※

关于：卡西尔，第二卷［恩斯特·卡西尔是位德国流亡哲学家和哲学史家。SS写这则日记时，他是哥大教授］：（神秘思想中假定的）感觉空间vs科学的度量空间。

感觉空间是容量的空间——是左+右、上+下的根本区别的空间。度量空间是纯粹的、无色的、平面的、纯正的、空的。

感受力的现代混乱源自一个事实，即我们仍旧从感觉方面来体验空间，但我们不再相信我们的感知——我们的体验——是真实的了。

（关于空间、时间、身份、传染等）没有截然不同于现代的（科学的、理性的）理解方式的原始心态。

“原始的”看的方式、体验的方式是人的方式、自然的方式。

科学的方式是人为的，是抽象的产物。我们从来都不相信它，即不体验它。

只是在现在，我们被传授/相信自然的体验 + 感知的模式是错的，［我们从不体验的］人为的模式是对的。由此患上了一种感受力精神分裂症。

科学作为感受力异化的一种形式。

［1961 年的一本笔记本完全就是看过的电影的一个清单。从来都没有连续四天以上不看电影，SS 记录道，经常是每天至少看一部，一天两到三部也不稀罕。下面是 3 月 25 日至 4 月 16 日这三周一个代表性的例子。］

3 月 25 日　［现代艺术］博物馆

［高蒙］《七宗罪与圣经》（约 1900）

本 · 威尔逊，《法律的西方》（约 1927）［主演］本 · 威尔

逊、内华·格伯[①]

兰伯特·希尔耶，《勇气的摇篮》（1920）

威廉·S. 哈特“旧金山犯罪”；《举起手来》［主演］雷蒙德·格里菲思[②]

3月26日　大使馆

约翰·休斯顿[③]，《不合时宜的人》（1961）编剧：阿瑟·米勒，［主演］玛丽莲·梦露（罗斯琳），克拉克·盖博（盖），埃里·瓦拉赫，蒙哥马利·克利夫特，瑟尔玛·瑞特

3月27日　小黎敦剧场[④]

约瑟夫·冯·斯坦伯格，《摩洛哥》（1930）玛琳·黛德丽，加里·库柏，阿道夫·门吉欧

3月29日　纽约客

威廉·韦尔曼[⑤]，《人民公敌》（1931）詹姆斯·卡格尼（饰

① Neva Gerber (1894—1974)，美国女演员。
② Raymond Griffith (1895—1957)，美国喜剧电影明星。
③ John Huston (1906—1987)，美国电影导演、编辑、演员，《不合时宜的人》（*The Misfits*）亦译《乱点鸳鸯谱》。
④ Minor Latham (Playhouse)，哥伦比亚大学巴纳德学院的现代小戏院。
⑤ William Wellman (1896—1975)，美国电影导演。

汤姆·鲍尔斯），爱德华·伍兹（饰马特·多伊尔），琼·哈洛（饰格温），琼·布伦戴尔（饰玛米），唐纳德·库克（饰汤姆的兄弟[①]），莱斯利·芬顿（饰“钉子”·内森[②]）

斯坦利·库布里克[③]，《光荣之路》（1957）柯克·道格拉斯（饰达克斯上校），阿道夫·门吉欧（饰——将军），乔治·麦克雷迪（饰——将军），拉尔夫·米克（1号），蒂莫西·凯里（2号），韦恩·莫里斯（饰中士），埃米尔·迈耶（饰牧师）

3月31日　纽约客

英格玛·伯格曼，《夏夜微笑》（1955）厄拉·雅各布森，埃娃·达尔贝克，甘纳尔·布耶恩斯特兰德

G. W. 巴布斯特[④]，《最后十天》（1956）

4月1日　［现代艺术］博物馆

林恩·F. 雷诺兹[⑤]，《紫艾灌丛中的骑士们》（1926）汤姆·米克斯（饰拉西特尔），沃纳·奥兰

---

① 即迈克·鲍尔斯（Mike Powers）。
② 该名字上的引号为桑塔格所加。原片上只是 Nails Nathan，并无引号，译为“钉子”以示区别。
③ Stanley Kubrick（1928—1999），美国电影导演。
④ G. W. Pabst（1885—1967），奥地利电影导演。
⑤ Lynn F. Reynolds（1889—1927），美国电影导演、编剧。

4月3日　纽约客

雷内·克莱尔[1]，《大演习》（1956）米歇尔·摩根，杰拉德·菲利普，布里吉特·芭铎

[华纳兄弟]霍华德·霍克斯，《长眠》[2]（1946）博加特，巴考尔

4月4日　纽约客

雅克·贝克[3]，《金盔》（1952）克洛德·多芬，西蒙娜·西尼奥雷，塞尔日·雷贾尼

迈克尔·柯蒂兹[4]，《卡萨布兰卡》（1942）英格丽·褒曼，亨弗莱·鲍嘉（饰里克），保罗·亨里德，克洛德·雷恩斯，康拉德·维德（饰斯特拉塞尔少校），悉尼·格林斯特里特，彼得·洛

4月5日　阿波罗

[让-博耶][5]《为爱疯狂》，布里吉特·芭铎，布尔维尔

---

① René Clair（1898—1981），法国电影导演。

② *The Big Sleep*，改编自美国侦探小说家雷蒙德·钱德勒（Raymond Chandler，1888—1959）的侦探小说。

③ Jacques Becker（1906—1960），法国电影导演、编剧。

④ Michael Curtiz（1886—1962），匈牙利裔美国导演。*Casablanca* 亦译《北非谍影》。

⑤ Jean Boyer（1901—1965），法国电影导演、词作家。

莫洛·鲍罗尼尼[1]，《狂野之爱》，安东内拉·卢阿尔迪，弗朗科·英特朗吉

4月6日 [现代艺术]博物馆

弗雷德里克·埃尔姆列尔[2]，《帝国的碎片》(1929)
柳德米拉·谢苗诺夫娃，雅科夫·古德金

4月7日 纽约客

劳伦斯·奥利弗，《亨利五世》(1944)奥利弗，艾尔默，盖恩，阿舍森，牛顿

雷内·克莱尔，《鬼魂西行》(1936)罗伯特·多纳特，简·帕克，尤金·佩里特

4月10日 纽约客

莫文·里罗伊[3]，《我是个越狱犯》(1932)保罗·茂尼(饰詹姆斯·艾伦)，格伦达·法雷尔，爱德华·埃利斯，普雷斯顿·福斯特，海伦·文森，诺埃尔·弗朗西斯

---

① Mauro Bolognini (1922—2001)，意大利电影导演。
② Fridrikh Ermler (1898—1967)，前苏联电影导演、演员、编剧。
③ Mervyn LeRoy (1900—1987)，美国电影导演、制片人，作品有《魂断蓝桥》等。

[华纳兄弟]约翰·休斯顿，《马耳他之鹰》(194[1])亨弗莱·鲍嘉，玛丽·阿斯特，悉尼·格林斯特里特，彼得·洛

4月12日　16电影院[①]

麦克尔·布莱克伍德，《百老汇快车》(18分钟)

理查德·普雷斯顿，《黑白滑稽歌舞杂剧》(3分钟)

戴维·迈尔斯，《问我，别告诉我》(22分钟)

特伦斯·麦卡特尼-菲尔盖特，《一行结束》(30分钟)——加拿大

拉尔夫·赫什肖恩，《夏天的结束》(12分钟)

4月13日　布利克街

G. W. 巴布斯特，《三分钟歌剧》(1931)鲁道夫·福斯特(饰麦凯·梅瑟)，卡萝拉·内尔(饰波莉)，弗里茨·拉斯普(饰皮查姆先生)，瓦勒斯卡·格特(饰皮查姆太太)，洛特·莱尼亚(饰燕妮)

---

① 1947年至1960年代中期纽约一放映实验电影的电影俱乐部。

，《帕瓦仪式》[1]

4 月 14 日　档案馆

《格里菲思报告》（USC）

普雷斯顿·斯特奇斯[2]，《红杏出墙》（1948）
雷克斯·哈里森，琳达·达内尔，鲁迪·瓦利

4 月 15 日　哥伦比亚人文学会

V. 普多夫金[3]，《亚洲风暴》（《成吉思汗继承人》[1928]），英基吉诺夫

4 月 16 日　比克曼

米开朗琪罗·安东尼奥尼[4]，《情事》（1960）
莫妮卡·维蒂（克劳迪娅），加布里埃莱·费尔泽蒂（饰山德罗），莱亚·马萨里（饰安娜），多米尼克·布朗沙尔（饰朱莉娅），詹姆斯·亚当斯（饰科拉多），伦佐·里奇（饰安娜的父亲），埃斯梅拉达·鲁斯波利（饰帕特里齐亚），莱利

① Powwow，北美印第安人祈求神灵治病或保佑战斗、狩猎等胜利而举行的仪式，通常伴有巫术、盛宴、舞蹈等。
② Preston Sturges（1898—1959），美国电影导演。
③ V. Pudovkin（1893—1953），前苏联电影导演。
④ Michelangelo Antonioni（1912—2007），意大利现代主义电影导演。

奥·卢塔齐（饰雷蒙多），多萝西娅·德·波廖洛（饰格洛丽娅·佩尔金斯），乔万尼·彼得鲁基（饰年轻的王子）

61年5月1日

我要求艾琳做到感情不偏不倚足以当医生，同时，对我又要充满爱意而且坦率。

这两个要求相互矛盾。

※

对一个感觉对自己的行为不要承担责任的人而言，讨厌受到批评是必然的反应。这种人把他的所有行为都视为他人对他的胁迫；它们都并非出于他的自愿。于是，所有的批评当然都是不公平、不正当的。

61年5月［此外，未标注日期］

书是一堵墙。我置身于它的背后，人家看不见我，我看不见人家。

电影也是一堵墙。只是我和其他人坐在它的面前。不过，电影不像书那样在文化上有可以商量的余地——书是一堵墙、一个堡垒，它以后也可以变成弹药，向别人——墙那边的那些我将与之讲话的人——开火。

※

城市的生活：一个个房间里的生活，人在里面或坐或躺。人际的距离由家具的布置来决定。在客厅，（除了做爱——即进卧室）和另一个人只有一件事情可做——坐着聊天。客厅的生活逼得我们聊天，抑制活动和思考的能力。

H 下结论说：最好没有家具

61 年 6 月 11 日

看加文·兰伯特[1]的《滑动区》和福克纳的《八月之光》。两类粗俗的作品

61 年 6 月 12 日

关于［电影人罗杰·］瓦迪姆的[2]《危险的关系》：要绝对清醒，总是需要主动——处于控制、被动状态、无助感，原因在于在自己的感情面前当懦夫——因此，害怕种种后果

比如：1951 年夏天，怕去美国捷运公司，因为怕会在 P 面

① Gavin Lambert（1924—2005），生于英国，后成为好莱坞编剧、小说家。
② Roget Vadim（1928—2000），法国电影导演、编剧、制片人。

前撞见H。我想见她，但一想到P会看到，她毫无魅力，又像个男的(正如我记得的那样)，我就畏缩了!

我没有勇气爱H或者公开反抗菲利普。两样我都怕。“一次我只能应对一样。”

(今天还是这样，唉+我的错[1])

在自己的感情面前，我懦弱、木然，所以，在我拒绝表达对那些我爱的人的感情时，我才会在言辞上背叛他们。

※

清醒=主动，不想去“好”，即不想让每个人反过来喜欢

※

我烂[即“差劲”]，老是害怕我不会“获准想做什么，就做什么”

因为我的需要不强烈——它害怕冒险；它希望得到别人的赞许

---

① 原文为拉丁文：*mea culpa*。

我还是不知道如何独处——连一个人在咖啡馆坐上一小时都不行。（现在，我是一个人，感觉自己强，我在高马丁街[①]等鲍比。但这种纯粹感极为罕见）

要想能写，就得清醒，独自一人，即使I. 和我同处一室。

※

我的小说［原文如此］不是作为我脑子里的一些想法存在的。正如我在为写这些小说做计划、做笔记时明白的那样。只有当它们写下来的时候，它们才存在；此前，我脑子里是空的。正如一个人无法在脑子里赛跑，他得等发令枪响才起跑

［下面这则记于1961年春/夏，但未标明日期的日记，由SS为她一部后来再也没有进展的小说所作的记录构成。］

主题：

（1）海达·加布勒类型的女人	**（被剥夺权利者）**
（2）X（一个女人）	“休息日”
（3）被辟为博物馆的老房子的残骸	《危险的关系》
（a）她希望是清醒的	

① Rue de Caumartin，巴黎的一条街。

日本情人

(b) 她愿意耽于声色之乐[原文如此][①]

看英文版拉克洛[②]

也不是

(a) 劳伦斯式的狂喜的发现

(b) 作为反叛的性(男女滥交)

冷静

[未标明日期，可能和上一则同时期]

伯克

形式重复的原则：对一个以新的面貌出现的原则的持续坚持

※

---

① 此句原文为法语，"声色之乐"法语应为 sensuel，桑塔格拼成 sensuoux，所以戴维作了"原文如此"的按语。

② 即肖德洛·德·拉克洛(Choderlos de Laclos)，书信体小说《危险的关系》(*Liaisons Dangereuses*)的作者。

6月9日

旺多姆广场[1]，歌剧院大街：耶尔齐·卡瓦莱罗维奇[2]，《修女乔安娜》（1961）电影资料馆：埃里奇·冯·斯特罗海姆[3]，《愚蠢的妻子》

6月10日

好莱坞，高马丁街：罗杰·瓦迪姆，《危险的关系》（1960）让娜·莫罗　杰拉·菲利普　安妮特·瓦迪姆

6月12日

星工作室，瓦格兰大街：沟口健二[4]，《西鹤一代女》

［还有一则未标明日期的同时期日记］

《爱德华》11世纪葡萄牙的哲学家国王？

※

① Place Vendôme，巴黎著名广场之一；位于巴黎老歌剧院与卢浮宫之间。
② Jerzy Kawalerowicz（1922—2007），波兰电影导演。
③ Erich von Stroheim（1885—1957），生于维也纳的美国电影导演、演员。
④ Kenji Mizoguchi（1898—1956），日本电影导演、编剧。

《他尔根》 = 《圣经》的阿拉姆文译本

《塔木德》 = 百科全书著作，包含对《圣经》和《密西拿》[1]中发现的犹太法律的讨论 + 阐释

纯粹的法律部分称为《哈拉卡》[2]，非法律部分称为《哈加达》[3]

巴比伦的和巴勒斯坦的《塔木德》都提供了有关犹太人在公元前 2 世纪至公元 5 世纪社会生活的信息……

※

豪尔赫 · 路易斯 · 博尔赫斯[4]，《迷宫》

※

[下面这一则是关于和两个编辑的一次会面，可能与《恩主》有关]

兰登书屋

---

① *Mishnah*，《塔木德》的详尽注释。
② *Halakhah*，希伯来语，原意为"规则"。
③ *Aggadah*，意为"宣讲"、"叙事"。
④ Jorge Luis Borges（1899—1986），阿根廷诗人、小说家、翻译家，《迷宫》（*Le Labyrinthe*）为其 1964 年的作品。

PL[1] 1—2 600

贾森 · 爱泼斯坦

乔 · 福克斯

星期三 3: 30

一小束熏衣草花

※

买

米歇尔 · 莱里斯[2]，《人的时代》[该书名划掉了，可能是在 SS 买了之后。]

乔治 · 巴塔耶[3]，《色情》

罗伯特 · 米歇尔斯[4]，《性伦理学》

托伦斯[5]，《加尔文的人论》（路特沃斯出版社）

哈纳克[6]，《（头三个世纪）基督教的扩张》

---

① 指 plaza（广场）。
② Michel Leiris（1901—1990），法国超现实主义作家、人种学家。
③ George Bataille（1879—1962），法国思想家、文学家。
④ Robert Michels（1876—1936），德裔意大利籍政治社会学家。
⑤ Thomas Torrance（1913—2007），当代英国神学家。
⑥ Adolf von Harnack（1851—1930），德国神学家。

布鲁克斯·亚当斯[1]，《社会革命理论》

让-华尔，《哲学的辩护与发展》

《求助于诗人：克洛岱尔》（巴黎，1959）292页。

《胡塞尔》（巴黎，1959）两卷本。

《胡塞尔的遗作：危机》（巴黎，1959）17页。

※

R. 凯卢瓦[2]，《诗艺》（巴黎，1958）202页，第二版

1961年8月10日

[1961年8月，SS去雅典和九头蛇岛[3]旅游，8月份的日记即记于其间。这本笔记本也包括一些札记——人物梗概，情节；一些相关的段落——都是属于这本笔记里称为的《希波赖特自白》，并将成为SS的第一部长篇小说《恩主》。]

B. B. 不快乐的沾沾自喜

---

① Brooks Adams（1848—1927），美国史学家。
② R. Caillois（1913—1978），法国学者。
③ Island of Hydra，希腊的一座岛。

※

我在梦里为什么鄙视我自己？

我担心我从未用过我的身体。（我的梦告诉我……）

61年8月13日

除非大人先跟他说话，否则，戴维从来都不会友好地接近他们。

大人们跟戴维讲话时，我常常代他回答！！

※

我从来都没有搞明白禁欲主义是怎么回事。我总以为禁欲主义起因于缺少感官性，缺少活力。我从未意识到有一种禁欲主义的形式——在于简化一个人的需要以及试图更加积极地去满足它们——这完全是一种更加成熟的感官性。我唯一明白的感官性必须喜爱奢侈 + 舒适

※

要写作，你就得允许自己成为你不想成为（你身在其中）的那个人

科学家面对美国经济（有赖于备战）时的作用就像服装界的时装设计师——创造落伍的种种标准，这样过去这些年的[原文如此]就可以废弃。

※

写作是一种美的行为。它是在创造某种日后将带给别人愉悦的东西

61年8月16日

[根据这则日记的语境，下面这两个句子很可能是指艾琳·福恩斯，但没有明指。]

粗俗，像我母亲一样。爱权，贪财，好名。

※

什么东西坏了或者不能用的时候，我极少想到试着去修修。我通常——不假思索地——想出一个办法来确定这件事，而不去管它坏掉的部件。

艾琳恰好相反，比如，她对那台打字机的反应（“问号”[键]折弯了，色带只能朝一个方向展开），那机子我整个星期都一直在用、而她昨天才用。她才打了一行字，就开始修机器

了——而且修好了。她用一张纸固定了色带卷轴，找到了调双倍行距的那玩意儿——而这一切我一直就是靠手动调的——

※

我通过交换名片来与别人建立联系。你来自哪里？哦，你知道某某某吗？（如果这个人是个男同性恋者那就是个男同性恋者；如果他是个作家，那这个人就是一个作家；如果我跟他讲话的人是个教授，那他就是个教授；如此等等）。后来问的是：你看过某某书吗？你见过某某人吗？

61 年 8 月 23 日

I. 说这是她几个月来第一次有过这么爽的高潮，可我接下来搞砸了。

她的兴致渐渐败了下去，厌烦了，对我失去了耐心。

记得那天她提出的想法：等我们回到纽约，她要单住一间房，我们“经常”见面。

你得了肿瘤，就要开刀，她说。我哭了。她抓住我的手。但她会再提这事儿，很快就会提。

我今天对她说：“我爱你。”她回答说：“那件事和这有什么关系啊？”

今天晚上(她去港口那边期间)，我自慰+拿镜子照着仔细看阴道一小时。她回来时，我告诉了她。“你发现什么没？”她问。“没，”我答道。

※

事先的考虑

有什么好东西的时候，别粗心大意。别那么肯定，以为任何随之而来的东西一定是好的。

※

你放下手头看的书的时候，在页码上做上标记，这样，你下次重新拿起书的时候，就能非常准确地从这个地方接下去。相似的是，你在做爱时稍停片刻(要撒尿，脱衣服)，你必须十分注意你到什么点了，以便你随后就从这个点继续。接着，你得仔细看好是不是有效果，因为有时候——哪怕是稍微停一下——就有必要整个从头再来。

※

I.：性就是催眠。单调地保持一种节奏。(尽管不是所有的节奏都是性节奏。)以几个连续换挡加速的节奏。

※

过去差不多就是一场梦。

※

形象：一个没有指挥的交响乐团；一个没有董事长的公司；一个没有父亲的梦

61 年 8 月 24 日

决不跟艾琳谈：

1. 菲利普
2. 我的童年、我上的那些学等
3. 母亲

（把这些留给精神分析师-下水道，+也不谈论她[指戴安娜·肯尼迪，当年春天 SS 已经开始见的精神分析师]）

※

I. 前几天说："对我来说，性已经成为宗教。"

※

性当中没有礼貌的位置。礼貌(不是细腻体贴)是单性的。

[只注明“8月”]

[司汤达的早期小说]《阿尔芒丝》——比后来的19世纪长篇小说更加离题，但推进更迅速，不那么有视觉效果，更少戏剧性

注意：德·马利维尔夫人的想法：明说阿尔芒丝的肺结核将会迅速恶化(第一章)——就像“语言点燃情感”——就像[司汤达的]《巴马修道院》里一样(马车上的圣赛韦里诺)

※

短篇小说。

两个同性、同名的人

其中一个因为对另一个的嫉妒(>以及蔑视)而备受折磨

两个生命的映照：孩子，研究员职位，离婚，工作，辞职，精神分析师

61 年 9 月 12 日

[日期下有一个注：布拉格-巴黎火车]

1. 关于我自己的性格、趣味、标准，没有一概而论——比如“我从不……”，或者“我不会……”

从我童年时代起就在心里积淀的——作为标准而非爱好或趣味——我这样来确切地表述。

比如，“我不会带戴维去诊所”，或者“我决不借钱给H”——

趣味、个性不对自身进行概述；它们总在某种具体情况下显示自己的威风。不被期待时，它们并不表示愤慨。

愤慨是条好线索，表明什么事情出问题了——

你不会说：“我喝咖啡决不加奶！”

愤慨、概述必须证明所有已经花在保持那种姿态上的努力。并不是说它总是反对某人的爱好（在大多数情况下或许如此），但至少它是一种没有被占有的姿态，一个人“承担”的一个职责、义务、规则。当你得知并非每人都承认这个职责，+你的努力因为并不是每个人都做出努力而显得不那么有价值的时候，你就愤怒了。

2. 关于钱：[没有进一步展开]

3. 保持清洁——这个问题与性有关。洗完澡，我觉得“为性行为准备好了”，但又没有性行为；所以，我不愿意洗澡——我害怕洗澡总让我意识到我自己的肉体。（记得：那次淋浴——和丹尼去[芝加哥]近北区参加一个聚会时对她说的话——被要求离开。）

※

不治之症的寓言：

三个星期前，两片阿司匹林就能治好病；两个星期前，青霉素就足够了；到了上个星期，就要用氧气罩[1]了；本星期需要截肢了；下个星期，病人就会死。上星期用青霉素的医生真蠢！他难道不是既没治好病，甚至反倒是加速了病情的恶化吗？

61年9月14—9月15日

1. 不重复我自己
2. 不刻意变得发噱
3. 少笑，少讲话。相反，很重要的是，真想笑才笑，相信

---

① oxygen tent，供急救输氧用。

我说的 + 只说我相信的

4. 缝上我的纽扣（ + 缝上我的嘴唇[①]）

5. 东西坏了想办法修

6. 每天洗一次澡，每十天洗一次头。对 D 也一样。

7. 思考我看电影时为什么咬指甲

8. 不取笑人，不阴险狡猾，不批评他人的长相，等等（这一切都是粗俗的、虚荣的）

9. 更节约（花钱大手大脚让我不得不去赚这么多的钱）

[在笔记本里未标明日期]

I. 是对的。我必须放弃一切，否则，我永远都会是有胆汁而不是有血，有皮而不是有肉。

这没关系。想想死亡。别试图“露面”。我是如此的自我放纵：我根本不知意志为何物。

思考：“这没关系”

想想布莱克。他不为别人而笑。

我不占有自己。我千万别想去占有任何其他人；这没希望，因为我太笨拙。

① 即“不说话、保守秘密”。

别笑这么多，坐直了，每天洗澡，尤其是别说这个，所有这些我舌头打个滚随口就能轻易说出的表示欢迎的话。

“别渴望，”等等

我甚至必须超越这一点，而一直以来，做到这一点对我来说已经是极其艰难了。

当心你听见自己常说的任何话。

比如，火车上的法国女孩：

她：“坐在那边的我妹妹”——（指指妹妹，少女的圆脸，姿势不雅地在睡觉）

我：“哦，她是你妹妹？”

她：“是的。我们长得一点都不像，是不是？”

想想这话她肯定说了成千上万次，想想这些话背后的感受——她每次说的时候，都麻木了、语气更强、更加确定。

［还有，1961 年 9 月 15 日这则日记在笔记本非常前的地方，还标了“飞行中”字样］

死亡的想法，以假设我今天可能会死掉的想法为参照，来衡量我全心关注之事的想法。

所有的规划都遭到讽刺。

“等等……我还没有做完……”

性不是个规划（不像著书、谋生、养孩子）。性每天都在自我消耗。没有承诺，没有目标，什么都没有延期。它不是累积。

一旦我们开始以性的方式而生活，性就是唯一一样死神无法阻止我们得到的好东西。过了一年性福生活后死去，并不比过了30年这样的生活后再死更悲伤。

如此看来，只有重复的行为才没有死亡的痛苦滋味。

［未标明日期，可能是六年后插进这本笔记本的（无法判断是“1961年”还是“1967年”）。］

几年前，我意识到看书让我不舒服，我就像个酒鬼，明知每次狂饮之后都会有一次难受的宿醉却还要喝。在书店浏览一两个小时之后，我感觉麻木、烦躁不安、情绪低落。但我不知道是为什么。可我不做这事儿又不行。

——看了一会儿书（尤其是如果我一直在看几本书）就需要睡觉，这也反映出这一点（以前我往往昼夜颠倒——不明白我那时的感觉——在晚上以这种贪婪的方式同时看床头的几本书，为了入睡）。

大多数东西一旦买下、出了店门——甚至在回家的公交车上——看上去就会更好，那是因为买的人已经开始爱它们了。

（火车上那个法国女孩手袋上那个用塑料或别的材料做的娃娃）

“我喜欢袒露情感的人。”

坦率、亲切、自然[1]

英国人缺乏热情，不是在友善的意义上，而是在肉欲的意义上。

［未标明日期］

加缪：

一个人（我）每次屈从于虚荣心，每次为了“露面”的缘故而去思考、去生活，那么，他就背叛了……没有必要向他人袒露心迹，只向自己爱的人袒露。这样，一个人袒露心迹就再也不是为了“露面”，而只是为了给予。一个人只在他必须“露面”的时候露面，那他就会更加强大。最终，那意味着知道如何去保护他自己的秘密。我受过一人独处的罪，但为了保守我的秘密，我

① 原文为法语：ouverte，aimable，spontanée。

挺过来了。而今，我知道，没有什么荣耀能大过独自生活以及不为人知。

写作，我巨大的快乐！

认同这个世界，并享受这个世界——但只能赤裸裸地。

※

亨利·贝拉曼基金会 = 每年[颁奖]
伊迪丝·M. 桑瑟姆
董事
科纳里街 1534 号
新奥尔良

亨廷顿·哈特福德基金会
乡间峡谷路 200 号
太平洋帕利塞兹
加州

创作资助金

尤金·F. 萨克斯顿纪念信托基金
2 500 美元　没有指定日期
由哈珀兄弟出版公司转交

33（东）49 号

詹姆斯·梅里尔基金会

※

（在桅楼）[巴黎的书店] 买

米歇尔·莱里斯，《贡德尔的埃塞俄比亚人中精灵附身仪式及其戏剧因素》[1]1958

《男子气质：人种学、地理学和语言学手册》——新的一套——第一卷，由法国高等研究实践学院（第六小组）和法国国家科学研究中心（列维-斯特劳斯，等）出版

普隆书店
茜草田街[2]八号
巴黎六区

A. 舍费尔，《戏前戏》，《复调》（巴黎，第一卷，1947—48）7—14 页

---

① *La Possession et ses aspects théâtranx chez les Éthiopiens de Gondar*，莱里斯关于面具在非洲宗教仪式中的作用的专论。

② 即 rue Garancière。

H. 让迈尔，《狄俄尼索斯，巴克斯崇拜史》(巴黎：帕约出版社，1951)

※

假斯文："感觉糟糕"

在句子中间，不用过于正式的"one(一个人)"，而改用叫人更舒服的"he(他)"

※

61 年 9 月 19 日

我身上正在发生某种怪事。昨天，我努力去看一个书目 + 没能看下去，+ 扔掉了。——我开始有判断好坏的能力了!

有神秘物(不仅仅是不确定的东西)：这就是清教精神不理解的东西。

例如，热内的圣人。

想不脱衣服就睡觉与没洗漱有关。是我想做这事的时候啦。

变瘦：身份的一个变化。

我们通过改变我们个人的外表来庆祝我们的性格变化。

H 为什么不这样做？

一个人为什么不能成为基督教等的正统的信仰者，他是无法相信任何一个宗教是通向真理的唯一的途径。那简直是在否认其他文明的人性，[下面是一个未写完的句子，划掉了。]一旦超越了你自己的文明的疆界，那你

[本子上未标明日期]

订购

《左派研究》古巴，等
第 1 卷第 3 期
85 美分
2121 信箱
威斯康星麦迪逊 5 号

波拿巴书店
戏剧，电影

《安托南·阿尔托与我们时代的戏剧》雷诺-巴罗剧团的小册子

肯尼思·安格，《好莱坞巴比伦》

※

Pourquoi aurais-je túe cette femme?

我为什么会杀了那个女人？[1]

※

母[亲]

“我已经到了……的年龄”
“这些年来我已变得……”
“让我们面对事实……”

维斯康蒂，福特
巴黎歌剧院
白街15号8:30

戈雅[2]画展
加维亚美术馆
波艾蒂路45号

---

① 桑塔格这句话先用法语写了一遍。
② Francisco Goya (1746—1828)，西班牙浪漫主义画家。

巴黎八区

10:00—12:30

2:00—7:00

61年12月3日

意识到感情的“死亡地带”——讲什么都没有任何感觉。（这与我以前讲什么而不知道任何东西时产生的自我厌恶迥然不同。）

作家肯定是四种人：

1）怪人，痴迷者

2）傻瓜

3）文体学家

4）评论家

1提供材料；2把材料写出来；3是趣味；4是才智。

一个伟大的作家四方面全有——但如果只有一、二两点，你仍然能成为一个好作家；它们非常重要。

61年12月9日

害怕老去是源自一种意识，即你现在不在过你想过的生活。这等于是一种糟蹋当下的感觉。

1962年

[下面两则未标明日期，很可能记于1962年1月或2月]

[小说家、评论家]玛丽·麦卡锡[1]的大笑——灰白头发——不时髦的红+蓝印花套装。俱乐部女会员聊的家长里短。她是[她的小说]《这一批人》。她对她丈夫很好。

※

我写作是为了界定我自己——一种自我创造的行为——成长过程的一部分——在与我自己的对话中，在与我钦佩的不管是在世的还是已经死去的作家的对话中，在与理想读者的对话中……

因为它给我愉悦(一种“活动”)。

我不能肯定我的作品起什么作用。

个人拯救——里尔克的《给年青诗人的信》

62 年 1 月 7 日

犹太人的“代价问题”——

作为终极价值的幸存，等同于作为途径的苦难的好处

基督徒从犹太人(试比较[圣]保罗)那里获得了整个的关于受难的价值观(但不是幸存下来的目标！)但是区别在于基督徒从来都没有真正体验过它、相信过它——除了早期的殉教者和一些修道士。他们的经验中没有任何东西与之相对应(而犹太人则体验过迫害、大屠杀、反犹太主义等)。犹太人不说它，而是体验它。

就好比一个小孩出生在一个贵族家庭，父母是堂/表兄妹，这对父母的父母又是堂/表兄妹，+如此往前追溯 40 代人，+这个孩子得了白血病+每只手都有六根指头，+得了梅毒。有人对他讲：“我觉得你这种样子是因为你的父母是堂/表兄妹，”+他对别人说：“他就是嫉妒，因为我是个贵族。”

气魄=清晰/平静。

犹太人主要谈他们的“权利”(而非他们想要的东西)。

---

① Mary McCarthy (1912—1989)，美国小说家、评论家，代表作包括《这一批人》(*The Group*，1962)。

1962年2月12日那一星期

1. **礼节**（“请”、“谢谢您”、“对不起”等）

不迷恋他人的办法

我与人交往时表现出的注重礼仪、羞怯的风格特征，戴维已经染上了许多

B. 性交中姿势笨拙的时候，我说“对不起”

C. 受到伤害、被排斥等时，我说“你侮辱了我”

母亲对中国家庭的认识——

她总是抱怨没有得到——爸爸、我、朱迪丝的——“**尊重**”——不是我们伤害了她，不爱她。我们“得罪”了她

我闪烁其词、拐弯抹角、不表明我的意愿这种通常习性的一个办法

我曾对I.说过：“我宁可礼貌而不公正。”

2. **过早的适应能力**　令人愉快的适应性

所以，内心的固执从未被触及

解释了我80%的声名狼藉的调情、挑逗

我自豪极了——我现在难以表达我的羞辱感，一如我过去常常说不出我愤怒的感觉一样 > 我能做的事情就是去睡觉

参见2月14日的审判［这天，PR要求获得对DSR[①]的监护权的案子在曼哈顿开庭审理。事实上，PR的探视权被削减。这则日记里提到的“莱斯特”是SS的律师莱斯特·米格德尔。］

莱斯特在电话里对我很冷淡，但我不承认和他面对面我觉得羞辱，并因为他肯定不喜欢我而感到不安——

我先自降身份来为自己辩护。我首先+比旁人更厉害地排斥（蔑视）我自己，+更甚。以这种方式，我使得别人的反应变得无力

3．**通过讲话毁掉好的（自然的、不装腔作势的）东西**

A．比如，只要戴维（极其罕见！）可爱，只要他笑、记得住歌词，就表扬他

B．比如，在他体验一种情形的时候，解释此情形——让他脑子里塞满事实

① 即David Sontag Rieff（戴维·桑塔格·里夫）。

星期天，恩斯特在折一只纸天鹅时，我对他[戴维]说这是只日本天鹅，叫奥里加米[①]……

4. **从不管账目**

比如，钱——我的（来自母亲的）观点：钱庸俗

钱自“某处”来

我不挣钱，不配有钱。钱不可能付得正好（多付一点或少付一点就会不公平），所以，付多付少一个样

※

关于我对自我认识的事情：

1）我不做概括——我一点一点地进行——我不去干预导致几种不同的行为的潜在价值。I. 说的每件事都是一个单独的启示

2）我必须把价值与态度分开

神经过敏的调整产生/着迷于一种价值、一种理想，这种调整靠它们供给养分、维持自己

① origami，指日本折纸手工。

比如，“好到伤害的地步”>优秀的受难的犹太人

我还是珍视我母亲（琼·克劳馥，一位女士，等等），即使我知道她有多错、有多么不足

我不再神经紧张，我就会失去许多迷人之处？

我赞赏/认同莫妮卡·维蒂（[安东尼奥尼的电影《情事》的主角]）的地方，与我赞赏于连·索雷尔[司汤达的小说《红与黑》的男主人公]的地方正好相反

※

试验+练习

1. 咀嚼
2. 触摸织物的质地、触摸物体
3. 检查肩膀（放低双肩）
4. 不跷腿
5. 更深的呼吸
6. 不要老摸自己的脸
7. 每天洗澡（过去的六个月里在这一点上已经大有进步）
8. 注意星期二晚上的傲慢——恼怒——情绪低落。是雅各布[·陶布斯]惹的。[他是]接替[菲利普]的+研讨课。对我而言，教书是思想手淫

62 年 3 月 3 日

我母亲教我的老一套：

——礼节（“请”，“谢谢您”，“对不起”，“请原谅”，“我可以……吗”）

——注意力的任何一点分散就是背信弃义

——“中国家庭”

我不是我母亲的孩子——我是她管的对象（管的对象、陪伴、朋友、同伴。我牺牲了我的童年——我的诚实——为了取悦她）。我“隐瞒”的习惯——这一习惯使得我所有的活动和身份对我而言似乎都有点不真实——是忠于我母亲。我的知性主义强化了这一点——是我疏离我自己的情感的工具，我这样做是为了我母亲。

我觉得根子是怕——怕长大成人，好像我长大的话就会放弃我唯一的诉求，即别丢下我，别不照顾我。

我觉得这就是我不怎么能（或根本不能）稳稳当当地做爱、工作、当母亲等的原因。因为如果我做得到，那我就会把自己称为成年人。

但我从来都并不真正是个小孩儿！

我的床笫功夫不行（性技能没有“被认可过”），原因在于我不认为自己在性方面能满足另一个人。——我不把自己看成是自由放肆之人。

我把自己看成一个“试图……的人”。我试图去取悦别人，不过当然我从未成功过。

我给自己招来不痛快，因为那是我试图取悦别人的证据。“我这么好，好到会伤害人”的潜台词是：“我在努力表现好一点。你没看出这有多难吗。对我耐心点。”

由于这一点，一种对经常失败的意愿——除了性方面——我的才智令人沮丧。于是，我就贬低我的那些成功（奖学金、小说、工作）。这些对我而言变得不真实。我感觉自己在演戏、在装。

※

我不怎么吹嘘自己爱上别人、交密友意味着：“你看，我没有经常背叛你。只是在感情极其强烈势不可当的时候。但不是什么随便的感觉，是我不会以生命为赌注的那一种。”

我的不由自主的一夫一妻制是：

1）我和我母亲的关系的翻版——我不能背叛，否则，你会离我而去。

害怕

2）如果我对你不忠，那你对我就不重要。

意愿

[对]固执[对]害怕的自豪

62年3月5日

我将情感置于性之上——就在做爱这种行为上。

我害怕冷漠的性：我要对方跟我说话、搂抱我，等等。

H. 的创伤

#1：粗鲁地、卑鄙龌龊地那样做爱。让我恐惧。

美国人心目中做爱即粗气直喘（激情）的观念。他们是在表明，不是在做。他们以为喘气轻 = 激情少、性冷淡。（I.）

捷径：别把做爱称为做爱。称它为对另一个人的身体的调查（不是一种体验，也不是爱的流露）。每次了解一个新内容。

大多数美国人做爱就好像他们在闭着眼睛从一扇窗子跳出去。

做爱作为一种认知行为，实际上会是我拥有的一种有益的姿态，睁着眼，抬着头——试比较I.脑子里幻想着在做体检，或者更多的是被体检——的时候，重要的是尽可能长时间地不表露出性兴奋。（没有骨盆肌肉收缩，没有直喘粗气，没有言语，等等）

我必须让做爱成为认知的+认知成为感官的——这样来矫正现在的不平衡。

苏珊·陶布斯：做爱是神圣的。自愿的无知的理性化。（别因为看而亵渎了神秘。）

62年9月3日

我坐在河边的草地上。戴维在与一个波多黎各男孩和一个男人玩球。

独自一人，独自一人，独自一人。一个没有口技表演者的口技表演者假人。我脑子累、心痛。何处是平和，何处是中心？

我躺的草地有七种不同的草

［画的草］

蒲公英、松鼠、小黄花、狗屎。

——我要能忍受独处，并发现独处富有滋养——而不只是一种等待。

希波赖特说，心里装着的不是它自己的种种不满而是别的东西，这就是幸福。

昨晚，我梦见纳特·格莱泽［当时，格莱泽是《评论杂志》的一个同事］。他来向我借一件黑衣服——一件非常漂亮的衣服，给他的女友穿去参加一个聚会。我帮他找出来了。他躺在一张简易的床上＋我坐在他边上，抚摸他的脸。除了几块苔藓一样的黑胡子，他脸上皮肤很白。我问他脸怎么这么白，＋告诉他他该晒晒太阳。我要他爱我，但他没有。

安压迫我，琼不。

我当年等待着读完中学、长大成人，现在，我同样等着戴维长大成人。只不过，我的生命也将流逝！我服过的三次刑：我的童年、我的婚姻、我孩子的童年。

我必须改变我的生活，这样，我就能过我的生活，而不是等待我的生活。也许，我该放弃戴维。

62 年 9 月 7 日

［在笔记本里，这则日记迟于标明 1962 年 9 月 15 日的那则］

弗洛伊德笔下所有的英雄人物都是压抑的英雄人物（摩西、陀思妥耶夫斯基、列奥纳多）；那就是他所理解的英雄品质。工作即乐趣。自我 vs 懒惰的身体。这就是他吸引菲利普的原因。人们总问我（安本周就问过）一个对弗洛伊德感兴趣的人，他的行为举止怎么可能像菲利普那样。我猜想没有人看过弗洛伊德的作品。当然，在动机研究方面，他才华横溢——里夫教授肯定不是——但他（弗洛伊德）是自残的“英雄的”意志的大斗士。他发明的心理分析——充其量——［是］一门对身体、本能、自然生活的屈尊俯就的科学。

62 年 9 月 12 日

过早的适应能力，令人愉快的适应性，所以，内心的固执从未被触及，解释了我 80% 的声名狼藉的调情、挑逗

62 年 9 月 15 日凌晨 1:15

我敢肯定 I. 此刻正和某人在床上。我感觉肺都要气炸了。

昨晚我很焦虑，觉得自己要得肺炎了。那家墨西哥餐馆 + 墨西哥。I. 在昨天那封疯狂的、装腔作势的信里说：“我无法呼

吸了。”

把那件黄衣服撕成碎片。

※

女性性行为：两种，响应者+激发者。所有的性行为都既是主动的（人有种内在的发动机制）+又是被动的（投降）。

怕别人会怎么想——不是天性——让大多数女人都等到别人先要她，然后她才能要别人。

作为纳入、被纳入的爱。我必须抵抗这种爱。正如舞蹈教练所说的那样，掌心里应该有张力。如果你松松垮垮，你就收不到任何信息。

努力把［与艾琳的］这一分开视为这样一种张力。这样，我就能收、发——信息……放弃要么“绝望——我被抛弃了”，要么“操她”的选择。

在这个社会，一个人必须选择“提供供养”的东西［“进入”这个词划掉了］——身体必须剥夺精神，+反之亦然。除非一个人一开始就非常幸运或者精明；我可不是这样。我希望我的活力挥洒何方？书本，还是性？抱负，还是爱？焦虑，还是感官享受？两者不可兼得。连想都别去想我终将全部拥有这种不大可能的机会。

亨利 · 詹姆斯 + 普鲁斯特感受力中某种粗俗的、令人厌恶的、懦弱的、反生活的、势利的东西。钱的魔力，性的肮脏。

一个作家要么是外在作家(荷马、托尔斯泰)，要么就是个内在作家(卡夫卡)。世界或疯癫。荷马 + 托尔斯泰类似具象绘画[①]——试图再现一个带着令人赞叹的仁慈的世界，无法判断。要么——打开疯癫之瓶的盖子。第一类作家伟大得多。我只会成为第二类。

62 年 9 月 20 日

精神是个妓女。

我的阅读是在为将来贮藏、积累、储存，填现在之洞。做爱和吃饭是完全不同的动作——是为它们自己、为现在的感官享受——不为过去 + 将来效力。我不从它们那里要求得到任何东西，连记忆也不要。

记忆是测试。一个人——正在行动或体验的时候——就想记住什么，那是倒胃口的。

① figurative painting，二战后欧洲产生的艺术新画风，它继承了欧洲超现实主义及野兽派的画风，又加入了表现主义的悲观主义倾向。

写作是另一个动作，它不会受到这些指责。释放。还清欠记忆的债。

失去独立自我的性幻想：

性奴
体检
妓女
强奸

[未标明日期，1962 年秋]

……脑子里始终萦绕着那些未出生的婴儿的鬼魂；在她的子宫里，它们充满希望地渐渐成形，一个月又一个月，不料到最后只是在消毒纱布里被吸干 + 草草地冲下抽水马桶。

[未标明日期，1962 年秋]

书

奥利金[①]，《反塞尔索》

---

① Origen（约 185—254），古代基督教希腊教会神学家。

普里查德[1]，ANET[《古代近东文献》]

~~摩根，《印度方式》[2]~~

~~赫伊津哈[3]，《中世纪的衰落》~~

~~诺斯罗普·弗莱，《批评的解剖》~~

康福德，《未写出的哲学》

简·哈里森。《泰美斯》[4]

乔治·汤姆森，《古希腊社会研究》([可能购于]13 西街共产主义者书店)

G. 勒布拉：《[宗教]社会学研究》(巴黎：PUF[5])

默里，《宗教改革的政治后果》

---

① J. B. Pritchard (1909—1997)，美国考古学家。

② 桑塔格此处用的书名是 *The Hindu Way*，但美国人类学家 L. H. 摩根研究的是美国印第安人(Indian)的生活方式。此处似桑塔格笔误。

③ Johan Huizinga (1872—1945)，荷兰史学家。

④ 英国古典学家简·哈里森(Jane Harrison, 1850—1928)的这部著作全名是《泰美斯：古希腊宗教的社会起源》(*Themis: A Study of the Social Origins of Greek Religion*, 1912)，泰美斯为古希腊正义与法律女神。

⑤ 指 Presses Universitaires de France(巴黎大学出版社)。

吉本，《[罗马帝国]兴衰[史]》

蒂利希，《历史的解析》

62年10月16日

[在SS文件中发现的散页]

多愁善感。情感的惰性。它们不是轻松愉快的。——我多愁善感。我守着我的情感状态不放。还是它们缠住我?

我多么希望我能认为I.仅仅是想当然地对待我。她信里对亲昵的断然拒绝，她偶尔为之的恩赐般的爱抚。

没有说过一次“我想你”，没有说过一句真心话。

但我无法解释这个，能做的只是彻底崩溃、对我的情感的无痛消解。所有的防线都被突破。

Tiemmi, tiemmi. [出自但丁《炼狱》第31章："Poi, quando il cor virtù di fuor rendemmi, /la donna ch'io avea trovata sola/sopra me vidi, e dicea: 'Tiemmi, tiemmi!'"[①]("拉住我，拉住

① 原文为意大利语，田德望译为：后来，当我的心恢复了对外界的知觉时，我瞥见先前发现的那位孤独的淑女在我上面，她说：“拉住我，拉住我！”译注中指出，该淑女指玛苔尔达。此处，但丁和她已开始过河，她在水面上走，但丁被浸入水中，她拉着他前进，并对他说“拉住我，拉住我！”以免他被河水冲走。

我。”）]

我觉得I.有钥匙，只有她有。我所有的性行为都离不开她。现在，我知道技术上不是这样的。但我还是不相信任何其他人的存在。

我相信她不会回到我身边。走掉的人从不回来。

——我在信里怎样对她撒谎哦！我想让她相信我内心平静，充满希望——这是我把她弄回来的最后的魔咒。

1963年

63年3月26日

热爱真超过想要善。

问：这个人能激发起我身上的善良吗？不问：这个人美吗、善良吗、有价值吗？

[只标明1963年4月，波多黎各，包括十张从笔记本上撕下又订在一起的纸]

美貌是一种武器。我害怕（羞于？）使用我的武器。

“女小说家缺乏执行力”（[哥伦比亚大学英语教授]斯蒂芬·马库斯几天前的一个晚上说）——一种和其自身之间的不同的关系。以感受力取胜。

我讨厌独处，因为独处时我感觉自己老出十岁。（胆怯、拿不定主意、不自在，怀疑自己是否获许做这个、干那个，因此苦恼不堪。)和另一个人在一起，我能从对方身上借来成人身份+自信。

在宾馆这里：——今天早上怎么打电话问时间；我能不能把浴室的毛巾带到海滩去；我能否兑换个人支票，等等

昨晚做的两个梦

——一个男人(我丈夫——疯了？)要自杀——打开水管——让房子(混凝土建筑)里灌满了水——我和孩子逃到上面的小山上——他追过来，骗我，把小孩带下山去，他们俩在那里死了。

——一个学生(因为[空白]，等)在班上指责我。(玛尔·沃尔先生)我搞不明白他为什么这么恨我。班上没有人站在我一边。一开始，是他吹口琴(吹得太动听了)——我开始讲话，让他别吹了，但他不听。我火了+走过去+从他手里拿过口琴。回到讲台前。他又拿出一把口琴。我告诉他我会让他不及格。于是，他说起来。

在(哥伦比亚学院)另一个班上，也发生了一场骚乱。我正在略带批评地讲美国——突然，所有的学生都拿出一张张小方纸+把它们点着。(这是在一个小礼堂。)一片寂静。我停下来。接下来，我意识到这是一个宣言、一个信号、一种魔法。他们都是(我后来修正为五分之四)一个学生法西斯组织的成员。我被判有罪。

梦里接下来是在办公室里等着见一个院长，向他解释。我找到弗里斯。随后，他变成一个老女人——他(她)忙，得回家，但在我等的时候，陪我。我解释说我有多么惊讶。我教了这么多年的书，类似这样的事还从未发生过——而且两件事情同一天发生。我决定我会承认——我16岁时，不过再也没什么了。

※

我不明白这次我为什么要出来旅行，除非是希望这么不开心当中有一种好处——就像是我大量的不开心会耗尽+只剩下快乐似的。我无时无刻不在一种糟糕的、迷惑的状态下感觉凄凄惨惨，没有任何东西可以淡化它，或者转移我的注意力。像一种病。我希望要是我一直带着戴维就好了。

我和I.之间特可怕的事情之一就是我们无休止地在打口水仗。每次谈话都是一次新的伤害——辩护+反辩护，解释+反解释。就像我的电影趣味这件事一样———一次新的受伤，一次新的怨恨。

本田宗一郎[①]，闻名世界的本田摩托车公司老总，他的座右铭："追求速度是人的权利。"

---

① Soichiro Honda，本田公司创始人。

我做的关于疯狂的梦：再也不能作出努力去与人交往。赦免了，因为疯狂。

从我到达这里——超过 24 小时了——就一直眩晕 + 昏昏欲睡。“真的我”，没有生命的我。我，部分的，逃离的我，和其他人待在一起的时候。懒人。那个睡觉、醒来又一直饿的人。不喜欢洗澡、游泳，不会跳舞的人。去看电影的那个人。咬指甲的那个人。叫她苏。

我身上两样矛盾的东西 K[SS 这个阶段的一个朋友，有段时间也是她的一个情人]给激发出来了：活力，与她缺乏活力相对照；恐惧，她所缺乏的恐惧是有传染性的。两种情感都令人讨厌（相互依赖，又相互吸收滋养）。

我为什么从来都不努力去掌控与 I. 的事情？有意识地控制，我是说。不去隐瞒或逃避，而只是让我们俩之间的事情处理得更好。我从来都不这样做！相反，我对这些事情听之任之，甚至挑起那种让我们火冒三丈的谈话。“阿尔弗雷德怎么样？你们在一起谈什么？”等等。四年了，我该知道地雷埋在哪里。我的确知道。但我懒惰、自我毁灭。

我厌恶操作、厌恶看到自己处于有意识的控制之中——这是 X 的来源。X = 把我自己置于他人保护之下的欲望。在为这一保护所交的预付款中，我主动提供我乖巧的无助。

工作 = 置身世界

爱，被爱 = 欣赏世界（但不置身其中）

不被爱，不爱 = 发现这个世界了无趣味、毫无生气

爱是评价、喜欢的最高样式。但它不是一种生存状态

※

［没有其他评论，SS 用古斯拉夫语拼写记下了列宁和斯大林的名字。］

※

［未标明日期，除了“星期天晚上”，但显然是波多黎各日记的一部分］

在过去的两天里想 I. 想得心痛——这种痛的成分是什么？失落感；挫败；怨恨？那个？如果是那个，只是那个吗？我感觉到她的捉摸不透——我抓不住她。她逃避我、躲我——但我忍不住还是想和她做爱。她对我所做的判断像刺，像箭，像有倒刺的钩。我痛苦不堪。我想走开 + 我想她拉住我，同时都要。

我立马得平静下来。和阿尔弗雷德的这档子事情破坏了气

氛，因为是我造成的。如果我大度些（+不那么需要），那么，我不会在乎——要么是因为我不喜欢艾琳，要么是因为喜欢。

不管是哪一种情况，我都不该在乎。

什么正在灼伤我？指责没有社交生活。和我在一起的每个晚上，她都告诉我她要去工作。那就是，去市中心她的社交俱乐部。

我恨I.说的话。我恨她总是在订计划+只完成计划的十分之一的这种做派。我恨她泡在浴缸里一小时+半小时这种做派。——不是因为我恨懒惰，恨邋遢，而是因为这不符合她的男人婆+紧张的德行。我讨厌她凡事要我听她的做派。

63年4月10日

和两人在一起，不拒绝任何一个（叫其中一人当电灯泡）！我为什么做不到？［SS可能在想她与艾琳和K的关系。］

这种歇斯底里——强迫性地猛提问题——怎么引起的？是因为想建立联系而不顾一切地努力吗？

并不是我要阻止那两个人在一起。如果她们待在一起，我会感到宽慰的。不过，我又千方百计不让这件事成。

总是和另外一个人——只是一个人——在一起。我写的东西可以证明。没有三人在一起的场面——

我太羞愧。我想躲起来。

[未标明日期，1963 年]

神态——比两性之间的拥抱更亲密(让人专注)，因为其中没有疏离的空间；手势太简洁

※

亨利·詹姆斯语言极其贫乏无力的风格

※

优柔寡断的持久而奢侈淫逸的痛苦(每种痛都有办法找到它的快活！)

※

“乐趣”——即美国人快活的替代品

63 年 8 月 8 日

害怕被独自留下

没有安慰，没有温暖，没有人来消除我的疑虑——
冷冰冰的世界——无所事事

我躺下时更焦虑
站起身来
洗个澡

失去、失去、失去
生活是一种扛住的营生

我的肠胃是空的

戴维走的时候，会有什么情况？

我想今晚跳上一列火车，那么遥远：**航班**

我害怕抓住，害怕放手

持续的欺骗 > 内疚 > 焦虑

……

怎么一切都这么糟？我怎么才能摆脱这一团糟的局面？

……干点什么

干点什么

干点什么

63 年 8 月 29 日

法语 vs 英语

1. 来自职业、没有吸收进一般语言的词语[比如，各式各样的干活工具等]
2. 词汇更少(英语作为暹罗语的姊妹语言)——一切都翻倍
3. 更抽象的词汇，更少具体词汇，尤其是更少动词(更少主动动词)
4. 陈述文体
5. 更少使用的隐喻
6. 更少表达即时情感状态的词语

在法语里，一个词接另一个词，这一点比英语里明显——选择更少。

[未标明日期，但几乎肯定记于 1963 年 9 月]

我的[小说]创作总是关于分离——“我”与“它”的分离。

承担责任这个问题——《恩主》里以嘲笑的方式处理这个问

题。希波赖特淡定地声称对他的行为负责，但他显然比自己承认的更加焦虑不安……

※

《恩主》+两个短篇小说是对分离性的既成事实[1]及其危险+报偿的思考。

［让］是令人羡慕的。他没有失去自我——他吸收这个世界。

这［又是］因为总是“我”vs“它”。

我创作的作品里没有人。只有鬼魂。

［未注明日期，1963年末］

从幼年起，我就一直享受对获得知识的狂喜。但狂喜就是狂喜。

知识的“渴求”就像性渴求。

① 原文为faits accomplis。

译后记

2008 年 12 月，在桑塔格去世四年后，由她儿子戴维 · 里夫亲自整理的三卷本桑塔格日记首卷《重生》出版，再次引起世人对她的热切关注。

从桑塔格的小说和评论中，我们看到了她作为小说家的敏感和评论家的犀利；从她参与的社会活动和发表的言论中，我们又见识了她作为公共知识分子的正义感。在《重生》出版前，我们无缘一窥日记里的桑塔格。目前的几本有关传记有的是评传，有的是一般的传记。戴维 2009 年 2 月底来南京看我时说，在生平方面，这些传记均有其不尽可靠之处，他因此在考虑正式授权《桑塔格传》的撰写。我问过戴维他妈妈是否写有自传，他说没有。我们知道，研究一个作家的创作，总是离不开对其生平事迹的了解。桑塔格在写作前有些什么准备？她如何看待写作？她在写作中着力表现的主题与她本人的生活经历是否有关系？如果有，又是怎样的关系？诸如此类的问题一直没有得到很好的解答。现在，戴维编辑出版了桑塔格的日记，而首卷的时间跨度从 1947 至 1963 年，正是桑塔格从一个 14 岁的花季少女成长为一个三十而立的青年作家所走过的历程，从而部分地回答了“桑塔格何以为桑塔格”的问题。

大约在她 4 岁那年，一次在公园里，她的保姆就跟别人讲苏珊这孩子弦绷得很紧。她心想，这倒是很有趣的说法。我的弦绷得很紧吗？《铸就偶像：苏珊·桑塔格传》里的这个细节是否真实，不得而知。笔者在翻译这本传记时，心想这是不是咱们的司马光砸缸的故事。不过，如果把这个细节与《重生》联系起来看，桑塔格的保姆说得倒大致不错。概括地说，桑塔格的弦一直都绷得紧紧的，体现在这段时间她的性取向、家庭生活、自我审视，以及学业、事业诸多方面。

尽管桑塔格和肖像摄影师安妮·莱博维茨的同性恋情在圈内早已是公开的秘密，但她本人却从未在公开场合谈论过自己的性取向。现在，我们在她的日记里看到，其实她在少女时代就开始强烈地为自己的性取向而焦虑了。在 1948 年 12 月 25 日的日记里，她说她感觉自己有同性恋倾向，因此感到不安，她说“我是多么不愿意写这个啊”。这一年她才 15 岁。翌年 2 月，16 岁的桑塔格就读于加州伯克利分校。尽管桑塔格人很聪明，在中学就连跳几级，但她入学后仍然发奋读书。可同时她也开始关注《夜林》等同性恋书刊，结识同性恋伙伴。改变她情感生活的是日记里的 H，也即后来大家都知道的哈丽雅特。大一新生桑塔格白天用功读书，晚上则随 H 在旧金山泡同性恋酒吧，并第一次和她发生同性关系：“我可能还是喝醉了；H 开始和我做爱时，感觉那么美妙……我们上床前已经 4: 00 了——我们又聊了一会儿，就在我完全意识到我要她时，她也知道了……”这是 1949 年 5 月底桑塔格的一则日记里记录的癫狂体验。桑塔格追求着同性爱欲给她带来的享受。她日后到牛津和巴黎，又和 H 联系上，可

H 经常把她独自撂在房间，自己出去。和她在一起，桑塔格感到快乐，但更多的是感到痛苦，因为她偷看 H 的日记时，发现 H 根本不喜欢她，之所以还和她在一起，是因为暂时没有更好的性伴侣而已。此后，H 又把她自己的恋人，即日记中的 I. 介绍给桑塔格。桑塔格的这个新女友即玛丽亚 · 艾琳 · 福恩斯，《恩主》就是献给她的。同性恋让桑塔格很兴奋，也很痛苦。她说她期待快乐，她要发现快乐，拒绝痛苦；她发现到处都是快乐，她准备全身投入其中："从此一切重新开始——我重生了。"

不过在当时，人们对于同性恋还不认同，甚至认为是反常的。这让桑塔格感到紧张和焦虑，她希望自己至少是双性恋。1950 年底，桑塔格在旁听的课堂上认识了主讲老师菲利普 · 里夫。12 月 2 日的日记中记了一条："昨晚，或者是不是今天(星期六)早上？——我和菲利普 · 里夫订婚了。"他们马上就结了婚，两人认识才十天。闪婚不知是什么原因，可能是经济原因，更可能是内心的焦虑，她要放松一下因同性恋而在情感上绷得太紧的弦。不久，这场婚姻就证明是过于草率了。桑塔格在日记里虽然提到头一年，她对丈夫的欲望很强，但刚过 1951 年元旦，她就在日记中写道："带着对自我毁灭意愿充分的意识 + 恐惧，我嫁给菲利普。"在《重生》里，我们看不到婚后桑塔格有什么幸福。1952 年，戴维出生都没有给 19 岁的桑塔格带来多少初为人母的快乐。婚后五年的生活日记没有任何记录。直到 1956 年 9 月 4 日，桑塔格才在日记里写下自己对婚姻的看法："婚姻全部的要点就是重复。它的目标最多是创造强烈的互相依赖。……争吵最后变得毫无意义……你只是开始生闷气，然后变成习以为常的沉默，然后再吵。"1957—1958 学年，桑塔格抛夫别子，单飞牛津疗伤，外加研究哲学，撰写她最终并没有完成的博士论文。

《重生》让我们窥见一个在感情上有追求、有快乐更有痛苦，一根弦老是绷得紧紧的桑塔格，同时，也让我们读者看到一个天资聪颖的少女是如何成为日后的著名作家和评论家的。至于作为富于正义感的公共知识分子的桑塔格，这本日记里倒很难看到什么雏形，她并没有记下她所处时代的社会情状。

从这卷日记中可以看到，桑塔格不仅在情感上，而且在心智上也非常早熟。她从小就树立了明确的目标，并努力去实现这个目标。她在与纳丁·戈迪默的一次对谈中讲到，她七八岁就动笔写作了；在她看来，写作是一件多么美妙的事情，而当作家就是要发表作品。戴维在他那感人的序言里，说他妈妈从小就相信自己具有特殊的天赋，能够为这个世界作点贡献；为此，她小时候看书的胃口就很大，不知疲倦地提高自己的知识水平和思辨能力。在日记里，我们看到她列出了那么多的清单，文学的、戏剧的、音乐的、电影的、哲学的。书买来或借来看完，她就会在日记里记下自己的心得体会，看完了她有时就会在单子上划掉，没看完的继续看。她对什么都充满好奇，精力充沛，表达能力强。她意识到，世界是多么的辽阔广袤，历史是多么的悠久，世界上可看的奇观、可听的故事不胜枚举，由此她充满欲望。她读纪德，读爱伦·坡，读杰克·伦敦，读托马斯·曼，读卡夫卡……桑塔格就像她激赏的卡内蒂一样，“什么都学”。

有时候，她因为年纪小的缘故，还跟不上作者的思路，她也会在日记里记下她急切的心情。在1948年9月10日的日记里，15岁的少女桑塔格写下了她阅读纪德《日记》第二卷的感受：

“我得到这书的当天深夜 2: 30 就看完了。我本该看得慢点的，而且我得一遍又一遍地看——我和纪德获得了极其完美的智性交流，对他产生的每个想法，我都体验到那种相应的产前阵痛！因此，我想的不是：‘多么不可思议地清晰易懂啊！’——而是‘停下！我无法这么快地思考！或者确切地说，我长起来没有这么快！’因为，我不只是在看这本书，我自己还在创造它，这种独特而巨大的体验清空了这可怕的几个月来充斥在我脑子里的许许多多的混乱与贫乏——”桑塔格找到了与她酷爱的作家之间的契合。类似这样的例子这卷日记里还有很多，让我们看到日后的作家桑塔格喜欢的文风、题材，更让我们看到她在成长过程中获得的滋养。

当然，我们也看到一个评论家在成长。在 20 世纪 60 年代写出《关于“坎普”的札记》、《反对阐释》这些名篇的桑塔格是与个性鲜明、锋芒毕露的批评风格联系在一起的。这种品质在少女桑塔格身上就已经有相当多的表现，这时的她对他人的审视和对作品的判断虽然不一定准确，有时甚至非常武断、幼稚，但她直言不讳、口无遮拦。她 14 岁就认为“人与人的唯一区别就是智慧”。20 岁时，她在书店随手拿起一本卡夫卡的小说集，才看了《变形记》一页，便感到了强烈的震撼，一下子认定卡夫卡是她看过的最好的作家，并断言：“和他相比，乔伊斯是何等愚蠢，纪德何等——没错——恬美，曼又是何等的空洞 + 夸夸其谈。只有普鲁斯特是同样的有趣——几乎是。”1961 年，桑塔格看完福克纳的《八月之光》，认为这部小说相当粗俗。这样的评判可能是相当感性的，却是率真的表白。

桑塔格说过，她最最希望的是成为一个作家——小说家。记得 2004 年我访问她时，她问我更喜欢她的小说还是评论，我说是评论，她顿感失落。事实上，桑塔格第三次患癌时仍然相信能活下来，在她众多的计划里，还有一部日本题材的小说要写。可以说，她看重的是其小说家的身份，因为这是她儿时的理想。我们在《重生》里看到了她在创作道路上做的积累。散见于整本日记的是她的一些小说素材和构思，她动辄就记下拟写小说的标题、情节、场景；有时甚至很具体，说这个短篇要写成卡夫卡风格，那个要有点斯特林堡的特点，等等。1960 年，桑塔格开始撰写《恩主》。这部小说并非一部常规意义上的小说，而是桑塔格借用回忆录的形式完成了一个人一生现实与梦境混杂的传记。现在回过头来，我们从她欣赏的作家作品以及她的思考中，也许不难理解她会写出这样的小说。

桑塔格 2004 年底去世以后，戴维悲痛之余，和她生前的助手与好友一起默默地做了许多事情。先是 2007 年创建了美国桑塔格基金会，设立桑塔格文学翻译奖，出版桑塔格的最后一部文集《同时》（2007）；然后撰写了记录桑塔格（当然也包括他本人）在她生命的最后岁月里与病魔抗争的《死海搏击》（2008）。接着，经过几年的犹豫，他又着手编辑桑塔格的日记。由于桑塔格生前已经将其所有的文档都卖给了加州大学伯克利分校，他不出，也早晚有人出。尽管作为儿子出版这样的私密日记要承担许多“文学风险和道德负担”，而且在相当的程度上侵犯了妈妈的隐私，因为第一，桑塔格的日记从少女时代一直记到差不多生命的最后几年，留下了近百本日记、笔记本，但从未发表过哪怕是一行字；第二，尽管身边的人都知道她有记日记的习惯，她却从未像有些人那样在朋友面前念过。戴维说，尽管日记里有他不想看到也不想让别人看到的内容，但是，想到他妈妈作为读者和作家，就很喜欢看名人的书信和日记，而且越私密越好，那么，也许作为作家的桑塔格会赞同他出版她的日记的。无论如何，我们感谢桑塔格和她儿子，因为了解和研究一个作家，正如鲁迅先生所说的要顾及“全人”，而结合她的小说和评论作品，来见见日记里这个为了情感满足和写作成功而让自己的弦一直都绷得很紧、从来都不肯放松的桑塔格，想来是一个不可或缺的层面。

姚君伟

2012 年夏于南京月光寓所

图书在版编目(CIP)数据

重生：桑塔格日记：1947—1963/(美)桑塔格
(Susan Sontag)著；(美)里夫编；姚君伟译.
—上海：上海译文出版社，2018.4（2023.8 重印）
（苏珊·桑塔格全集）
书名原文：Reborn
ISBN 978-7-5327-7565-1

Ⅰ.①重… Ⅱ.①桑… ②里… ③姚… Ⅲ.①日记-作品集-美国-现代 Ⅳ.①I712.65

中国版本图书馆 CIP 数据核字(2017)第 216148 号

图字：09-2009-076 号

重生：桑塔格日记(1947—1963)
〔美〕苏珊·桑塔格/著 戴维·里夫/编 姚君伟/译
总策划/冯 涛 责任编辑/管舒宁 装帧设计/张志全工作室

上海译文出版社有限公司出版、发行
网址：www.yiwen.com.cn
201101 上海市闵行区号景路159弄B座
南京爱德印刷有限公司印刷

开本 890×1240 1/32 印张 13.25 插页 6 字数 153,000
2018 年 4 月第 1 版 2023 年 8 月第 2 次印刷
印数：6,001—8,000 册

ISBN 978-7-5327-7565-1/I·4629
定价：85.00 元